Écrire un roman
et se faire publier

Groupe Eyrolles
61, bd Saint-Germain
75240 Paris cedex 05

www.editions-eyrolles.com

Traduit de :
The Novel Writer's Toolkit, Copyright © 2003 by Bob Mayer.

All rights reserved. Originally published by Writer's Digest Books,
a division of F+W Publications, Inc.

Cet ouvrage a fait l'objet d'un reconditionnement à l'occasion de son
dixième tirage (nouvelle couverture). Le texte reste inchangé par rapport
au tirage précédent.

Bob Mayer

Écrire un roman et se faire publier

Traduit et adapté de l'anglais par
Emmanuelle Debon et Emmanuel Plisson

Dixième tirage 2017

EYROLLES

À Aidan Mayer,
10 octobre 2002

L'auteur

Bob Mayer a publié trente-deux livres, sous son nom ou sous des pseudonymes comme Robert Doherty et Greg Donegan. Les livres de sa série intitulée *Area 51* figurent régulièrement dans la liste des best-sellers du quotidien *USA Today* et font l'objet d'options pour de futures adaptations à l'écran. Ses ouvrages ont été tirés à plus de deux millions d'exemplaires et publiés dans douze pays. Bob Mayer enseigne l'écriture de roman dans de nombreuses universités, en ateliers et lors de conférences, y compris au sein de la prestigieuse Writer's Digest School. Il anime une résidence d'auteur qui porte sur les travaux des participants, ainsi que des ateliers en entreprise basés sur son ouvrage *The Green Beret Way : Special Forces Tactics That Take You From Ordinary to Elite* (Les trucs du Béret vert : tactiques des Forces spéciales pour passer du commun à l'élite). Bob Mayer est diplômé de West Point et a servi dans l'infanterie et les Forces spéciales en tant que chef d'escadron des commandos spéciaux. Aujourd'hui, il ne se consacre plus qu'à l'écriture.

Sommaire

Introduction

Cet ouvrage a pour objectif de vous guider étape par étape à travers la création d'un roman, depuis votre idée initiale jusqu'à la perception de vos droits d'auteur.

J'y présente les qualités dont vous aurez besoin pour exprimer votre créativité et pour que votre manuscrit ait les meilleures chances de sortir du lot et d'être édité. Ces qualités, ces *compétences*, vous pouvez les acquérir. Les romans publiés ne témoignent pas, en règle générale, d'un don particulier ou d'un talent mystérieux de l'auteur : pour écrire un bon roman, il faut d'abord travailler dur. Cela peut s'apprendre, comme toute technique. On peut comparer l'écriture d'un roman à la construction d'un mur : la seule façon de faire est de poser une brique après l'autre. Vous deviendrez meilleur à chaque brique que vous poserez – surtout si vous avez pris la précaution de commencer par le mur d'une maison plutôt que par celui d'un palais...

Ceux qui désirent être publiés refusent généralement toute forme de conseil, car ils pensent déjà savoir tout ce qui leur est nécessaire. Si vous lisez ces lignes, c'est que vous avez accepté l'idée que vous ne savez pas tout, ce qui vous donne un avantage considérable sur 95 % des auteurs en herbe.

L'écriture est à la fois une technique, un art et une entreprise ; nous étudierons ces trois aspects.

Je vous présenterai des manières de faire, des idées et des formats « conventionnels ». Ce principe peut vous choquer : en effet, ces techniques vous mettent au même niveau, ni plus ni moins, que n'importe quelle autre personne capable de lire un manuel d'écriture et d'en appliquer les instructions. Or, vous cherchez avant tout à vous démarquer, à écrire un livre différent de ce qui existe déjà. Il y a là comme un dilemme : peut-on faire les choses de façon conventionnelle et en même temps rester original ?

La réponse est oui ; ce guide doit vous servir de modèle et de base pour développer votre créativité. Si vous étiez un peintre, vous n'hésiteriez pas à consulter un livre qui parle des types de peintures et de toiles, de la lumière et de la perspective, et qui vous indique la marche à suivre pour vendre vos œuvres à une galerie. Mais, au bout du compte, c'est à vous et à vous seul qu'il reviendrait de décider de ce que vous allez peindre, et de votre manière de procéder.

Écrire un roman et être publié présente donc les outils de l'écrivain, avec leurs avantages et leurs inconvénients, afin que vous en tiriez le meilleur parti. Une fois que vous aurez acquis ces compétences, ce sera à vous d'utiliser vos propres ressources pour donner de nouvelles réponses aux problèmes qui pourront se poser. Vous serez dans la position de l'*artiste*, c'est-à-dire de celui qui sait être original par rapport à ce qui a déjà été fait. Votre apprentissage vous permettra également de mêler les techniques de façon innovante.

Quelles sont les bases pour devenir écrivain ? Tout d'abord, vous devez être un lecteur assidu et curieux. Ensuite, vous devez beaucoup écrire, en mettant en pratique les bases de l'écriture : utiliser le bon point de vue, rédiger avec une syntaxe et un style corrects, organiser vos chapitres, etc. Enfin, vous devez apprendre le mode de fonctionnement du monde de l'édition : par exemple, comment présenter un manuscrit ou préparer des épreuves.

La plupart des écrivains n'arrivent pas à être publiés car, bien qu'ils aient les capacités et l'énergie d'écrire un roman, il manque à leur projet une véritable orientation et un point de vue spécifique. C'est là l'objectif essentiel de ce guide : vous aider à transformer votre vision personnelle en un livre que l'on aura envie d'acheter et de lire.

Un livre prend vie dans l'esprit de son lecteur. Par le seul biais des mots imprimés, l'histoire passe de votre esprit à celui du lecteur.

Cette création de *quelque chose* à partir de rien, ce petit miracle, est au cœur de l'écriture. N'est-il pas fantastique de penser que tous les livres naissent d'une simple idée ?

Dans ces pages, je ne me contenterai pas de faire parler ma propre expérience en la matière ; les auteurs, agents, lecteurs, enseignants et éditeurs que j'ai pu rencontrer m'ont apporté beaucoup sur le sujet, de même que la lecture de nombreuses interviews d'auteurs à succès et des recherches approfondies dans le domaine de l'écriture. Si, comme moi, vous avez à cœur de mettre à profit toutes les ressources dont vous disposez, vous saurez prendre ce qui vous est nécessaire, et laisser le reste de côté.

Si vous êtes prêt à investir temps et efforts, et si vous avez l'esprit suffisamment ouvert pour comprendre les réalités de l'écriture et du monde de l'édition, vous aurez déjà une avance considérable sur ceux qui croient que le succès de certains auteurs tient à des raisons mystérieuses. Les agents et les éditeurs reçoivent énormément de lettres de présentation qui se terminent par des formules comme « J'espère avoir la chance d'être sélectionné », mais la chance ne sourit qu'à ceux qui savent donner sang, sueur et larmes… ou, en tout cas, beaucoup de temps.

Comment utiliser ce livre

Cet ouvrage est divisé en plusieurs sections interdépendantes. Dans les bons romans, chaque passage est nécessaire à l'intrigue ; de la même façon, ici, vous verrez que ma pensée fonctionne en boucles qui se répondent. Autant dire que vous devrez lire ce manuel dans son entier, et étudier tous les outils dont je vous parle, afin de vous les approprier et de les mettre à profit. Ainsi, vous comprendrez ce que signifient non seulement l'écriture d'un roman, mais également le fait d'être un écrivain professionnel.

Lisez ce livre de A à Z. Comme j'ai dû faire le choix d'un ordre dans les rubriques, j'ai décidé de placer les chapitres sur l'écriture avant ceux qui concernent le secteur de l'édition. J'aurais tout aussi bien pu écrire dans l'autre sens (et peut-être aurais-je dû le faire, tant il est vrai que vous devez absolument connaître le marketing d'un livre si vous tenez à être publié). J'ai pourtant choisi de partir de vous, l'auteur. En effet, mieux vous comprendrez l'origine de votre livre, mieux vous pourrez l'écrire.

Vous verrez que j'établis de nombreux liens entre l'écriture de votre livre proprement dite et sa mise sur le marché ; en effet, les deux se recoupent bien souvent. La première chose dont il faut vous préoccuper, quand vous commencez un roman, c'est de vous comprendre vous-même en tant qu'auteur. Ensuite, vous devez pouvoir définir votre livre en une seule phrase, celle qui contient votre idée originale. C'est cette phrase, bien souvent, qui constituera le cœur de vos lettres de présentation, car c'est en elle que vous aurez puisé la force d'écrire tout un manuscrit, c'est elle qui décidera un directeur de collection à vous publier, et c'est elle sans doute aussi que l'on retrouvera sur la quatrième de couverture et qui attirera l'attention du lecteur… Je vous l'ai dit, tout est lié.

OUTIL N° 1

Vous-même

Un écrivain, à quoi ça ressemble ?

Tout commence par vous, le créateur de votre roman. Il est essentiel que vous passiez un peu de temps à vous examiner vous-même, exactement comme vous le ferez plus tard pour les personnages de votre roman.

C'est un point essentiel, répétons-le. Le roman qui va jaillir de vous prend sa source à la fois dans votre intellect et dans vos émotions.

Si vous vouliez devenir ingénieur en chimie ou psychologue, vous prendriez sans aucun doute des cours à l'université ; vous pourriez ensuite vous spécialiser en passant un doctorat ou en suivant une formation continue qui vous permettrait d'apprendre votre métier tout en l'exerçant. Bref, réussir, dans n'importe quel métier, demande du travail. Et pourtant, beaucoup d'aspirants écrivains voudraient simplement s'asseoir à leur table, écrire un manuscrit (et un seul !) puis le vendre.

Personnellement, j'en ai même rencontré beaucoup qui rêvaient de proposer les grandes lignes (le *pitch*) de leur roman à un éditeur, et que celui-ci leur signe un contrat avant même que le livre soit écrit.

Les choses se passent rarement de cette façon. L'écriture est une profession comme une autre. Il est une règle simple, que beaucoup, pourtant, se refusent à comprendre : plus on écrit, meilleur on devient. Quasiment tous les auteurs avec qui je me suis entretenu disent la même chose : pour réussir en tant qu'écrivain, il faut d'abord écrire beaucoup.

Voyons le côté positif des choses : il est généralement admis que les chances d'un écrivain d'être publié sont relativement minces ; or, en prenant simplement la peine de lire ce livre, vous augmentez cette probabilité. De la même façon, ne pas vous arrêter d'écrire après votre premier manuscrit multiplie considérablement vos chances. De nombreux auteurs envient John Grisham, qui a fait fortune avec les droits d'adaptation de *La Firme*[1]. Mais ils oublient un peu vite que les ventes de son premier roman, *Non coupable*[2], ont stagné pendant des années… Ce qu'il faut bien comprendre, c'est que Grisham a su admettre qu'il y avait des éléments à améliorer dans son premier ouvrage, et qu'il s'est remis au travail. Il aurait pu se contenter de faire des reproches à son éditeur ou à son agent, en considérant que c'étaient *eux* qui ne savaient pas vendre le roman. Il a préféré se consacrer au seul facteur sur lequel il avait une véritable influence : son écriture.

Au contact d'auteurs publiés, vous découvrirez que c'est souvent entre le troisième et le sixième manuscrit qu'intervient la première publication. C'est donc un travail énorme, que peu entreprennent – ce qui explique d'ailleurs que peu soient publiés… Par ailleurs, rappelons que les éditeurs qui consentent à s'engager pour un seul roman sont rares : ils aiment sentir qu'ils soutiennent un auteur capable d'écrire plus d'un livre, et l'existence de plusieurs manuscrits peut les rassurer quant à la validité de leur investissement. C'est pour cela que la plupart des maisons d'édition incluent des clauses d'exclusivité dans leur contrat type (même si, comme nous le verrons au chapitre 9, cette pratique tend à se modifier).

---

1. Robert Laffont, 1991 ; adapté au cinéma en 1993 par Sydney Pollack. *(Toutes les notes de cet ouvrage ont été introduites par les traducteurs.)*
2. Robert Laffont, 1994 ; paru aux États-Unis en 1987.

S'il est difficile d'être publié, il est encore plus compliqué d'avoir du succès après la parution. Neuf premiers romans sur dix passent inaperçus. Cet échec relatif peut avoir diverses causes, mais, fondamentalement, il faut savoir que la plupart des premiers romans se vendent mal. Là encore, nous y reviendrons au chapitre 9.

Imaginons que vous vouliez devenir concertiste : vous ne pensez pas y arriver dès la première année de pratique, si ? Connaître le succès en tant qu'auteur demande beaucoup de temps et de travail ; et le meilleur travail, pour un écrivain, c'est l'écriture. L'écriture de romans est très formatrice, mais beaucoup d'auteurs ont également affûté leur plume dans des genres différents, comme la nouvelle, le scénario ou le journalisme.

À lire les interviews d'artistes reconnus (et d'à peu près tous ceux qui ont réussi, quel que soit leur domaine), on relève une constante : le temps passé à travailler avant de connaître le succès. La plupart des acteurs et comédiens célèbres sont restés dans l'ombre pendant des années avant d'atteindre les sommets. Mais, curieusement, on tend à considérer que ce n'est pas le cas pour les écrivains. Pourtant, et même si certains cas très médiatisés semblent prouver le contraire, la carrière de la plupart des auteurs actuels s'est traînée pendant des années avant qu'ils deviennent ce qu'ils sont aujourd'hui. L'écrivaine américaine Sue Grafton a passé des années à écrire pour la télévision avant de se lancer dans son premier roman… qui n'a pas été publié. Si sa série de polars alphabétiques[1] est un succès, n'oublions pas qu'il lui a fallu attendre la lettre G (*G comme Gibier*[2]) pour être reconnue aux États-Unis.

Il faut de la persévérance avant tout. Ils ne sont pas rares ceux qui, sans être dénués de talent, tombent dans l'oubli pour n'avoir pas persévéré, alors que d'autres, parfois moins talentueux, finissent par réussir grâce à leurs efforts. Croyez-moi : tous les écrivains traversent, au cours de leur carrière, des temps morts, de ces moments où une

---

1. *A comme Alibi, B comme Brûlée, C comme Cadavre…* publiés chez Pocket à partir de 2002.
2. Pocket, 2004.

personne « normale » baisserait les bras et déciderait de tout arrêter et de prendre un « vrai travail »… Mais ceux qui réussissent vraiment sont ceux qui s'y refusent, alors que d'autres, malgré leurs qualités, préfèrent abandonner. Qu'en sera-t-il de vous ?

Nous évoquions plus haut des exceptions à cette règle, des auteurs dont les avances se chiffrent en centaines de milliers d'euros, voire davantage. Nous pensons en particulier à ces célébrités de tous horizons qui obtiennent des contrats royaux pour raconter leur vie. Cela a de quoi mettre en colère plus d'un écrivain, non ? Pourtant, la chance, ici, n'entre guère en ligne de compte : si ces gens sont devenus célèbres, c'est d'abord parce qu'ils ont investi beaucoup de temps et d'énergie à devenir ce qu'ils sont, ce pour quoi ils sont reconnus. C'est la loi du succès : il ne sourit pas à tous… D'ailleurs, briller dans un domaine particulier ne garantit jamais la réussite dans les autres : un nombre non négligeable de biographies ou de romans écrits par des « célébrités » ont été de cuisants échecs commerciaux.

Les énormes avances dont on entend parler à chaque rentrée littéraire ont un aspect moins connu : elles peuvent mener à d'énormes échecs. Si l'on pardonne à un auteur que les ventes ne couvrent pas un à-valoir minime, ce n'est pas le cas quand de fortes sommes sont en jeu : les professionnels de l'édition ne seront pas près d'oublier une telle mévente… Il est vrai que certains écrivains à succès semblent sortir de nulle part. Mais c'est l'arbre qui cache la forêt : la plupart des auteurs ont derrière eux des années de travail et de patience, sans compter de nombreux manuscrits.

Pour un auteur, le fait d'être ou non publié dépend presque toujours du produit fini : le manuscrit. On soumet le résultat final, pas le processus qui y mène, et c'est ce résultat qui est jugé.

En plus de lire et d'écrire des romans, tout aspirant écrivain devrait participer à des conférences et à des ateliers d'écriture. Cela vaut la peine d'y consacrer du temps et de l'argent, car il s'agit en quelque sorte des travaux pratiques de l'écriture, comme nous le verrons au chapitre 9.

Il y a quelque temps, une étudiante m'a demandé ce qu'elle devait faire pour devenir écrivain. Je lui ai répondu, comme j'en ai l'habitude : « Écrivez beaucoup. » Puis, en la regardant mieux (elle avait à peine dix-neuf ans), j'ai ajouté : « Vivez, aussi. Faites des expériences, rencontrez des gens ; parce que c'est ce que vous finirez par raconter. »

Pensez à la vie des auteurs – c'est-à-dire la vie que vous avez l'intention de mener. Beaucoup envient le produit fini (avoir un livre en librairie) sans considérer l'existence qui mène à ce résultat. La vie d'un auteur est toujours paradoxale. Il lui faut s'intéresser à son entourage tout en exerçant une des tâches les plus solitaires qui soient ; il lui faut vivre d'inspiration et de passion, et être doté pourtant d'assez de discipline pour cheminer à travers l'écriture de plusieurs centaines de pages. En d'autres termes, il lui faut être un peu schizophrène, voire carrément fêlé…

J'insiste aussi sur l'importance d'étudier la vie des écrivains. Lisez des interviews des auteurs vivants, allez les voir en public. Ils vous diront comment ils sont devenus auteurs, comment ils vivent, comment ils voient l'écriture et comment ils écrivent. Vous verrez que beaucoup ont exercé les métiers les plus étranges avant de devenir ce qu'ils sont, et que presque tous ont travaillé dur pendant des années pour en arriver là.

Finalement, de quoi avez-vous besoin ? Des éléments suivants, et en grande quantité.

Patience et discipline

Achever un manuscrit prend beaucoup de temps. Certains auteurs, quand ils écrivent, travaillent sans interruption sept jours sur sept. Le fameux dicton « 1 % d'inspiration, 99 % de transpiration » n'est pas une légende. Si vous n'écrivez que quand vous êtes motivé ou inspiré, vous ne terminerez jamais rien. Vous devez écrire même quand c'est la dernière chose au monde que vous avez envie de faire.

Contentez-vous de coucher quelques mots sur le papier : vous pourrez toujours les reprendre plus tard, ou bien les jeter (vous finirez par jeter beaucoup. C'est douloureux, mais c'est un signe de maturité). Un manuscrit de 400 pages en a bien souvent compté 100 ou 150 de plus pendant sa rédaction. Avoir sué sang et eau sur ces pages pour les jeter ensuite fait mal… mais pas autant que de voir un manuscrit refusé. Plus vous écrirez, plus vous comprendrez les bienfaits de la réécriture et de la préparation du manuscrit.

Dans le même registre, plus vous écrirez, plus vous sentirez l'importance des plans et du travail préparatoire à réaliser avant même de rédiger la première ligne de votre œuvre. De nombreux auteurs ont recours à ces ébauches. Terry Brooks[1] et Elizabeth George[2] par exemple, après l'envoi de leur premier manuscrit, ont reçu de très longues lettres d'éditeurs leur demandant retouches et réécriture. Tous deux se promirent alors que leurs prochains manuscrits ne nécessiteraient pas de telles corrections, et ils y sont parvenus l'un comme l'autre, en se demandant, avant de commencer à écrire, ce qu'ils voulaient faire exactement. Au fur et à mesure de leurs manuscrits, les lettres des éditeurs sont devenues de plus en plus courtes.

> Essayez de vous fixer un objectif par rapport à l'écriture : un nombre minimal de pages, de mots ou d'heures de travail par jour. Vous pouvez, pourquoi pas ?, utiliser un chronomètre. Au bout d'un certain nombre de manuscrits, vous développerez une « horloge interne » qui vous indiquera comment gérer votre rythme de travail. L'essentiel est que vous vous forciez à écrire, même quand l'envie n'est pas au rendez-vous.

Certes, être son propre patron présente des avantages ; mais cela a bien entendu aussi son lot d'inconvénients. Personnellement, au début, j'ai dû me forcer ; puis je me suis dit que, puisque les ouvriers pointaient, je pouvais bien en faire autant. À vous de trouver la méthode qui vous permettra de vous obliger à travailler. Certains

---

1. Auteur de romans fantastiques ; voir, par exemple, *L'Épée de Shannara*, Bragelonne, 2002.
2. Auteur de romans policiers, dont *Anatomie d'un crime*, Presses de la Cité, 2007.

auteurs aiment se « récompenser » quand ils ont bien travaillé ; pour d'autres, il n'est de repos que lorsqu'ils considèrent avoir suffisamment écrit (toujours à l'aune de leur « horloge interne ») pour ne ressentir ni honte ni culpabilité à ne pas se trouver devant leur clavier. Ce problème de la culpabilité est important : certains écrivains se sentent coupables dès qu'ils ne sont pas en train d'écrire. Il vous appartient donc de trouver un système où vous pourrez écrire beaucoup, sans pourtant vous sentir coupable, et tout en conservant du temps libre.

Cherchez ce qui peut vous aider à écrire au quotidien : est-ce d'y consacrer une heure le matin avant que les autres soient levés ? Dans ce cas, vous serez surpris par tout le travail que vous pouvez abattre pendant ce temps-là, à condition que vous vous y teniez. Le romancier Scott Turow a écrit tous les chapitres de *Présumé innocent*[1] dans le train qui le menait à son bureau... Ne laissez pas les circonstances vous arrêter.

Pour certains, trouver des moments tranquilles pour écrire est une véritable gageure. Le travail, la famille, l'école des petits... les éléments de la vie quotidienne ne cessent de réclamer notre attention. Car il ne suffit pas d'avoir du temps libre : il faut que ce temps ait une certaine qualité. Quand on a consacré dix heures d'une journée à un travail exigeant, se mettre à écrire n'est pas simple. Il est pourtant des écrivains qui y parviennent.

L'important est que vous compreniez votre propre fonctionnement. Pendant combien d'heures par jour vous sentez-vous dans de bonnes dispositions pour écrire ? À quels moments vous semble-t-il que votre cerveau fonctionne à son maximum ? En effet, même les jours où vous aurez l'impression de « mal » écrire, il importe que votre concentration soit à son plus haut niveau.

On peut regretter qu'il n'y ait pas de système d'apprentissage pour la profession de romancier – quelque chose qui permettrait de vivre de sa plume tout en apprenant les ficelles du métier. Or, tout au

---

1. J'ai lu, 2000.

contraire, il faut souvent « ramer » pendant des années avant d'atteindre le cap de la publication ; voilà sans doute pourquoi tant d'auteurs en herbe finissent par abandonner. Certains font leurs armes en écrivant pour des journaux ou des magazines. Il est des cas où ce système fonctionne très bien : le journalisme d'investigation en a mené plus d'un à l'écriture de romans policiers. Mais, la plupart du temps, on devient reporter parce qu'on aime ce métier, pas pour se former à celui d'écrivain.

J'ai longtemps été professeur d'arts martiaux, et j'ai vu passer bon nombre de débutants qui abandonnaient au bout d'un mois ou deux. Ils se rêvaient en Bruce Lee mâtiné de Chuck Norris et pensaient atteindre cet idéal en quelques semaines. Quand ils réalisaient qu'il leur faudrait pour cela des années et des années d'un entraînement répétitif et exigeant, ils se décourageaient. Il ne faut aucun talent particulier pour devenir ceinture noire, simplement beaucoup de temps et d'efforts ; il en va de même pour l'écriture. Si vous avez vraiment l'ambition de devenir écrivain, et de développer les qualités qui vous permettront d'atteindre ce statut, vous finirez par tirer votre épingle du jeu, même si c'est une perspective à long terme. Dans le chapitre 8, j'utilise un mot pour résumer le monde de l'édition : *lent*. Être publié exige beaucoup de patience de la part de l'auteur – c'est-à-dire vous-même.

L'un des principaux obstacles est de comprendre en quoi consiste exactement le métier d'écrivain. Personnellement, j'ai eu beaucoup de difficultés à admettre que la lecture d'un roman faisait partie de ce travail ; quand je lisais, j'avais tout simplement l'impression d'être un tire-au-flanc. De la même façon, on peut considérer comme du travail de prendre un café avec quelqu'un. En fait, le métier d'écrivain, c'est d'abord de *vivre*, dans la mesure où on ne peut écrire que sur ce qu'on connaît. L'expérience est un élément clé du processus créatif.

Mais, en fin de compte, vous aurez surtout besoin de ce que Bryce Courtenay (qui détient le record absolu de ventes en Australie) nomme la « colle à popotin » : collez vos fesses sur votre siège, et écrivez.

Capacité d'organisation

Une fois le premier chapitre rédigé, vous passerez des semaines, des mois, et peut-être même des années entières, à empiler les pages. C'est là qu'interviendra votre capacité d'organisation. Il vous faudra garder en mémoire les personnages, les lieux et le cours de l'action, de manière à ce que tout concorde. À cette fin, vous pouvez utiliser un tableau (semblable à celui que vous trouverez dans l'annexe E) pour conserver la trace des informations essentielles. Ce tableau n'est pas un plan, mais une grille de référence, un tableau de bord que vous remplirez au fur et à mesure, pour vous souvenir de ce que vous avez écrit. Il vous sera d'un grand secours quand vous reviendrez en arrière pour vérifier un détail ou introduire un changement.

Organisé en colonnes, ce tableau contient, de gauche à droite :

- le numéro du chapitre ;
- le numéro de la première page de ce chapitre ;
- le numéro de la dernière page ;
- le jour ou la date où se déroule l'action qu'il contient ;
- l'heure locale ;
- si votre roman se déroule sur plusieurs fuseaux horaires (comme c'est fréquemment le cas dans les romans d'aventures), l'heure GMT équivalente, afin de conserver une référence chronologique universelle. Cette colonne peut avoir d'autres fonctions si l'action se déroule toujours dans le même fuseau ;
- le lieu où se déroule l'action ;
- une rapide description des événements, qui vous permettra de vous souvenir de ce que vous avez écrit.

Il ne s'agit que d'un exemple ; vous adapterez ces colonnes, quitte à en ajouter quelques-unes, aux besoins spécifiques de votre histoire. Vous pouvez par exemple ajouter la date d'écriture ou le nombre de signes, afin de mieux apprécier le travail accompli quotidiennement.

Conservez ce tableau près de votre clavier, afin de pouvoir le remplir au crayon à mesure que vous ajoutez des scènes. Le soir, transférez ces notes sur votre ordinateur et imprimez la nouvelle version du tableau.

Un classeur peut également vous être très utile pour indexer le résultat de vos recherches. Personnellement, je passe beaucoup de temps à l'organiser, de manière à pouvoir m'y retrouver instantanément quand j'ai besoin d'une information. On fait vivre une histoire par ses détails : plus vos informations sont accessibles, plus vous avez de choix pour votre histoire.

Au chapitre 6 de ce livre, je parle de la façon dont on peut nouer et ficeler les intrigues secondaires. Une bonne organisation est essentielle pour conserver une histoire solide et un rythme rapide.

Notons que ce qui sera « consommé » en quelques heures peut vous avoir pris des années à écrire. Ainsi, il est des détails de mes premiers romans qui me sont complètement sortis de l'esprit, mais dont des lecteurs peuvent très bien se souvenir. Or, dans la mesure où j'écris des séries, il est nécessaire que je conserve une trace de ce que j'ai déjà fait : seule une organisation irréprochable me permet de maintenir une véritable unité et une cohérence suffisante.

Une imagination active

Lorsque vous écrivez un roman, vous inventez un monde vivant et mobile : l'imagination est essentielle. Ce n'est pas sans rappeler une partie d'échecs, où il vous faut avoir une dizaine de coups d'avance pour vos pièces – c'est-à-dire vos personnages –, tout en gardant à l'esprit ce que « l'adversaire » (je parle ici des limites de votre intrigue et de la perspective choisie pour présenter l'action) peut faire. Vous devez sélectionner les déplacements gagnants, établir une stratégie et en même temps tenir compte d'un grand nombre de variables et de contraintes. Ainsi, les personnages que vous avez inventés vous imposent les limites de leur caractère, tout comme chaque pièce d'un jeu d'échecs ne peut accomplir qu'un certain type de mouvements. Votre imagination va vous permettre de vous frayer le bon chemin parmi toutes ces possibilités. Dans la plupart des cas, il existe de nombreux « bons chemins », mais il en est toujours un qui s'impose comme le meilleur, et c'est celui que vous devez choisir à tout prix.

J'ai observé un curieux phénomène chez ceux qui écrivent des romans à caractère (auto)biographique, c'est-à-dire qui racontent leurs souvenirs ou ceux d'une personne qu'ils connaissent bien. Si on leur suggère de rendre leur histoire plus intéressante, ils répliquent souvent : « Mais ce n'est pas ce qui s'est passé ! » Et je leur rétorque : « Oui, mais vous écrivez une fiction. » Le débat peut durer des heures. L'avantage de la fiction, c'est que vous pouvez tout inventer. Gardez à l'esprit toutes les possibilités qu'offre votre histoire : c'est en les explorant que vous trouverez le caractère unique de votre roman.

Votre psychisme

Contrairement à ce que pensent mes proches quand ils me voient agir, un auteur a besoin d'avoir un cerveau… J'insiste sur cet aspect, car il me semble, d'une part, que le cerveau est l'outil principal des écrivains et, d'autre part, que seule la compréhension de ce qui se passe dans la tête de vos personnages donne de la force et de l'authenticité à leurs actions.

Le cerveau, en tant que machine, est relativement inefficace ; les spécialistes estiment que nous n'utilisons que 10 % de ses capacités (sur ce thème, je vous conseille de jeter un œil sur le film d'Albert Brooks *Rendez-vous au paradis*[1]). Or, c'est justement là que le travail de l'écrivain est difficile : il s'agit d'aller puiser dans des ressources psychiques d'ordinaire peu utilisées, et ce afin de toucher le cerveau « normal » des autres. Il est donc utile d'en connaître un peu sur le fonctionnement de ces fameux 90 % – ce qu'on appelle en général l'inconscient ou le subconscient, et qui joue un très grand rôle dans

---

1. 1991, avec Meryl Streep.

votre personnalité. Que vous soyez ou non d'accord avec elles, il vous sera très bénéfique d'en savoir plus sur les théories psychanalytiques de Freud ou de Jung. Pour qu'un personnage soit bien construit, il faut avoir une idée non seulement des 10 % de son psychisme qui déterminent ses actions conscientes, mais aussi des 90 % qui le guident inconsciemment.

Il se peut que vous vous mettiez à rêver de vos personnages et de votre histoire ; c'est que votre esprit travaille même quand vous n'en êtes pas conscient. Vous rencontrerez aussi des blocages, la fameuse « angoisse de la page blanche » (que j'oppose à la simple procrastination, ou mise en attente) : ce n'est rien d'autre que votre inconscient qui vous retient d'écrire jusqu'à ce que vous ayez mis au jour un point fondamental pour votre histoire. Si beaucoup d'ateliers d'écriture ou de cours d'écriture créative[1] s'attachent à faire écrire ce qu'on ressent, c'est que l'on peut, de cette manière, accéder à la dimension inconsciente de l'esprit. Au-delà du ressenti, c'est cette communication avec des parties ignorées de son psychisme qui permet d'améliorer son écriture.

Cette notion d'« écrire ce qu'on sent » est difficile à saisir. Les écrivains demandent souvent les avis et les conseils de correcteurs ou de relecteurs, mais s'ils arrivent à être objectifs par rapport à leurs propres œuvres, ils resteront toujours leur meilleur relecteur. Chaque fois que mon agent ou mon éditeur m'ont fait des remarques sur ce qui pouvait être amélioré dans un de mes manuscrits, je me suis rendu compte que j'avais déjà conscience de ces défauts. Certes, un relecteur vous aidera. Toutefois, au bout du compte, c'est à vous que la responsabilité de votre roman incombe.

L'écrivain doit s'efforcer de se détacher de son expérience individuelle afin de comprendre à la fois son propre mode de fonctionnement mental et celui des autres. Souvenez-vous que vous n'êtes pas le seul modèle d'humain ; bien que certains aient du mal à le croire, il existe des différences entre les gens. Quand je me trouve en groupe avec

---

1. Chez les Anglo-Saxons, et les Américains en particulier, le *creative writing* est une matière à part entière, enseignée dans certaines universités.

d'autres écrivains, je me dis parfois que l'intérêt majeur de la réunion ne réside pas dans les critiques échangées ou les réseaux que nous tissons ; pour moi, le plus fascinant est d'observer chaque individu en essayant de déterminer ce qui le pousse à agir de telle ou telle façon.

Si vous ne comprenez pas votre propre fonctionnement psychique et émotionnel, comment pouvez-vous espérer comprendre celui des autres ? Pour un écrivain, la psychothérapie peut être un outil très pratique : en creusant dans son propre psychisme, on comprend mieux d'où on vient. Au chapitre 3, nous nous demanderons *sur quoi* écrire ; et nous évoquerons en particulier cette question cruciale à laquelle chaque écrivain doit pouvoir répondre : pour quelle raison est-ce que j'écris ce roman ?

Il est également intéressant, quand on écrit, d'avoir conscience du rôle des deux hémisphères cérébraux : le droit est celui où réside la créativité, tandis que le gauche est davantage analytique et logique ; c'est là que se tient votre propre correcteur. Parfois, il vous faudra faire taire ce dernier, sous peine de ne pas avancer du tout[1].

Désir et satisfaction

Vouloir gagner des millions grâce à l'écriture n'est pas un but réaliste ; pour autant, désirer vivre de sa plume est une raison tout à fait valable pour écrire des romans. On refuse souvent de parler d'argent. Dans le film *La Fièvre d'aimer*[2], le personnage joué par Susan Sarandon entretient une liaison avec un homme plus jeune ; le rejoignant pour la première fois chez lui, elle est impressionnée par le luxe de son appartement. Elle l'interroge alors sur le loyer ; son amant, confus, bafouille et hésite. Le voyant dans cet état, elle s'exclame en substance : « Ainsi, nous pouvons coucher ensemble, mais tu refuses de me dire combien tu paies pour cet appartement ? » (je crois me souvenir qu'elle utilise un langage bien plus cru). Dans la société actuelle, l'argent semble être devenu un tabou au même titre que le

---

1. Sur le rôle des hémisphères cérébraux et leur exploitation, voir BUZAN T. et B., *Mind Map, dessine-moi l'intelligence*, Éditions d'Organisation, 2003.
2. Luis Mandoki, 1990.

sexe. Ce tabou est particulièrement remarquable dans les milieux académiques. Dans un groupe de réflexion sur l'écriture que j'ai fondé, nous avons un jour invité un professeur d'université afin qu'il nous parle du magazine littéraire dont il s'occupait. Son discours a commencé par ces mots : « Si votre but est de gagner de l'argent en écrivant, oubliez-le tout de suite. »

Il est regrettable d'être négatif à ce point. On *peut* gagner de l'argent en écrivant – c'est ce que je fais depuis plus de quinze ans. J'ai entendu certains auteurs et scénaristes dire : « Ne donnez jamais gratuitement quelque chose que vous avez écrit, même si l'on vous fait miroiter une publication. » Je suis assez d'accord avec eux. Si personne ne veut payer pour ce que vous écrivez, alors travaillez davantage, et améliorez vos écrits jusqu'à ce que quelqu'un accepte de vous rémunérer. Pour être tout à fait franc, peu de maisons d'édition seront impressionnées par des publications dans des revues dont elles n'ont jamais entendu parler et qui vous ont simplement rétribué en exemplaires gratuits. Je n'irai pas jusqu'à dire que publier dans des revues est absolument à proscrire, mais si vous décidez de le faire, restez conscient qu'il ne s'agit que d'une étape, et qu'il vous faut aller de l'avant. N'en restez surtout pas là. Avec Internet, ce type de publication connaît un essor certain. Il y a des milliers de sites sur lesquels vous pouvez « poster » vos écrits. Pourtant, rien ne remplace vraiment une publication papier rémunérée.

Ne pensez pas que je conseille de n'écrire que pour l'argent. Mais si, quand vous écrivez, l'argent n'entre pas sérieusement en ligne de compte pour vous, vous risquez fort d'échouer, tout simplement parce que, tôt ou tard, il vous faudra prendre un « vrai » métier. C'est une équation simple : pour devenir écrivain, il faut améliorer son écriture, et pour améliorer son écriture, il faut écrire. Or, cela prend du temps. Pour avoir ce temps, il est tout de même préférable que l'écriture rapporte…

Dans un monde parfait, bien sûr, nous pourrions faire ce qui nous plaît sans nous préoccuper de facteurs externes comme l'argent. Mais le monde n'est pas parfait. Il me semble aussi que se trouver le dos au mur peut aider. J'ai écrit mon premier roman alors que je vivais en

Corée. Six heures par jour, j'étais professeur d'arts martiaux ; le reste du temps, je m'ennuyais à mourir. Dans une certaine mesure, j'ai écrit pour ne pas devenir fou. Une fois publié, je me suis mis à écrire pour mon plaisir, mais aussi pour en vivre. J'ai eu des offres d'emploi qui auraient pu m'assurer un confort financier, mais je les ai refusées. J'ai écrit, et je continue à écrire, parce que j'en ai besoin, à la fois pour mon équilibre personnel et pour mon équilibre financier.

Voilà ce qu'il en est pour le côté « mercenaire » du métier. N'en parlons plus. Occupons-nous plutôt de la passion, cette passion capitale si l'on veut survivre, voire réussir, dans cette profession. Il est vrai que certains genres comme la science-fiction ou le roman d'action sont souvent considérés avec mépris. Mais si c'est votre passion, alors racontez votre histoire, quoi qu'on puisse en dire et en penser. Au fond, ne peut-on pas juger le fait qu'un auteur soit « bon » au nombre de ses lecteurs ? Certes, vous trouverez des gens pour appeler cela « l'écriture alimentaire » et la rejeter. Mais pensez-y : si personne ne veut lire les œuvres d'un auteur, c'est peut-être qu'il n'est pas si bon que ça…

Répétons-le : pour être écrivain, il faut écrire. S'il est essentiel que vous compreniez les aspects commerciaux et marketing de l'édition pour présenter votre livre de la meilleure façon possible, il est une autre règle fondamentale, que certains auteurs (dont j'avoue avoir pu faire partie) oublient : il faut avoir un bon produit. Vous pouvez être un pro du marketing, si vous ne proposez pas un produit que les gens ont envie de lire, vous ne serez pas publié. Consacrer vos efforts à vendre votre livre est une perte de temps s'il n'est tout simplement pas assez bon. Il vaut mieux mettre cette énergie dans l'écriture d'un autre manuscrit, qui cette fois sera meilleur.

Dans une conférence que je donnais un jour en compagnie de plusieurs auteurs, l'intervenant nous a demandé à chacun ce que nous aimions ou n'aimions pas dans le fait de vivre de notre plume. Les réponses ont été intéressantes. L'un des auteurs, en particulier, a répondu qu'il avait besoin de vivre ce paradoxe entre la satisfaction et l'insatisfaction. En effet, l'édition suit un processus si lent, avec des retours positifs si rares, qu'il vous faut apprendre à vivre pendant de longs mois en vous satisfaisant de ce que vous faites ; et pourtant, vous devez trouver la motivation pour écrire un manuscrit (avec tout le travail qui va avec) et vous fixer des objectifs à long terme.

Se fixer des objectifs

J'ai énuméré jusqu'ici ce dont vous avez besoin. À présent, laissez-moi vous parler de quelque chose dont nous nous passerions volontiers : la procrastination, c'est-à-dire le fait de tergiverser et de toujours remettre le travail à plus tard. C'est ce que nous faisions tous plus ou moins à l'école lorsque nous ne nous occupions de nos devoirs que dans les heures qui précédaient la date de remise des copies. (En fait, la seule fois où j'ai rédigé une dissertation en avance – tellement en avance, même, que le professeur a accepté de la corriger avant la date officielle –, j'ai eu une note exécrable. Bonjour la motivation…)

Le meilleur moyen pour lutter contre cet atermoiement est de se fixer des objectifs à court et à long terme. Pour le court terme, imposez-vous un nombre minimal de pages ou d'heures chaque jour. Si vous faites des recherches avant d'écrire, fixez-vous des contraintes semblables – peut-être un livre à consulter et à résumer par jour ?

Sur un plus long terme, vous pouvez imprimer chaque semaine un agenda des douze mois à venir. Bloquez vos rendez-vous, puis remplissez l'agenda avec des séances d'écriture, en notant les semaines et les mois où vous allez écrire, préparer votre plan ou corriger votre manuscrit. Imposez-vous des objectifs hebdomadaires que vous ventilerez jour par jour. Ensuite, posez ce calendrier sur votre espace de travail.

Envisagez aussi l'utilisation d'un tableau effaçable, sur lequel vous inscrirez vos obligations au jour le jour (heures d'écriture, coups de téléphone à passer, documents à envoyer, etc.). Effacez au fur et à mesure chaque tâche accomplie ; s'il en reste à la fin de la journée, non seulement vous n'avez pas atteint les objectifs fixés, mais vous écopez d'une charge supplémentaire pour le lendemain. Vous êtes votre propre patron : oublier une chose ou deux peut être tentant… mais, avec votre programme complet sous le nez, cela deviendra plus difficile.

Peut-être avez-vous l'impression que des objectifs aussi impérieux peuvent nuire à votre créativité. Sans doute, mais écrire un roman est une entreprise si longue et si ardue que le seul feu de la passion ne peut la soutenir tout entière. On rencontre beaucoup de personnes qui commencent un roman et qui, arrivées au quart, l'abandonnent pour une « meilleure idée ». Chaque fois que j'ai écrit un roman, alors que j'atteignais cent ou cent cinquante pages, mon esprit s'est mis à envisager un nouveau projet, et j'ai commencé à trouver très ennuyeux ce que j'étais en train de faire. C'est là qu'intervient la discipline, aidée d'un bon agenda. Si celui-ci me dit que je n'ai pas le droit de travailler à un nouveau projet avant trois mois, je m'oblige à rester sur mon manuscrit en cours pendant un trimestre avant de m'accorder le droit de passer à autre chose.

L'angoisse de la page blanche

J'ai préféré traiter le problème toujours sensible des blocages d'écriture après celui des objectifs, car, si vous en faites l'expérience, il vous faudra déterminer si vos talents créatifs se sont épuisés, ou si vous êtes tout simplement en train de commettre le péché de procrastination. Honnêtement, je dois dire que mes blocages relèvent généralement de la seconde explication.

Voici quelques façons de sortir de l'impasse :

- Ayez un plan solide. Avoir investi beaucoup de créativité dans le plan permet souvent de continuer à écrire malgré tout.

- Écrivez, quoi qu'il arrive. Le résultat sera peut-être extrêmement mauvais, mais au moins vous ne vous retrouverez pas avec une page blanche. Vous serez même surpris du peu de différence entre ce que vous faites quand vous êtes motivé et ce qui vient quand vous vous sentez découragé. Tout, au fond, vient du même cerveau...

- Passez pour quelque temps à un autre projet. Sur mon tableau de commande, il y a actuellement :

  - un manuscrit en cours de lecture chez un éditeur ;

  - un projet et quelques chapitres que mon agent étudie ;

- un scénario qu'un producteur est en train de faire réécrire ;

- deux idées de troisièmes livres (j'ai deux contrats différents pour des séries chez deux éditeurs), pour lesquels il me faut développer un plan avant la date prévue par contrat ;

- deux nouvelles idées pour lesquelles je dois faire des recherches et une ébauche de plan ;

- deux manuscrits en cours de relecture, qui me reviendront le mois prochain pour des corrections.

Vous devez, vous aussi, avoir de nombreux autres projets auxquels vous consacrer temporairement pour régénérer votre créativité. Vous pouvez également vous remettre à des recherches (dont nous parlerons davantage au chapitre 4) : puisqu'on fait vivre une histoire par ses détails, efforcez-vous d'en trouver de nouveaux.

Vous pouvez encore remonter dans votre manuscrit, et le relire avec l'esprit ouvert, en recherchant des graines semées inconsciemment et qu'il est peut-être temps de récolter (vous trouverez plus d'explications là-dessus au chapitre 6, dans la partie consacrée aux intrigues secondaires).

- Si vous êtes persuadé qu'il est temps de repenser la direction prise par votre histoire, confiez le manuscrit à une personne extérieure pour relecture. Parlez-en. Videz votre esprit, faites des associations libres, reprenez les éléments de votre histoire et observez-les sous un angle nouveau. Hurlez. Cognez-vous la tête contre le clavier… et remettez-vous à écrire.

Un esprit ouvert

L'ouverture d'esprit, c'est, au fond, la volonté de changer. Elle a son importance non seulement au tout début de votre carrière d'écrivain, mais aussi une fois que vous êtes publié. En effet, vous devez conserver le désir d'améliorer votre écriture et d'apprendre de toutes les sources possibles.

En préalable à cette volonté de changement, il vous faut prononcer les trois phrases les plus difficiles pour un être humain : « Je me suis trompé », « Je n'ai peut-être pas agi de la meilleure façon possible » et « Peut-être puis-je apprendre d'un autre ».

Trop d'écrivains cherchent la confirmation plutôt que l'aide. Ce qu'ils attendent, c'est qu'on leur dise que leur manuscrit est génial – puis qu'un éditeur leur envoie un chèque. Ils refusent qu'on leur indique ce qui ne va pas et le travail qui reste à faire. Après mon troisième livre, j'ai décidé de prendre des cours de littérature à l'université de ma ville pour élargir mes horizons. Plus j'écris, en effet, plus j'apprécie la littérature générale. Trop d'auteurs « de genre » restent prisonniers d'une forme précise et se montrent incapables d'écrire quoi que ce soit d'autre. À l'inverse, si vous avez une formation littéraire, ne rejetez pas certains écrits sous prétexte qu'ils appartiennent à des genres « mineurs » ou qu'ils sont trop communs.

Le groupe littéraire auquel j'appartiens a invité récemment, pour une lecture, une auteur qui venait de faire une conférence à la fac[1]. Elle est arrivée sans un mot et s'est lancée dans sa lecture ; après les applaudissements, elle est sortie sans saluer personne. Elle n'a même pas pris le temps de découvrir qui étaient les gens pour qui elle venait de lire. Du coup, elle a perdu l'occasion d'entrer en contact avec plusieurs auteurs publiés qui auraient pu l'aider à faire éditer son prochain roman.

Souvenez-vous que vous ne savez pas toujours à qui vous avez affaire, et qu'il vaut donc mieux rester courtois et ouvert en toutes circonstances. Quand on vous parle d'écriture, quel que soit votre point de vue, soyez à l'écoute des autres, même quand vous n'êtes pas d'accord avec eux. Après tout, peut-être trouverez-vous, dans un an ou deux, qu'ils avaient raison.

Dans ce livre, vous serez peut-être surpris par certaines idées que j'exprime et qui peuvent sembler inconciliables entre elles. Ce n'est

---

1. Aux États-Unis, il est fréquent que des auteurs soient invités dans les universités locales ; de la même façon, le système des lectures publiques d'une œuvre par son auteur est nettement plus développé qu'en France, tout comme les réunions (*writers' groups*) où des auteurs, publiés ou non, se rencontrent pour lire leurs œuvres ou échanger sur divers sujets.

pas que je sois schizophrène, mais il s'avère tout simplement que j'ai commencé à écrire ces pages dans les années 1990, et que je n'ai cessé depuis d'y faire des ajouts. Vous pouvez donc lire entre les lignes mon évolution en tant qu'auteur. Quand j'ai commencé, j'étais souvent révolté (pour des raisons très égoïstes) par ce que je percevais comme du mépris de la part des « gens de lettres » à l'égard des auteurs de genre. Aujourd'hui, cette naïveté me semble une erreur. J'ai appris que l'important est de décider ce que l'on veut faire et de s'y mettre quoi qu'en disent ou en pensent les autres. Il faut garder à l'esprit qu'il y aura toujours des personnes qui n'aimeront pas ce que vous écrivez et que, selon toute vraisemblance, il s'en trouvera parmi elles pour vous le faire savoir coûte que coûte. Restez ouvert d'esprit, et vous saurez prendre leurs critiques avec du recul.

L'un des plus grands changements que j'ai connus a concerné ma façon de considérer le rapport entre intrigue et personnages (nous le verrons au chapitre 6). Jusqu'à mon douzième livre ou à peu près, je pensais que l'intrigue menait l'histoire. Aujourd'hui, j'essaie de laisser le champ libre aux personnages. Pour en arriver là, il a fallu que je me remette en cause, que j'admette que ma façon de faire n'était pas forcément la meilleure et que je tienne compte de points de vue diamétralement opposés au mien.

Il est impossible que vous amélioriez quoi que ce soit si vous n'admettez pas dès le départ que votre façon de faire n'est pas la meilleure de toutes. J'ai donné des cours d'écriture et j'ai remarqué que, malgré mes remarques, 90 à 95 % de mes étudiants refusaient tout simplement de changer leur manière de procéder. Mais alors, pourquoi assistaient-ils à mes cours ? La réponse, comme on l'a vu plus haut, est qu'ils recherchaient une validation. En revanche, ceux qui ont retravaillé leur matériau et accepté de réfléchir aux questions que je leur posais ont réellement progressé dans leur écriture.

L'ouverture d'esprit a également son importance quand on en vient à l'aspect commercial du livre. Bien souvent, les nouveaux auteurs rêvent que les choses se fassent à leur manière. Ils s'attendent à ce que les éditeurs, directeurs de collection et autres responsables de publication partagent leur point de vue. Et, bien sûr, cela n'arrive jamais. Le monde de l'édition a ses défauts, mais il a aussi ses qualités ; ce n'est pas parce que vous ne comprenez pas certains procédés qu'ils sont forcément mauvais.

Souvenez-vous également que le changement vient par vagues. Il s'agit d'abord d'accepter le fait qu'un changement est nécessaire, et ensuite de comprendre ce changement d'un point de vue intellectuel. Mais cette compréhension intellectuelle n'est que partielle tant qu'elle n'est pas relayée au niveau émotionnel. Alors, et alors seulement, il y a changement véritable. Cela peut prendre des années – quand on y arrive…

Toujours dans l'optique de garder un esprit ouvert, je vous conseille de lire beaucoup, et dans tous les domaines. Aux aspirants écrivains, je recommande particulièrement la lecture des « premiers romans » (qui sont publiés sur leurs propres mérites) et celle des « romans clés », ceux qui marquent un tournant dans la carrière d'un écrivain, le faisant passer de l'anonymat à la liste des auteurs de best-sellers.

La routine de l'écrivain

On me demande toujours quelle est cette fameuse routine, quelle est ma méthode de travail. Dans les ateliers d'écriture que j'anime, j'ai beaucoup de mal à répondre à cette question. Je me contente en général de dire que je fais tout ce qu'il y a à faire pour mener à son terme un manuscrit. Si je jugeais nécessaire de l'écrire à même un mur, je n'hésiterais pas, pas plus que je n'hésiterais à m'adresser à la brigade des homicides si j'avais une question à leur poser, aussi stupide soit-elle (même si, probablement, je demanderais à quelqu'un de les appeler à ma place…).

C'est à chacun de découvrir ce qui fonctionne pour lui ; l'essentiel, c'est que ça marche. Ne vous enfermez pas dans une routine : quand ce qui a marché ne marche plus, changez.

À vous d'adapter votre méthode de travail à vos besoins ; néanmoins, en définitive, ceux-ci sont les mêmes pour tous les écrivains. J'ai assisté à une conférence où des auteurs comme Terry Brooks, Elizabeth George, Bryce Courtenay et Dan Millman évoquaient leurs

méthodes de travail. En apparence, ils ont tous des approches très différentes ; pourtant, leurs objectifs sous-jacents sont les mêmes, seule la réalisation diffère. Terry Brooks, par exemple, est un grand spécialiste du plan, et il déteste la réécriture. Courtenay, en revanche, ne fait jamais de plan, il se lance dans l'écriture et revient plusieurs fois en arrière en cours de rédaction. Au fond, le plan détaillé de Terry Brooks et la rédaction d'un premier jet avant réécriture de Bryce Courtenay ne sont pas si différents : ils demandent la même réflexion et le même travail.

Passion

La passion, c'est ce qui *vous* motive personnellement ; elle irrigue votre écriture à la fois consciemment et inconsciemment (je parlerai au chapitre 3 de votre *intention*, c'est-à-dire de ce que vous souhaitez que le lecteur retire de votre livre). Votre motivation peut être de simplement raconter une histoire intéressante et agréable, ou bien d'exprimer à travers un roman votre conception de l'amour. Parfois, quand j'aide un écrivain en difficulté, je le pousse à revenir à son idée originale, en lui demandant ce qui, à son avis, est le plus important dans son livre. Qu'est-ce qui le passionne le plus ? L'émotion initiale est au cœur du roman.

Au moment de commercialiser le livre, il faudra que vous soyez capable de transmettre cette passion à votre éditeur. Quelque chose vous a incité à écrire, quelque chose de fort ; le roman achevé, cette force doit être perceptible pour les lecteurs.

J'ai vu des écrivains remanier complètement leur manuscrit à la suite d'un seul commentaire d'un éditeur. Si, parfois, ce changement est un bien, il arrive qu'il gâche le principe même du livre.

Un écrivain doit d'abord être fidèle à lui-même, mais il doit également être capable de sortir de sa subjectivité pour voir si ce qu'il a écrit fonctionne vraiment. Il lui faut mettre en perspective les commentaires et les critiques, tout en gardant à l'esprit ses propres objectifs et ses raisons d'écrire. Ces capacités paradoxales sont parfois difficiles à gérer pour une seule personne. Cependant, seul leur équilibre permet à l'auteur d'écrire et de se vendre.

OUTIL N° 2

Votre environnement

L'écrivain, comme tout professionnel, dispose d'un certain nombre d'outils. Considérons-en quelques-uns.

Un ordinateur

Pendant que Léon Tolstoï écrivait *Guerre et Paix*, son épouse en a recopié six exemplaires à la main. Rares sont ceux qui peuvent se targuer d'avoir une compagne ou un ami capables d'un tel dévouement. Aussi, de nos jours, est-il pratiquement indispensable pour un écrivain de posséder un ordinateur. Je tire mon chapeau à tous ces auteurs qui ont produit leurs œuvres avant que soit inventée la fonction copier-coller…

Le prix des ordinateurs ne cesse de baisser. Mon dernier en date, à la mémoire impressionnante, m'a coûté presque deux fois moins cher que le précédent, acheté huit ans plus tôt, et dont la capacité de stockage était quasi nulle. Vous n'avez pas besoin d'un outil surpuissant ; il suffit qu'il fonctionne et qu'il soit doté d'un traitement de texte. Si vous n'avez pas les moyens d'en acquérir un, renseignez-vous : la plupart des bibliothèques et autres espaces publics proposent des postes en accès gratuit.

Un portable est également une aide précieuse, car il peut vous apporter davantage de flexibilité qu'un PC de bureau. Il peut vous accompagner quand vous faites des recherches, quand vous partez en voyage, ou pendant votre trajet quotidien vers le bureau. J'ai ainsi acheté un adaptateur qui me permet de recharger la batterie de mon portable sur l'allume-cigare de ma voiture pendant que je roule. Cela a nettement amélioré ma capacité de travail ; même si je ne réussis toujours pas à taper en conduisant (je ne suis pas certain que ce soit souhaitable), je profite fréquemment des aires d'autoroute pour noter des phrases ou des idées.

J'ai longtemps fréquenté le circuit des salons du livre et des séances de dédicaces, en particulier dans les postes militaires à travers les États-Unis. Il s'agissait en fait de rester assis et d'essayer de vendre ses livres aux visiteurs. Grâce à mon portable, j'ai pu mettre à profit les temps morts et mener deux activités de front.

Si vous êtes réfractaire aux ordinateurs, ou si vous manquez de moyens, la solution des machines à écrire électroniques peut vous intéresser : on trouve des modèles, neufs ou d'occasion, pour quelques dizaines d'euros. Ces machines ont les mêmes fonctions qu'un ordinateur : elles gardent les textes en mémoire et permettent de les retravailler et de les mettre en forme. Après tout, vous n'avez peut-être pas besoin d'un engin capable de téléphoner, de gérer votre budget, d'aller sur Internet, de faire la lessive... Un simple clavier suffit.

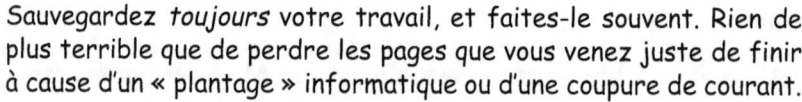

Sauvegardez *toujours* votre travail, et faites-le souvent. Rien de plus terrible que de perdre les pages que vous venez juste de finir à cause d'un « plantage » informatique ou d'une coupure de courant.

J'ai écrit mes deux premiers manuscrits en Corée ; les coupures d'électricité étaient si fréquentes que j'avais pris l'habitude de frapper automatiquement le raccourci clavier d'enregistrement à la fin de chaque paragraphe. Heureusement, les ordinateurs modernes ont une sauvegarde automatique réglable et des systèmes de récupération des fichiers. Que cela ne vous empêche pas de rester prudent...

Conservez la version la plus récente de votre travail sur votre disque dur, et sauvegardez-la chaque jour sur un autre support (CD, clé

USB, disque externe…), que vous conserverez de préférence ailleurs que chez vous – dans votre voiture, au bureau ou chez un ami. On ne sait jamais : votre maison peut brûler ou être cambriolée, et votre ordinateur disparaître. Vous me trouvez paranoïaque ? C'est sans doute vrai. Mais je préfère cela à la crainte de perdre tout ce que je croyais à l'abri.

Une autre solution, si vous disposez d'Internet, est d'utiliser l'espace disque que vous alloue votre fournisseur d'accès pour y entreposer des versions de sauvegarde, soit sous la forme de fichiers, soit en envoyant des e-mails contenant vos enregistrements du jour à une adresse électronique que vous aurez créée pour l'occasion.

Mais, me direz-vous, ne peut-on pas tout simplement écrire à la main, sur un carnet ? Bien sûr, si c'est ce que vous aimez faire ! Joyce Carol Oates[1], par exemple, écrit toujours ses premières versions à la main ; d'autres auteurs utilisent des dictaphones, et retranscrivent ensuite ce qu'ils ont enregistré. Faites ce qui vous est le plus facile ; l'ordinateur, néanmoins, reste l'outil le plus simple pour la plupart d'entre nous.

Si, comme un auteur que j'ai rencontré il y a quelques années, vous ne savez pas taper, je continue à penser qu'il est beaucoup plus rapide et moins onéreux d'apprendre à le faire vous-même, par exemple en vous procurant un manuel ou un logiciel de dactylographie.

Une imprimante

Investissez dans une imprimante laser (le noir et blanc suffit) ou au moins dans une très bonne imprimante à jet d'encre. Les manuscrits que vous allez soumettre méritent une impression de qualité. Oubliez les antiques imprimantes à aiguilles, au rendu quasiment illisible : il faut savoir que les éditeurs aiment leur confort de lecture. Si vous passiez vos journées à lire des manuscrits, vous comprendriez vite pourquoi…

---

1. Romancière américaine, auteur entre autres de *Les Chutes,* Philippe Rey, 2005, et *La Fille tatouée,* Stock, 2006.

Une imprimante laser est plus chère à l'achat, et les recharges sont également onéreuses ; mais, au bout du compte, le coût de revient par page reste inférieur à celui des imprimantes à jet d'encre. Si, néanmoins, vous en possédez une, pensez à faire recharger vos cartouches au lieu d'en acheter de nouvelles : non seulement c'est plus économique, mais c'est aussi un geste pour l'environnement.

N'oubliez pas que tout ce beau matériel ne constitue pas l'essentiel. Abraham Lincoln, la veille de la bataille de Gettysburg, a écrit un très beau texte au dos d'une enveloppe ! Pourtant, comme nous le verrons dans la deuxième partie de ce livre, aucun éditeur new-yorkais n'aurait daigné le lire… (en fait si, car Lincoln était président ; mais vous ou moi n'aurions eu aucune chance).

Un endroit pour écrire

Chaque écrivain a un endroit favori pour écrire. Pour ma part, j'aime le calme, alors que d'autres ne peuvent pas écrire sans musique de fond. Certains ne jurent que par la solitude, mais il en est qui préfèrent la compagnie, par exemple celle d'un autre écrivain.

Année après année, mon espace de travail s'est agrandi. À l'heure actuelle, il y a dans la pièce où j'écris un bureau d'angle de plus de deux mètres et demi de long, des livres empilés sur les appuis de fenêtre, cinq étagères murales remplies de documents divers, deux bibliothèques de la hauteur du mur, plusieurs meubles contenant des classeurs, deux panneaux d'affichage en liège, un tableau effaçable, etc. Quand j'écris, j'aime avoir de l'espace, et j'ai besoin d'être le mieux organisé possible.

Il y a des gens qui prennent un carnet et un stylo et s'allongent sur leur lit, d'autres qui escaladent des montagnes pour pouvoir mieux écrire. Encore une fois, faites ce qui vous va le mieux, dans le domaine du réalisable. Au moment où j'écris ces lignes, je me trouve derrière une table en plastique et participe à une séance de dédicaces organisée à Fort Rucker, Alabama. Vous pouvez en déduire qu'il n'y a pas foule ; seulement, au lieu de regretter de n'être pas bien tranquillement chez moi, je mets à profit le temps dont je dispose ici.

© Groupe Eyrolles

Une liste des personnages principaux

Établissez une liste comprenant une description rapide de vos personnages et des notes sur l'histoire de chacun d'entre eux. Chaque fois que vous inventez un personnage, notez son nom et un bref aperçu de son caractère, même si vous pensez que vous ne l'utiliserez plus.

Cela vous permettra plus tard de ne pas perdre de temps à rechercher ce second rôle que vous avez fait figurer quelque part dans les cent premières pages, et qui fait un retour inopiné au moment où vous vous mettez à écrire le vingt-troisième chapitre… Il est préférable d'établir cette liste avant même de commencer à écrire ; nous en reparlerons au chapitre 6.

Une autre bonne raison : cela vous évitera d'utiliser deux fois le même nom pour des personnages différents.

Une carte des lieux

Si vous n'arrivez pas à vous orienter dans les décors de votre roman, le lecteur n'y réussira pas non plus. Quand j'ai lu *Le Dernier Western*[1], j'ai gardé mon atlas à côté de moi pour suivre le trajet du troupeau depuis le Texas jusqu'au Montana. En tant qu'auteur, vous devez faire de même. À l'heure actuelle, il y a dans mon bureau une demi-douzaine d'atlas généraux, historiques, routiers, militaires, ainsi que des ouvrages plus spécifiques comme *L'Atlas des mystères de la Terre* ou des cartes de régions précises pour des projets en cours.

Je dépense beaucoup d'argent pour ces atlas, car je me suis rendu compte que les cartes jouaient un rôle crucial dans mes romans. Je finis toujours par dénicher des endroits insolites ; c'est ainsi que, pour les besoins de mon dernier livre, j'ai dû chercher où se trouvait le cratère de Ngorongoro.

© Groupe Eyrolles

---

1. Roman de Larry McMurtry (First, 1990), qui raconte l'épopée d'un groupe de cow-boys.

Les atlas offrent, au-delà de l'aspect géographique, un point de vue historique ; ils donnent sur les décors choisis des renseignements qui peuvent grandement influencer votre histoire. Quand j'écris mes scènes d'action, les cartes topographiques me permettent de mieux « sentir » le terrain et imaginer les combats. C'est grâce aux cartes, également, que je détermine les distances, et donc le temps que mettent les personnages à voyager d'un point à un autre. Évidemment, si vous écrivez de la science-fiction, cela ne s'applique pas. Mais souvenez-vous que, même dans ce cas, vous devez suivre des règles logiques et cohérentes. Attention, donc, au moment où votre vaisseau spatial passe en vitesse-lumière…

Certains genres sont plus susceptibles que d'autres de recourir aux cartes. Si vous avez lu *Le Seigneur des anneaux*, vous vous rappelez sans doute où se situe Mordor par rapport à la Comté, et quels sont les territoires entre les deux. Si vous écrivez des romans historiques, votre lecteur voudra en savoir plus sur les frontières politiques de l'époque.

Il se peut aussi (je frissonne à cette pensée) que certains de vos lecteurs ne sachent pas où se situent des endroits comme, disons, Madagascar…

À l'époque où j'étais dans les Forces spéciales, nous procédions toujours à une « étude des lieux » avant d'intervenir dans un pays. Nous prenions le temps d'apprendre le plus de choses possible à son sujet : la topographie, le climat, les coutumes, la langue, les religions… En tant qu'auteur, je fais exactement la même chose.

Un plan des locaux

Les plans, tout comme les cartes, vous permettront de conserver votre sens de l'orientation pendant que vous écrirez. Dans le cas contraire, le lecteur risque de se perdre. Si la chambre de votre personnage principal est à droite pendant quinze chapitres et que par erreur vous la situiez à gauche dans le seizième, cela se remarquera. Dans les livres, le lecteur peut toujours revenir en arrière pour vérifier.

Un dictionnaire

J'ai vu, je le jure, des lettres de présentation qui comportaient des fautes d'orthographe. J'ai appris à la longue que, même si je crois connaître le sens des mots, il arrive que je me trompe. Cela vaut parfois la peine de jeter un œil au dictionnaire pour être certain de ce que l'on dit.

En sortant d'un magasin, une de mes amies a trouvé un jour sur son pare-brise un mot d'un inconnu qui disait : « Je vous trouve très bêle », avec un numéro de téléphone. Inutile de préciser qu'elle n'a jamais voulu rencontrer l'inconnu… L'orthographe, c'est important.

Une grille de référence de l'histoire

Comme je l'ai déjà dit, une grille de référence ou « tableau de bord » (voir l'annexe E) permet de se repérer et de retrouver un passage sans avoir à relire tout le manuscrit. Dans les histoires que j'écris, il est extrêmement important de garder à l'esprit les lieux, les dates, les personnages et l'action. Il faut par exemple savoir qu'il y a quatorze heures de décalage entre Washington et Tokyo, et qu'il est donc très improbable que votre héros aille de l'une à l'autre en cinq minutes.

D'accord, parler de « grille de référence » n'a rien de très artistique. C'est pourtant un point capital. Même si l'écriture est un processus créatif, un roman demande aussi beaucoup d'organisation, et il est complexe d'être à la fois créatif et organisé. Dès que vous la commencez (j'en parlerai au chapitre 5), une histoire tend à s'animer d'une vie propre. Paradoxalement, il se peut alors que votre créativité soit gênée par l'ampleur que prend votre création.

La grille de référence n'est pas un plan. Vous devez la remplir à mesure que vous écrivez, pour garder la trace de ce que vous avez écrit. Elle est particulièrement utile au moment de la réécriture. Comme nous le verrons en parlant des intrigues secondaires, changer un détail précis du roman peut affecter par ricochet d'autres points ; vous déterminerez mieux lesquels si vous avez pris la précaution de tenir à jour votre grille de référence.

© Groupe Eyrolles

Vous pouvez aussi comparer celle-ci à votre plan à mesure que vous progressez, et voir en quoi ils divergent. Cela vous permettra de ne pas trop vous éloigner de l'histoire que vous aviez initialement imaginée.

Un résumé des informations importantes

Pensez à résumer sur des fiches les livres et articles qui vous ont servi dans vos recherches, en mettant en relief les informations importantes et en notant les pages et les références de chaque source. Si vous calez dans l'écriture de votre histoire, jetez un œil à vos fiches de lecture ; bien organisées, elles vous permettront sans doute de relancer la machine. Ce n'est rien d'autre que de la méthodologie, comme on l'enseigne dans certaines universités, appliquée à l'écriture.

On fait vivre une histoire par ses détails ; plus vous avez d'informations, plus vous avez de détails. Mes livres contiennent des passages entiers d'informations, que les lecteurs prennent parfois pour de la fiction. D'autres auteurs sont capables de créer toute une histoire à partir d'un seul élément authentique.

Journaux et magazines

La simple lecture de la une d'un quotidien ou d'un magazine peut vous donner deux ou trois idées de romans. Par ailleurs, la presse offre beaucoup d'informations de fond ; un article bien fait résume souvent une situation dans son ensemble. Conservez les coupures de presse dans un classeur : elles constitueront des références précieuses. En effet, juste après la lecture, vous pouvez avoir l'impression que l'information est stockée dans votre cerveau ; sauf que, dans cinq mois, en plein milieu de votre vingt-septième chapitre, il y a peu de chances que vous vous souveniez de quoi que ce soit. Je le répète : écrire un roman prend beaucoup de temps. Conserver les articles de presse vous permettra de toujours les avoir sous la main et d'en utiliser les informations à bon escient.

DVD et vidéos

J'ai écrit un roman, intitulé *The Rock*, dont l'action se déroule à Ayers Rock, en Australie. Or, je n'avais jamais visité cet endroit. Comme ce projet n'était pas encore vendu, je n'avais ni le temps ni l'argent pour prendre l'avion afin de me rendre sur place. J'ai donc opté pour ce qui me restait de mieux : j'ai loué des cassettes vidéo de voyageurs et j'ai visité l'Australie avec ma télévision. Ainsi, j'ai pu écrire des scènes tout en les visionnant sur mon écran. Bien entendu, je ne pouvais pas réellement sentir l'atmosphère, mais j'ai lu ou entendu plusieurs témoignages qui m'ont fourni toutes les informations nécessaires. Demandez autour de vous : vous serez surpris du nombre de gens qui ont visité les endroits les plus extraordinaires.

Avec les médias modernes, vous pouvez tout apprendre sur les armes à feu, les procédures médicales, le saut à l'élastique, le vol à voile, etc. Naturellement, se rendre sur place ou expérimenter par vous-même est préférable. Cependant, quand c'est impossible, pensez aux DVD et aux cassettes vidéo.

Des classeurs

En indexant vos fiches et les résultats de vos recherches dans des classeurs, vous les aurez toujours sous la main en cas de besoin. Sans organisation, les informations ne servent pas à grand-chose.

Un dictaphone

Qu'il soit à cassette ou sous forme de clé USB, un dictaphone vous permettra de « noter » vos idées quand vous conduisez ou dans toute autre situation où il n'est pas pratique d'écrire. La nuit, vous pouvez même le conserver sur votre table de chevet, afin d'enregistrer (à voix basse, tout de même) cette idée géniale qui vous traverse l'esprit sur le coup des trois heures du matin. Au réveil, et une fois toutes vos fonctions cérébrales reconnectées, vous pourrez écouter ce que vous avez enregistré.

Un tableau papier

Vous pouvez essayer d'utiliser un tableau de conférence (« paperboard ») pour y inscrire les grandes lignes de votre plan, et le remplir à mesure que vous écrivez. Sur des pages de grande taille, vous pouvez noter davantage d'éléments que sur des feuilles A4. Cela fonctionne particulièrement bien pour les « visuels », ceux qui conçoivent les histoires en termes d'images.

Des livres

J'en ai parlé plus haut : pour être un bon écrivain, il faut d'abord être un bon lecteur. D'autant plus que, comme nous le verrons dans le chapitre consacré aux recherches, vous trouverez dans les romans des autres non seulement des faits, mais aussi des techniques d'écriture qui peuvent vous aider. Quand vous rencontrez un problème, il y a de fortes chances qu'un autre auteur l'ait connu avant vous. Comment l'a-t-il résolu ? Comme vous êtes brillant, vous trouverez le moyen de faire encore mieux.

Il y a quelques semaines à peine, j'ai lu tous les livres qui figuraient dans la liste des quinze meilleures ventes du *New York Times* ; et je l'ai fait parce que je souhaite moi aussi écrire un best-seller qui y figure. Je me suis donc plongé dans ces romans avec l'esprit ouvert et j'y ai trouvé quelques « trucs » dignes d'intérêt. J'ai ensuite ajusté l'intrigue du roman que j'ai en tête en fonction de ce que j'apprenais. L'écriture des autres peut vous permettre d'améliorer la vôtre.

OUTIL N° 3

Votre idée de départ

Écrire sur quoi ?

Mark Twain disait : « Écrivez sur ce que vous connaissez. » J'aimerais ajouter quatre précisions.

- D'abord, je reformulerais en ces termes : « Écrivez sur ce que vous connaissez et qui vous fait ressentir quelque chose. »

- Il y a de fortes chances que vous écriviez dans un domaine proche de ce que vous aimez lire.

- Pensez que même un sujet que vous maîtrisez et auquel vous êtes sensible peut ne pas intéresser grand monde, surtout si c'est un sujet connu. À moins, bien sûr, que votre livre soit particulièrement bien écrit.

- Vous pouvez aussi écrire à propos de ce que *vous aimeriez connaître*. Elizabeth George écrit des romans policiers qui se déroulent en Angleterre… et elle vit en Californie. Les mythes et les légendes figurent parmi mes sujets de prédilection, parce qu'ils me fascinent et que j'aime par-dessus tout faire des recherches à leur propos. Je crois que si un thème m'intéresse, il pourra intéresser des lecteurs.

En règle générale, ce sont vos expériences et vos connaissances qui dictent le sujet de votre roman. Je ne veux pas dire qu'on ne peut pas écrire de science-fiction sans avoir voyagé dans l'espace ; en revanche, il est nécessaire d'avoir des notions en physique et en vol spatial pour y consacrer un manuscrit. Nous verrons plus tard que, pour vendre votre histoire, il vous faudra vous vendre vous-même. Au-delà de votre expérience personnelle, vos goûts en matière de lecture ont une forte répercussion sur ce que vous écrivez : vous écrirez plus facilement dans un genre que vous appréciez en tant que lecteur. La meilleure préparation pour devenir auteur de romans policiers est d'en lire des dizaines et des dizaines.

> Commencez par quelque chose de simple. N'ambitionnez pas d'écrire le Plus Grand Roman du Siècle dès votre premier essai. Au contraire, vous vous rendrez vite compte qu'à chaque manuscrit vous améliorez vos qualités d'écriture. Plus vous apprenez, plus vous avez de facilité à maîtriser des personnages ou des intrigues complexes.

Attention : c'est une erreur fréquente chez les débutants de penser que l'histoire de leur vie fascinera les lecteurs (l'autofiction en est un exemple). Je vous renvoie au troisième point de mes ajouts à la phrase de Mark Twain : il n'y a rien de fondamentalement mauvais à vouloir écrire sur soi, mais il faut rester réaliste quant à la probabilité que quelqu'un d'autre ait envie de vous lire.

Écrire sur un thème qui vous tient profondément à cœur vous permet d'ajouter de la passion à votre prose. Inversement, cela peut aussi vous handicaper, car il devient plus difficile de faire la part des choses et de juger objectivement le contenu ou le style de ce que vous écrivez. J'ai vu plusieurs auteurs passer des années sur le même manuscrit, le réécrivant sans cesse, modifiant les intrigues secondaires et l'ordre des chapitres, sans pouvoir admettre le problème de base : ce qu'ils étaient en train d'écrire n'était, dès le départ, pas suffisamment intéressant, ou ne fonctionnait pas.

Il arrive fréquemment que des écrivains s'attachent de façon passionnelle à de mauvaises idées. Comme je l'ai dit plus haut, l'ouverture d'esprit est une qualité essentielle pour un auteur. Dans le chapitre 7, vous trouverez tout un passage consacré au lecteur. Pourquoi ? Parce que trop d'écrivains finissent par se mettre des œillères. Ils deviennent incapables d'évaluer objectivement leur travail et de se mettre dans la peau de quelqu'un qui le lit pour la première fois et n'a pas de lien émotionnel avec le sujet. Ce n'est pas parce que vous ressentez quelque chose que vous réussirez à le faire ressentir à votre lecteur.

Quand on s'attaque à son premier manuscrit, le problème est qu'on cherche à faire quelque chose de neuf. Or, la façon la plus sage d'aborder la nouveauté est ce que j'appelle la technique RSMG (Reste simple, mon gars). Écrire, c'est jongler sans cesse avec deux boules de verre : l'histoire et le style. Plus simple est l'histoire – tout au moins quand vous vous lancez dans l'écriture –, plus vous pouvez vous consacrer au style.

Vous me trouverez peut-être simpliste, mais trop d'écrivains se lancent à corps perdu dans des histoires très complexes dès leur premier roman, au point que leur style en souffre énormément. Dans un premier roman, l'auteur maîtrise souvent le style ou l'histoire, mais très rarement les deux à la fois. Puisque, pour être publié, il vous faut écrire bien, n'en faites pas trop avec l'histoire. À mes débuts, à l'époque où je cherchais mon premier éditeur, j'ai rencontré un agent dont le seul et unique commentaire a été : « Simplifiez votre intrigue. » Je m'étais beaucoup investi dans le développement de mon histoire, mais je n'étais tout simplement pas assez doué pour le faire sur tout un roman. Aussi, j'ai agi comme me le recommandait l'agent, et c'est ainsi qu'il a réussi à vendre mon premier livre[1].

Je crois que, de ce point de vue, j'ai fait le tour du problème : j'ai écrit aussi bien des séries romanesques à l'intrigue très complexe et aux multiples personnages[2] que des romans policiers ; d'un autre côté, le livre auquel je me consacre actuellement est fondé sur une idée et une histoire très simples, ce qui me permet de consacrer aux personnages tout le soin que je mets habituellement au scénario.

---

1. Dans les pays anglo-saxons, les agents ont une vraie place dans le système de l'édition : ce sont eux qui font le lien entre les auteurs et les maisons d'édition. En France et dans d'autres pays européens, cette profession est encore rare.
2. En particulier la série *Area 51* (sous le pseudonyme de Robert Doherty), saga en neuf volumes qui retrace l'histoire de l'humanité jusqu'à sa rencontre avec des extraterrestres.

J'attire également votre attention sur ce point : il arrive fréquemment que le premier livre soit pour son auteur l'occasion d'exorciser ses vieux démons. Il a donc une valeur émotionnelle fondamentale pour l'écrivain, mais pas toujours pour le lecteur. C'est la raison pour laquelle je vous encourage à vous mettre au travail sur un deuxième manuscrit dès que vous aurez achevé le premier.

Prenez garde au perfectionnisme. Nombreux sont ceux qui croient que l'écriture doit être parfaite et passent un temps fou à réécrire et à corriger. Parfois, il faut savoir trancher : soit le livre est assez bon comme ça, soit il vaut mieux carrément laisser tomber.

Maintenant que j'ai enfourché mon cheval de bataille, permettez-moi de continuer. En ce moment, je fais partie du jury d'un concours d'écriture et je viens de lire une douzaine de romans sélectionnés. Quels sont les thèmes choisis ? L'amour, la mort, le divorce, les enfants battus, les cœurs brisés... Personne n'a choisi de faire un roman de science-fiction, un thriller ou une histoire d'horreur. Oh, il n'y a rien de mal en soi à parler de l'amour ou de la mort ; sauf qu'aucun des auteurs que je viens de lire n'est à la hauteur de la tâche.

Et maintenant, faites un test : allez jeter un œil dans la librairie la plus proche de chez vous. Quel est le rayon le plus important ? Suivant que vous vous trouvez chez un libraire indépendant ou dans une grande surface, les résultats peuvent varier. Notez néanmoins l'importance, derrière les livres de cuisine et d'informatique, des livres de développement personnel. Et ces derniers, au fond, ne parlent que d'amour, de mort, d'addictions, d'enfance maltraitée, de cœurs brisés... Or, pour autant que je sache, il ne s'agit pas de fictions.

Pourquoi lit-on de la fiction ? Pour échapper à la mort, à la violence, à l'addiction, à la souffrance, etc. Nous lisons d'abord pour nous distraire. Et pourtant, les écrivains en herbe rêvent tous de publier le Plus Grand Roman du Siècle, une œuvre réaliste qui parlera justement de tous ces thèmes que les lecteurs veulent fuir... Regardez dans le rayon des fictions et vous verrez que ces romans sont en définitive peu nombreux, surtout si vous tenez compte des rééditions en poche.

Je crois profondément que le problème numéro un des aspirants écrivains est qu'ils se lancent dans un sujet trop difficile. Écrire est un art qui demande de la maîtrise ; plus le thème est ambitieux, meilleur le style doit être.

Ce qu'il vous faut, c'est une idée de départ qui vous passionne et puisse passionner les autres.

L'idée de base

Elle est la pierre angulaire de votre roman. Par « idée », je n'entends pas forcément le thème principal ou un événement important ; l'idée de base peut être un décor, un personnage ou une scène.

À l'origine, votre idée de base est le germe de votre roman. Tout le reste peut être modifié, sauf elle. Qu'il s'agisse d'un lieu, d'une personne, d'un événement ou d'une morale, l'essentiel est qu'elle existait avant que vous vous mettiez à écrire. Vous devez absolument l'avoir en tête pendant que vous rédigez votre manuscrit. Si ce n'est pas le cas, votre histoire et votre style vont profondément en pâtir. Cette idée, vous devez être capable de la résumer en une seule phrase : répétez-la-vous tous les matins au réveil, avant même de vous asseoir à votre table de travail. Elle vous aidera à rester dans le droit fil de ce que vous faites.

Un petit exercice : écrivez maintenant *la* phrase qui résume votre roman. Vous n'y arrivez pas ? Alors, il vous faut remonter le cours de vos pensées pour la retrouver, car elle a existé, c'est certain. Tout a un point de départ. L'idée originale, même si elle ne constitue pas l'ensemble de l'histoire (et j'en parlerai un peu plus loin), est la partie immuable de votre manuscrit.

Suis-je assez clair ? Non ? Alors je m'explique. Dans un de mes premiers romans, l'idée de base était la suivante : que se passerait-il si des soldats des Forces spéciales avaient pour mission de détruire un pipe-line ennemi ? C'est le résumé de *Dragon Sim-13*[1]. Pas vraiment élaboré, n'est-ce pas ? Pas vraiment philosophique non plus. Pourtant, avec cette idée de départ, j'avais déjà beaucoup à faire, et je me suis donc attelé à la tâche. J'ai dû changer le nom du pays ennemi après avoir écrit la première version. Ce n'était pas grave, puisque mon idée restait inchangée. J'ai dû modifier les personnages. Là encore, c'était sans importance : l'idée de base était la même. J'ai dû trouver à la destruction du pipe-line par les Forces spéciales une meilleure raison que celle initialement prévue. Mais non, non et non, cela ne me gênait pas, puisque mon idée était respectée.

Allan Folsom, qui a reçu un à-valoir de deux millions de dollars pour son premier roman[2], raconte que tout est parti d'une seule idée : et si un homme assis à la terrasse d'un café parisien voyait passer quelqu'un qui a joué un grand rôle dans sa vie et qu'il n'a pas vu depuis vingt ans ?

Pensez à toutes les possibilités qu'offre un concept aussi simple comme point de départ : Folsom n'avait pas la moindre idée de qui était la personne que l'homme voyait, ni de la raison pour laquelle cet homme se trouvait à Paris, ni d'ailleurs qui il était – un espion ? un touriste ? Au bout du compte, le roman raconte comment quelqu'un transporte la tête d'Adolf Hitler dans une valise.

Une fois que vous avez votre idée de départ, les possibilités qui s'ouvrent à vous sont infinies. De fait, vous risquez fort de vous rendre compte que le manuscrit terminé ne ressemble plus du tout à ce que vous aviez d'abord imaginé, mais une seule chose compte : que vous y retrouviez votre idée de base.

Je me suis débrouillé pour que l'idée originale de mon premier roman soit très facile à écrire pour moi : quand j'appartenais aux Forces spéciales, mon unité a réellement dû accomplir ce genre de missions. Dans la mesure où j'avais une idée claire de leur déroule-

---

1. Presidio, 1992 (non traduit en français).
2. *The Day After Tomorrow*, Warner Books, 1995 (non traduit en français) ; à ne pas confondre avec le film du même nom de Roland Emmerich.

© Groupe Eyrolles

ment, j'ai pu me concentrer sur le style du manuscrit. J'avais en effet besoin d'y apporter beaucoup d'attention – et même avec ça, le roman est à peine lisible.

En cours de littérature, il m'est arrivé d'entendre que tel ou tel auteur, en écrivant un livre, cherchait à illustrer une morale précise. C'est possible mais, parfois, c'est loin d'être l'essentiel du livre. Il est beaucoup d'auteurs qui écrivent seulement parce qu'ils aiment raconter des histoires ; ils partent d'une idée, qui peut certes être une morale, mais aussi quelque chose de totalement différent – la « morale » du livre apparaissant au cours de l'écriture et non avant elle.

Une fois que vous tenez votre idée de base, prenez le temps de l'examiner, de l'éprouver et de sentir ses ramifications. Prenez vos personnages principaux et demandez-vous ce qui va leur arriver d'un point de vue émotionnel, physique ou spirituel au cours de l'histoire. Qui sont-ils au début du roman ? et à la fin ?

Ce genre d'interrogations va vous permettre de prendre conscience de ce que vous faites. Bien que certains auteurs écrivent sans idée précise, l'expérience m'a appris qu'il est souvent préférable d'avoir un thème ou une morale à l'esprit avant de se mettre à écrire. Même s'il ne s'agit pas de votre idée de base, ce thème affectera vos personnages et l'histoire. Or, vos lecteurs veulent être intéressés par les personnages et l'histoire. Y ajouter une dimension morale ou émotionnelle ne peut que les captiver davantage – même s'ils ne distinguent pas consciemment cette dimension.

La technique du « Et si ? » peut vous permettre de mettre au clair votre idée originale, de même qu'elle vous aidera plus tard à réussir vos lettres de présentation.

« Et si une femme au foyer se rendait soudain compte que sa vie est vide, et qu'elle décide de tout changer ? » Cela reste vague, je vous l'accorde, mais les détails viendront plus tard. Voilà l'idée de base, celle qui vous permettra d'aller jusqu'au bout de votre roman.

Les écrivains John Saul et Mike Sack ont tenu un séminaire de réflexion pour les écrivains où ils demandaient à chacun d'écrire une phrase commençant par « Et si ? ». Cela donnait des choses comme « Et si Mary devait arrêter une bande de terroristes ? ».

On peut améliorer cela en continuant les questions : qui est Mary ? une femme au foyer ? Que doit-elle empêcher les terroristes de faire ? Tiens, pourquoi pas d'assassiner le président ?

On en vient à : « Et si une femme au foyer devait empêcher des terroristes d'assassiner le président ? » Vous constatez la redoutable efficacité de la question « Et si ? ».

Parfois, l'idée de base peut être une façon de raconter l'histoire. La même intrigue, vue sous deux points de vue différents, donne souvent deux intrigues différentes. Prenons l'exemple d'une intrigue : « Que se passe-t-il si une personne un peu limitée intellectuellement découvre le monde ? » Le film *L'Incomprise*[1] (les scénarios et les intrigues de roman fonctionnent à l'identique) raconte la vie quotidienne d'une jeune femme qui dit toujours la vérité. Dangereux, non ? C'est un excellent film, et une très belle satire sociale, mais ce qui m'intéresse ici est le changement de perspective. Car, au fond, de quoi traite *Forrest Gump*[2], sorti l'année suivante ? Le « Et si ? » initial est le même ; c'est le personnage, plutôt que les événements, qui en font deux histoires différentes.

Grâce à un changement de point de vue, on peut raconter du neuf à partir de vieilles histoires. Dans les romans arthuriens, le doute n'existe pas ; la série *Kaamelott,* au contraire, le met en scène. De la même façon, dans *Jane Eyre*, on ne sait presque rien de la folle qui hante la demeure de l'héroïne ; or, c'est précisément son histoire que raconte la Britannique Jean Rhys dans *La Prisonnière des Sargasses*[3].

---

1. Stephen Gyllenhaal, 1993, avec Debra Winger.
2. Robert Zemeckis, 1994.
3. 1966, rééd. Gallimard, 2004.

Quand vous regardez un film ou que vous lisez un livre, essayez de déterminer quelle a été l'idée de base du scénariste ou de l'auteur. Dans *True Romance*[1], écrit par Quentin Tarantino, une des scènes finales oppose, dans une pièce, quatre groupes se tenant en joue les uns les autres, dans un « mexican standoff » désormais classique. En revoyant le film, j'arrive à me représenter l'esprit du scénariste construisant l'ensemble du film pour qu'il mène à cet apogée. Et effectivement, Tarantino a confirmé dans une interview que c'était son idée de base. Il ne savait pas au départ qui seraient les porte-flingues (c'est-à-dire les personnages), où se situerait la pièce (décor), les raisons de leur rencontre (intrigue) ; il ne savait pas non plus si la scène interviendrait au début, au milieu ou à la fin du film (construction et rythme du récit), ni comment l'affrontement serait résolu (scène clé), etc. Il savait juste qu'il tenait là son idée originale, son idée de base.

Voici quelques exemples de la façon dont les « Et si ? » m'ont aidé à construire mes livres :

- Et si un « témoin protégé » disparaissait réellement[2] ? Je venais de regarder avec des amis le film de Scorsese *Les Affranchis*, et je me suis demandé ce qu'il advenait de ces personnes lorsqu'on n'avait plus besoin de leur témoignage.

- Et si la force qui a détruit l'Atlantide il y a dix mille ans revenait menacer notre société ? C'est la série *Atlantis*[3]. J'ai toujours été passionné par les légendes et j'ai eu envie de transposer ce mythe dans le monde actuel.

- Et si la vie n'était pas apparue de la façon dont nous le pensons ? J'ai imaginé avec la série *Area 51*[4] que, dans le débat opposant créationnistes et évolutionnistes, les deux parties pouvaient se tromper. Y aurait-il une troisième voie ?

---

1. Tony Scott, 1993.
2. *Cut-Out,* Presidio, 1995 (non traduit).
3. Trois volumes, sous le pseudonyme de Greg Donegan, Jove Books (non traduit).
4. Sept volumes, sous le pseudonyme de Robert Doherty, Bantam Books (non traduit).

• Et si le Japon, à la fin de la Seconde Guerre mondiale, avait mis au point un programme secret de bombe atomique, et qu'une de ces bombes soit restée cachée sous le pont du Golden Gate ? C'est *The Gate*[1]. Un jour que je flânais dans une librairie, j'ai découvert un livre intitulé *La Guerre secrète du Japon*. J'ai commencé à le lire par curiosité ; l'auteur y affirmait que le Japon avait suffisamment avancé dans la mise au point de deux bombes atomiques, vers la fin de 1944, pour pouvoir procéder à des essais nucléaires en Mandchourie dans les derniers jours de la guerre. En tant qu'auteur de fiction, j'ai compris que je pouvais développer ce point de départ en un thriller moderne.

Les idées originales, en particulier dans la littérature de genre, doivent être excitantes. Pensez à des questions comme « Et si on mélangeait *Les Dents de la mer* avec *Jurassic Park* ? » C'est le point de départ de *Megalodon*, le best-seller de Steve Alten[2]. Combiner deux bonnes idées pour en faire une nouvelle est une excellente technique.

Dans les conférences ou les ateliers d'écriture, je demande souvent aux auteurs pourquoi ils ont écrit leur roman. Les écrivains se perdent parfois dans la jungle de leur propre œuvre, et ils en oublient la raison qui les a poussés au départ à écrire. Mais si vous avez un jour décidé de vous lancer dans un manuscrit, d'écrire des centaines et des centaines de pages, c'est qu'il y avait à l'origine une idée suffisamment enthousiasmante : quelle était-elle ?

Une autre façon d'examiner le cœur de votre roman est de vous demander quelle est la scène la plus importante. Ce point culminant du récit se situe au moment où les protagonistes se font face pour résoudre le problème initial, ou « nœud », du roman.

Comme je l'ai dit, l'idée de base n'est pas forcément le thème du roman ; les deux termes ne se recoupent pas toujours. S'ils diffèrent dans votre projet, vous devez être également conscient du thème de votre manuscrit.

---

1. Sous le pseudonyme de Bob Mc Guire, St Martin's Press, 1997 (non traduit).
2. Pocket, 1997.

Plutôt que le mot « thème », on pourrait emprunter aux scénaristes le terme d'*intention*. Il m'a fallu presque dix ans et quinze manuscrits pour comprendre toute l'importance de cette intention, au-delà de la simple volonté de divertir.

Un scénariste a prétendu un jour que l'intention d'une histoire devait pouvoir être résumée en quelques mots, par exemple :

L'amour triomphe de tout.

L'honnêteté vainc la cupidité.

D'autres prétendent que l'intention peut s'exprimer en un seul mot :

Relations

Honnêteté

Foi

Pères

Pensez à ce que vous voulez que ressentent vos lecteurs à la fin du livre. Il ne s'agit pas forcément d'utiliser un *happy end* pour leur plaire, mais il est nécessaire de savoir clairement quelle émotion vous voulez transmettre, et de vous assurer que c'est chose faite dans le dernier chapitre.

Plus l'intention est négative, plus vos talents d'écrivain seront mis à contribution : si vous avez l'intention d'accompagner vos lecteurs dans un voyage sombre et triste, il vous faudra écrire particulièrement bien pour les garder avec vous.

Ce sont les émotions qui font qu'un lecteur « entre » dans un livre. Ces émotions dépendent donc de trois aspects du roman : l'idée de base, l'intention et les personnages.

Si vous identifiez clairement ces trois points dans votre manuscrit – et mieux encore, si vous les « sentez » bien –, la qualité de votre travail s'en trouvera améliorée. Nous en parlerons davantage au chapitre 6.

L'idée de base n'est pas l'histoire

Il y a une grande différence entre l'une et l'autre. J'ai eu de très bonnes idées que j'ai été incapable de transformer en romans, tout comme il m'est arrivé d'écrire un roman entier (et, je crois, un bon roman) à partir d'une idée qui n'était pas excellente.

L'idée de base constitue la fondation, la phrase d'introduction. Une fois que vous l'avez formulée, il vous reste à savoir comment vous allez la raconter : c'est le moment de passer à l'histoire, le bâtiment que vous allez construire à partir de votre fondation.

C'est cette différence entre idée de base et histoire, ou intrigue, qui me permet d'être à l'aise quand je partage mes idées avec d'autres. Pour moi, en partant de la même idée originale, deux personnes peuvent produire deux histoires totalement différentes.

Beaucoup d'écrivains novices, qui partent d'un résumé, s'enlisent au moment de le développer. Voilà pourquoi il est capital que vous formuliez votre idée de base en une et une seule phrase avant de vous mettre à écrire. Ne vous contentez pas de *penser* cette phrase, dites-la à voix haute et couchez-la sur le papier. Cela vous facilitera le passage de l'idée de base au roman, car vous vous obligerez ainsi à être précis — et vous vous apercevrez peut-être du même coup qu'il n'est pas toujours si simple d'exprimer votre grande idée…

Entre l'idée originale et l'histoire, il y a un grand pas. Pour l'histoire, il faut tenir compte des personnages, du point de vue, du rythme, des décors, etc. Vous devez pouvoir répondre à toutes les questions qui se posent une fois formulée l'idée de base, en particulier à « Qui ? Quoi ? Quand ? Où ? Comment ? », tout comme à « Pourquoi » (votre intention).

Prenez le film *The Player*[1]. Des auteurs tentent de vendre leurs idées au personnage que joue Tim Robbins ; il ne cesse de leur répéter : « Exprimez votre idée en vingt-cinq mots maximum. » En tant que romancier, c'est ce que vous aurez à faire dans vos lettres de présentation : il vous faudra « accrocher » les éditeurs dès le premier para-

---

1. Robert Altman, 1992.

graphe, parfois en une seule phrase. Si vous n'y arrivez pas, c'est que vous avez un problème avec votre idée de base.

Dans une émission télévisée où Clint Eastwood parlait de ses films, il a résumé remarquablement chacun d'eux en une ou deux phrases, sans s'attarder sur les scènes marquantes. Beaucoup d'écrivains, au contraire, ont tendance à se perdre dans les détails de leur histoire au détriment de l'effet général. Pour Clint Eastwood, le film *Impitoyable*[1] tient en une phrase : « C'est l'anti-western. » Et l'on comprend que, pour un vieux routier du western, écrire son antithèse soit une idée passionnante.

Dans le livre que vous allez soumettre, qu'est-ce que vous aimez ? Qu'est-ce qui attirera le lecteur ?

Une fois la première question « Et si ? » posée, essayez d'aller plus loin, en vous la posant à nouveau. Cela peut vous emmener très loin. Et si les choses n'étaient pas ce qu'elles semblent être ? Plus vous développerez vos talents d'écrivain, plus cette technique vous aidera, non seulement à développer une intrigue intéressante, mais aussi à lui associer des niveaux supplémentaires.

Parlez de votre histoire à quelqu'un qui n'a rien à voir avec elle ou avec vous. Si vous êtes incapable de l'expliquer succinctement à un inconnu, c'est qu'il vous reste du travail avant de vous mettre à écrire.

Gardez à l'esprit que tout a déjà été fait ; le secret est de le faire différemment. La plupart des auteurs de best-sellers ont repris et amélioré des codes préexistants. Il y avait des romans d'horreur avant Stephen King, mais il a propulsé le genre vers de nouveaux sommets. Il admet par exemple que son roman *Le Fléau*[2] s'inspire d'un livre de George R. Stewart, *La terre demeure*[3] ; mais la richesse psychologique des personnages en fait une œuvre bien supérieure.

---

1. 1991.
2. LGF, 1978.
3. Robert Laffont, 1980.

N'écrivez pas pour le marché. Il vous faudra sans doute deux ou trois ans avant d'être publié ; vous n'avez aucun moyen de savoir ce que seront les tendances marketing à ce moment-là. Écrivez ce que vous avez envie d'écrire, tout en vous souvenant, si vous tenez à vendre votre roman, que vous devez écrire de façon à ce que d'autres aient envie de vous lire.

Votre préparation

Les recherches

Une fois définie votre idée de base, ne vous précipitez pas sur l'écriture : il vous faut d'abord faire des recherches, au cours desquelles vous garderez l'esprit ouvert à toutes les possibilités. J'irai même plus loin : avant d'écrire quoi que ce soit, obligez-vous à suivre la démarche étudiée dans ce chapitre. Vous devez être certain de ce que vous voulez faire ; dans le cas contraire, vous risquez de vous retrouver coincé.

Je distingue deux types de recherche : la recherche primaire et la recherche secondaire. Elles sont aussi importantes l'une que l'autre. La recherche primaire concerne des éléments précis de votre histoire ; la recherche secondaire, qui constitue, si j'ose m'exprimer ainsi, une deuxième nature chez l'écrivain, est un processus permanent. Vous devez observer sans cesse le monde autour de vous, tout en vous documentant le mieux possible. C'est en combinant les deux aspects que vous trouverez les meilleures idées.

Un de mes amis des Forces spéciales était spécialisé dans les explosifs. Où qu'il aille, il regardait les choses sous un seul point de vue : de quelle façon aurait-il pu les faire exploser ? Qu'il s'agisse d'une digue, de lignes électriques ou de ponts, il se posait toujours la même question : de combien de charges aurait-il besoin, et comment les disposerait-il ? Un écrivain doit raisonner de la même façon : cherchez systématiquement à décrire ce que vous voyez, les gens que vous observez, de manière à le faire passer au lecteur.

Je l'ai dit, le premier exercice de l'écrivain est l'écriture. Le deuxième, par ordre d'importance, est la lecture. C'est sur elle que se fondent vos recherches ; vous lisez à la fois pour trouver des informations et pour étudier le style ou la forme. Habituez-vous à disséquer tous les livres selon la méthode que je décris plus loin. Quand il m'arrive de me sentir bloqué dans mon écriture, je me tourne vers ma bibliothèque ; je lis les titres, j'essaie de me souvenir des intrigues. Cela m'inspire souvent. Plus encore, cela peut me donner de précieuses pistes pour contourner la difficulté que je rencontre dans mon travail du moment. Un auteur, soyez-en sûr, n'est jamais seul tant qu'il a des livres.

Voyez, de même, autant de films que possible. Si le support est différent, la technique dramatique est la même.

La plupart du temps, les recherches vous aideront à construire votre histoire au-delà de l'idée de base. Mais cette recherche ne se limitera pas à des éléments extérieurs : elle est aussi une recherche intérieure. Au-delà de l'histoire, des lieux et des personnages, vous vous interrogerez sur les motivations profondes de ces derniers : comment les concevez-vous ? Je reprendrai cette question au chapitre 6.

On n'a jamais trop d'informations. Même pendant que vous écrivez, restez en recherche d'éléments ayant trait à votre histoire. J'ai construit tous mes livres de la même façon, en partant d'une idée de base puis en la développant grâce à mes recherches.

Jusqu'à quel point votre roman doit-il s'inspirer de faits réels ? Où est la frontière entre la réalité et l'invention pure ? C'est une question difficile. Mes romans de science-fiction, par exemple, se contentent de donner des explications différentes à des éléments réels. Dans *Area 51*[1] je donne ma propre version de l'origine des statues de l'île de Pâques, mais tout ce que j'écris à leur sujet est réel.

---

1. *Op. cit.*

Dans le domaine du roman policier, rien de tel que des informations solides sur les procédures judiciaires. Si, dans les films et les séries, les personnages de flics et leurs actions sont souvent à des années-lumière de la réalité, le roman ne supporte pas un tel manque de fondements, et cela pour deux raisons notamment. Tout d'abord, le lecteur est en général plus critique et plus au fait de la réalité que le spectateur de cinéma. Ensuite, dans un film, le rythme du montage permet de « glisser » rapidement sur un détail mal construit, tandis qu'à la lecture on peut toujours détailler un paragraphe ou revenir en arrière, et les erreurs sont plus évidentes.

J'ai cité plus haut les divers moyens dont vous disposez pour vos recherches. Internet, dans ce domaine, connaît un grand succès. La Toile vous permet non seulement de recueillir des informations, mais également, dans la plupart des cas, de correspondre avec les responsables des sites pour leur poser les questions qui vous intéressent. Vous pouvez aussi rejoindre des réseaux d'écrivains, prendre contact avec des agents ou des éditeurs, ou même participer à des ateliers d'écriture. Attention quand même à ne pas passer votre temps à surfer au lieu d'écrire… Quoi qu'il en soit, grâce à Internet, vous pouvez faire savoir qui vous êtes et ce que vous écrivez : un site personnel peut présenter un intérêt certain[1].

Ce que peuvent vous apporter les recherches

Elles constituent l'architecture sur laquelle vous allez développer votre idée. En écrivant *The Sphinx*[2], et alors que je parcourais un épais volume sur le Sphinx de Gizeh, j'ai appris au détour d'une phrase que sir Richard Francis Burton, un aventurier anglais que j'ai toujours admiré, avait visité le site en 1855. Cette scène réelle est devenue l'introduction de mon roman.

---

1. Bob Mayer lui-même tient un site, grâce auquel vous pouvez découvrir ses livres et correspondre avec lui. *www.bobmayer.org*.
2. Tome 3 de la série *Area 51*.

Vos recherches ne servent pas seulement à étayer vos idées. Elles peuvent vous fournir des pans entiers de l'histoire ou même des personnages. Un des livres de la série *Atlantis* se passe en l'an 1000. En étudiant l'histoire des Vikings, j'ai découvert l'existence d'un certain Loddin des Morts, dont la tâche était de partir en mer, chaque printemps, à la recherche des corps de ses compatriotes pris dans les glaces pendant l'hiver. Il faisait fondre les blocs de glace, attachait les cadavres aux flancs de son bateau, et les revendait aux familles des victimes, qui pouvaient ainsi organiser de véritables obsèques. Je n'ai pu résister à l'envie de faire figurer dans mon roman un personnage aussi extraordinaire.

À la fin des romans américains, il est fréquent que l'auteur remercie les spécialistes qui l'ont aidé dans ses recherches, comme les officiers, les médecins légistes et les juges dans le cas des romans policiers. N'hésitez pas vous-même à recourir à des avis autorisés. Néanmoins, quel que soit le domaine concerné, n'oubliez pas que les « experts » vous parlent de la réalité, sans tenir compte du fait que vous écrivez une fiction. Pour le romancier, l'intrigue est prioritaire ; vous devez donc creuser dans la masse d'information qui vous est donnée comme un mineur à la recherche d'une pépite – celle qui fera briller votre livre d'un éclat particulier.

> Que faire si vous décidez d'écrire sur un sujet que vous ne maîtrisez pas ? Trichez ! Trouvez un livre qui aborde le même thème, et voyez comment l'auteur le traite. Encore une raison pour que vous absorbiez autant de livres et de films que possible : ils vous fourniront toujours du matériau à utiliser à votre guise. Chaque fois que vous découvrez un élément frappant, « différent », gardez-le en tête pour vous en servir plus tard.

Je dois dire que, pour moi, les recherches sont l'un des aspects les plus plaisants du travail d'écrivain. J'adore fureter dans une bibliothèque, lire des magazines, surfer sur Internet et visionner des DVD. Mon conseil : ouvrez l'œil, et le bon. Vous cherchez un ouvrage référencé U410.L1 E38 ? Regardez aussi les livres qui se trouvent à sa gauche, à sa droite et sur l'étagère du dessus. En vous intéressant à tout le rayon, vous trouverez sans doute bien plus que ce que vous étiez venu chercher.

Disséquer un livre

L'idée de base posée et les recherches faites, il reste encore une étape avant d'écrire. Trouvez un livre qui se rapproche de celui que vous imaginez. Comment ça, il n'y en a pas ? Désolé de vous contredire, il existe sûrement. Trouvez-le, posez-le devant vous et disséquez-le avec toute votre sagacité. Cela fait, recomposez-le pour comprendre comment il fonctionne.

Voici les questions que vous devez vous poser :

- Quelle a été l'idée de base de l'auteur ? En quoi diffère-t-elle de la mienne ?

- Comment a-t-il transformé son idée en histoire ? Quel « tour de main » a-t-il utilisé pour passer de l'une à l'autre ? Et moi, qu'ai-je prévu de différent ?

- Quel est son thème, quelle est son intention ? Quels sont les miens ?

- Par quoi a-t-il commencé ? Par quoi vais-je commencer moi-même ?

- Pour quelles raisons a-t-il choisi la perspective qu'il utilise ? Quel sera mon choix ?

- Dans quelle durée a-t-il inscrit son histoire ? De quel point (ou date) part-il, et pour arriver où ? Quelles sont mes dates de départ et d'arrivée ?

- Quel est le rythme de son roman ? Celui que j'envisage ?

- Comment amène-t-il la chute ? Et moi ?

- Qu'est-ce que j'aime dans son livre ? Puis-je le faire ?

- Qu'est-ce que je n'aime pas ? Puis-je l'éviter ?

- Quels éléments a-t-il omis que je pourrais ajouter ? Pourquoi les a-t-il omis ?

- Y a-t-il des points qui me semblent inutiles ? En quoi les enlever modifierait-il l'histoire ?

- Quelles sont les intrigues secondaires ? En quoi rejoignent-elles l'intrigue principale ? Sont-elles toutes résolues ?

- Quel cadre et quel environnement l'auteur a-t-il choisis ?

Je reprendrai plus loin en détail chacun de ces points. Vous devez répondre à ces questions pour votre propre roman ; comprendre comment un autre y est parvenu (et a pu être publié) vous aidera. Quoi qu'il en soit, plus vous lirez, plus vous retiendrez (consciemment et inconsciemment) des éléments de style et d'intrigue, ce qui ne peut que vous être utile.

Disséquer un livre vous permet aussi de déterminer à quel point votre roman a besoin d'être « réaliste » ou factuel ; cela vous indique donc l'ampleur des recherches à mener. Dans la plupart des romans policiers, par exemple, le niveau d'authenticité se situe à mi-chemin entre le cinéma et la réalité du terrain. Si un policier vous racontait en détail comment il enquête sur un homicide, il vous fournirait sans doute trop d'informations ; en respectant ce qu'il dit, vous aboutiriez à une scène extrêmement longue, qui ralentirait l'action. Il s'agit donc de voir comment, dans l'ensemble, sont traitées les scènes obligées du genre romanesque que vous visez, et d'écrire en conséquence.

Moi-même, j'ai disséqué bon nombre de best-sellers, en notant scène par scène leur structure. Je sais que de nombreux auteurs font de même. Vous pouvez diviser une feuille en plusieurs colonnes, où vous ferez correspondre à chaque numéro de chapitre un résumé très court de l'action, le nom des personnages, le point de vue, ainsi que l'objectif des scènes. Ce dernier point est le plus important. Vous aurez ainsi une vue d'ensemble sur la façon dont un auteur à succès construit son œuvre.

Une fois que vous aurez disséqué un livre proche de celui que vous comptez écrire, demandez-vous en quoi celui-ci sera différent, quelle

© Groupe Eyrolles

sera sa particularité. Toutes les histoires ont déjà été traitées : la seule façon d'être original réside dans le passage de l'idée à l'histoire.

De l'idée à l'histoire

Vous savez maintenant quoi écrire. Nous voici arrivés au deuxième obstacle : *comment* l'écrire ? C'est souvent un choix plus difficile – si difficile, parfois, qu'il vous fera revenir à la première question. En effet, le passage de l'idée à l'histoire peut être complexe.

Il faut d'abord répondre aux questions : « Qui ? Quoi ? Quand ? Où ? Comment ? Pourquoi ? » Il y a d'innombrables approches pour une même histoire. Les idées de roman ne sont pas infinies ; la façon de les écrire, si.

À l'époque où je vivais en Corée, et malgré l'habitude que j'avais prise de sauvegarder mon travail à la fin de chaque paragraphe, les caprices de l'électricité me faisaient souvent perdre une partie de mon texte. Je reprenais donc les passages effacés, mais je les écrivais toujours un peu différemment. Je sais aussi qu'il peut m'arriver d'écrire des pages qui, si j'avais attendu le lendemain, auraient été complètement différentes et auraient peut-être changé toute la physionomie du livre.

Il s'agit de transmettre votre idée originale aux lecteurs, et donc de décider quelle est la meilleure manière de le faire. Quelle perspective, quel point de vue, allez-vous choisir ? Où commencera l'histoire ? Comment mettre en place les références nécessaires ? Quelles intrigues secondaires feront avancer l'histoire principale ? Comment raconter cette dernière en conservant l'intérêt du lecteur ? Pouvez-vous, sans tricher, prévoir une fin surprenante ? Dans quel temps vous situerez-vous ? Quel sera l'ordre des chapitres ? Y aura-t-il un prologue ? Un épilogue ? Il faudra répondre à toutes ces questions (voire à d'autres) avant de transformer votre idée en une histoire qui s'étendra sur tout le roman. Les réponses, évidemment, dépendent les unes des autres.

Prenons un exemple. Imaginons que votre futur roman mette en scène trois générations d'une même famille du Haut-Berry[1] et les tribulations de ses membres à travers l'histoire de la France. Cette idée vous emballe tellement que vous mourez d'envie de vous asseoir à votre table et d'écrire. Avant cela, néanmoins, posez-vous ces quelques questions :

- Par quoi commencerez-vous ? Une scène de la vie quotidienne ? Un récit historique de la première implantation de la famille dans la région ? Ou bien préférerez-vous partir du présent et revenir en arrière ? Si oui, comment comptez-vous vous y prendre ? Il y a toujours la solution de montrer un personnage qui trouve dans un grenier une malle remplie de photos et de documents. Alors, que fait la malle dans le grenier, et pourquoi s'y intéresser maintenant ? La famille est-elle en train de déménager après avoir vendu ses terres ? Cela créerait un effet dramatique intéressant. Comment allez-vous faire progresser deux chronologies à la fois : en les développant parallèlement ? En passant de l'une à l'autre ? Comment faire pour que le lecteur suive facilement ces changements temporels ?

- Quelle sera votre perspective ? Allez-vous vous consacrer de la même façon à chaque membre de la famille ? uniquement aux femmes ? aux enfants ? Vous pouvez également adopter la perspective de la terre, puisqu'elle est une constante de l'histoire. Comment faire, alors, pour raconter le départ du fils à la guerre ? Une solution est d'imaginer qu'il y meurt ; son corps, alors, sera rendu à cette terre, ce qui permet de garder le même point de vue. Les seules limites sont celles de votre imagination. Vous pouvez aussi raconter l'histoire d'une famille à travers le regard d'une autre famille – celle de la ferme d'à côté, par exemple.

- Que ferez-vous des secrets de famille ? Pensez que, comme leur nom l'indique, ils ne sont pas connus de tous les personnages ; comment influeront-ils sur les destins individuels ?

---

1. Le marché du « roman de terroir » français se rapprochant assez de celui du *pulp* américain (science-fiction, action, aventure...), nous modifions l'exemple proposé par l'auteur, situé dans l'État de New York.

- Quelle est votre intention ? Quelle impression voulez-vous laisser au lecteur ?

- Quel est le point culminant de votre roman ? Comment l'épilogue vous permettra-t-il de « retomber sur vos pieds » ?

- Comment terminerez-vous l'histoire ? La fin que vous envisagez permet-elle de clore toutes les intrigues secondaires ? Répond-elle aux attentes du lecteur ?

Alors, enfermez-vous à double tour dans votre bureau si c'est nécessaire, mais considérez d'abord ces questions. Dès que vous commencerez à écrire, vous réduirez le nombre des possibilités techniques et stylistiques. Il est donc préférable de considérer toutes les options pour choisir les solutions qui s'adaptent le mieux à votre histoire.

L'écriture d'un roman est semblable à une course d'orientation : vous avez rassemblé vos personnages sur la ligne de départ, vous savez où vous voulez les faire arriver, mais ils peuvent changer de route, et il faudra néanmoins que vous puissiez les retrouver aux points de contrôle que vous avez prévus.

Avant d'écrire, répondez à ces six questions :

1. De quoi vais-je parler ?

2. Qu'est-ce que je vais en dire ?

3. Pourquoi ?

4. Qui cela peut-il intéresser ?

5. Que puis-je faire pour accroître cet intérêt ?

6. Que vais-je faire voir, penser ou sentir à mes lecteurs ?

La plupart des auteurs peuvent répondre aux trois premières, mais pas aux suivantes. Celles-ci, en effet, ont trait au lecteur, et non à l'auteur.

Et si vous essayiez d'écrire comme un lecteur plutôt que comme un auteur ? De vous mettre, aussi étrange que cela puisse paraître, dans la position du lecteur ? Cela vous permettrait de vous demander : le texte accroche-t-il le lecteur ? Le suspense est-il maintenu ? À tel ou tel point du livre, que sait-on ? Souvenez-vous que vous prenez une histoire dans votre esprit pour la transmettre, par la seule force des mots imprimés, au lecteur ; il vous faut rester conscient de ce qu'il se passe dans sa tête.

Le principe des outils et des conseils qui suivent est la *douceur* : il s'agit de vous assurer, à l'aide de toutes ces techniques, de ne pas désarçonner votre lecteur, que ce soit en termes de style ou en termes d'intrigue. L'intrigue intéresse le lecteur ; l'écriture lui permet de la suivre, mais elle n'est qu'un moyen, qui ne doit pas entraver la lecture. Si vous ne choisissez pas la bonne technique (ou que vous l'utilisiez de façon incorrecte), vous faites trébucher votre lecteur, et l'écriture prend le pas sur l'histoire. J'aime me répéter cette maxime : « Que le lecteur ne sache jamais que vous êtes en train d'écrire. »

Visualiser votre idée

J'ai déjà souligné la proximité entre le roman et le cinéma ; j'insiste encore sur ce point, car le visuel a beaucoup d'importance dans notre société. Il y a davantage de gens qui louent des DVD que de gens qui empruntent des livres. Réfléchir en termes de « caméra » peut vous aider à imaginer ce que vous voulez que le lecteur se représente, à mieux envisager la perspective et le point de vue.

Il y a deux notions importantes pour penser comme un romancier : il faut pouvoir envisager une histoire « à 360° », c'est-à-dire en voir toutes les possibilités, et en même temps imaginer où mène chacune d'elles.

En tant qu'auteur vous devez, premièrement, être capable, à tous les stades de votre roman (de l'écriture à la correction), d'envisager une multitude d'alternatives qui vous permettront de modifier l'orientation de votre histoire ou d'y apporter des améliorations. De façon générale, vous devez conserver votre créativité en ôtant vos éventuelles « œillères mentales », afin d'être conscient de toutes les possibilités qu'engendre votre idée. À vous, ensuite, de choisir celles qui vous semblent les meilleures.

Deuxièmement, vous devez être capable de voir où vous mène chacun des choix possibles, et s'il cadre ou non avec votre idée de base, avec les intrigues secondaires, les personnages, la chronologie, etc.

La plupart des gens peuvent envisager l'une ou l'autre de ces deux notions, mais rarement les deux à la fois. Certains voient toutes les possibilités d'une situation, mais ont du mal à les suivre jusqu'à leurs conclusions respectives ; d'autres peuvent voir où mènent certains choix, mais ne réussissent pas à les envisager tous.

Un écrivain doit y parvenir. Si cela vous est difficile, n'hésitez pas à travailler avec un ami qui a une perspective différente de la vôtre ou à participer à des ateliers d'écriture pour y aborder le sujet. L'inconvénient, c'est qu'un roman est long, et que vous n'obtiendrez pas tous les retours nécessaires en une ou deux heures de discussion. Il vous faut quelqu'un qui maîtrise le domaine qui vous fait le plus défaut, et qui par ailleurs ait suffisamment de temps et de bonne volonté à vous consacrer.

Utiliser vos outils d'écriture

Certains écrivains géniaux sont peut-être capables de penser à toutes les alternatives *et* d'envisager les conséquences de chaque choix. Quant à nous, simples mortels, nous avons souvent besoin d'une aide dans l'un ou l'autre de ces domaines, et de façon récurrente. Il peut être très frustrant d'écrire un manuscrit de 400 pages, de le donner à un lecteur et de s'entendre dire en commentaire : « Tiens, pourquoi n'as-tu pas fait ceci ou cela dans le chapitre 1 ? » Si vous vous sentez coincé, pensez à ce que je dis plus haut sur la « vision caméra » de votre histoire. Le sentiment de blocage correspond souvent au moment où l'on cherche à envisager de nouvelles possibilités, à se projeter dans d'autres voies.

Attention : nous arrivons maintenant en territoire dangereux. Nous allons parler de théories, de style et de techniques. Certains aspirants écrivains ne demandent que des règles et des formules ; ils veulent savoir comment écrire et être publiés facilement. Sauf que l'écriture n'est jamais facile, et qu'il faut du temps pour être publié. Lisez attentivement ce qui suit : il n'y a pas une bonne et une mauvaise façon d'écrire. Il y a simplement de bonnes et de mauvaises façons, ou de bons et de mauvais moments, d'appliquer des techniques.

Vous me suivez ? Plus simplement, les mots *jamais* et *toujours* ne doivent *jamais* (oui, bon…) être employés quand on parle de style. Dans les chapitres suivants, je détaille les avantages et les inconvénients de chaque technique d'écriture. À vous, d'abord, d'apprendre quand et comment les utiliser, et d'en saisir le pour et le contre. C'est ainsi que vous les maîtriserez. Vous aurez à votre disposition une boîte à outils complète. La maîtrise de chacun de ses éléments vous permettra d'être efficace dans votre travail d'écriture. Aucun outil n'est mauvais en soi : il se peut simplement que vous l'utilisiez de façon incorrecte, ou pour la mauvaise tâche.

Allons plus loin : mieux vous comprendrez les outils à votre disposition, mieux vous saurez les utiliser. Plus j'écris, plus je me rends compte combien il est important de savoir ce que je suis en train de faire. Rétrospectivement, je peux affirmer que je n'avais pas la moindre idée de ce que je faisais quand j'ai écrit mes premiers manuscrits. J'écrivais parce que j'avais beaucoup lu ; du coup, je choisissais mes personnages, mes intrigues ou ma perspective sans en être conscient. En fait, je régurgitais des calques de romans que j'avais lus.

Maintenant, quand je travaille sur un manuscrit, bien que je procède toujours de la même façon, je suis *conscient* de ce que je fais. Cela me permet d'améliorer ma façon d'écrire, d'approfondir mes personnages, et m'ouvre davantage de possibilités quant à l'intrigue. Je me sers mieux de mes outils.

Faisons un parallèle avec les ouvrages de développement personnel : je pense que ces derniers n'aident que ceux qui ont déjà connu un bouleversement. À ce moment-là, le livre a deux fonctions : il conforte la personne dans ce qu'elle a appris par elle-même, et il lui explique ce qu'elle a appris exactement. Si vous n'avez jamais écrit de manuscrit, vous aurez peut-être du mal à comprendre la manière dont je présente certains outils. Étudiez-les quoi qu'il en soit. Une fois que vous aurez écrit quelques centaines de pages, revenez lire les chapitres concernés : à la lumière de votre expérience d'écrivain, ils prendront davantage de sens.

Je dois dire qu'à mes débuts je ne comprenais pas toujours ce que je lisais dans les manuels d'écriture que j'achetais. Parfois, je les jugeais avec mépris « trop simplistes ». Un bon nombre de manuscrits plus tard, je me dis en les reprenant : « Maintenant, je comprends ce qu'ils voulaient dire ! Et c'est moins facile qu'il n'y paraît. »

De plus, comprendre ces outils peut permettre aux plus créatifs de les utiliser de façon inédite. Attention néanmoins à les prendre dans le bon sens… Votre imagination est votre seule limite : on peut toujours contourner une difficulté ou un inconvénient.

Avant de vous inquiéter des techniques et des outils, prenez le temps de considérer ce que vous allez faire, et quels sont vos objectifs. Une publication à compte d'auteur vous satisfera-t-elle ? Comptez-vous participer à des ateliers d'écriture ou faire appel à un coach ? Fixez-vous un but, et mettez les moyens nécessaires pour l'atteindre.

Faire un plan

Arrivé à ce stade de votre processus créatif, vous avez déjà :

- formulé votre idée de base en une phrase ;
- effectué toutes les recherches nécessaires à son sujet ;
- disséqué au moins un livre ou un film à l'idée de départ semblable.

Il est donc temps de traduire votre idée sous la forme d'un plan. J'estime que je passe environ 25 % du temps total à préparer le manuscrit avant d'écrire le premier mot. Chaque jour consacré à préparer et à établir le plan m'économise environ cinq jours d'écriture réelle.

Considéré dans son ensemble, un roman est une structure complexe, surtout si l'on parle de littérature générale. Travailler sans plan peut sérieusement lui mettre du plomb dans l'aile. Si chaque heure que vous passez à tracer les contours de votre manuscrit vous permet de gagner du temps par la suite, cela vous conduit également à resserrer votre intrigue avant de la coucher sur papier, ce qui produit en général une fiction de meilleure qualité.

Je dois reconnaître que j'ai construit mon premier plan de manuscrit le jour où un éditeur m'a demandé de lui soumettre sous cette forme un projet pour approbation (tout l'intérêt étant que je touchais alors un à-valoir…). Depuis, j'ai adopté cet outil. En effet, que ce soit avant ou pendant l'écriture, vous devrez faire un plan à un moment ou à un autre ; or, vous y mettre alors que vous avez déjà écrit de longs passages vous oblige souvent à remanier ceux-ci en profondeur, voire à les supprimer, ce qui vous fait perdre du temps. Il me semble prudent de consacrer du temps à la réflexion avant d'agir.

Sans plan, les auteurs rencontrent fréquemment le même écueil : ils se retrouvent bloqués au milieu du manuscrit. Pour moi, au début, ce n'était pas un problème : mes manuscrits d'action/aventures avaient une intrigue très simple et linéaire, et même si je n'avais pas un plan détaillé en tête, je savais où j'allais. C'était encore plus simple du fait qu'ils se basaient sur ma propre expérience. J'ai donc réussi tant bien que mal à terminer mes premiers romans. Mais dès que j'ai voulu passer à des histoires plus complexes, je me suis trouvé empêtré dans mes intrigues principales et secondaires ; pour tout remettre en ordre, il m'a alors fallu passer des jours et des jours à les retravailler, sans écrire réellement.

En commençant par formuler l'idée de base, vous vous laissez une relative liberté ; par la suite, plus vous avancez, plus vous vous fermez des options. Or, si vous n'avez pas de plan, vous risquez d'arriver à un point où vous n'aurez plus d'options du tout. En tout cas, pas de bonnes options. Ce n'est pas très souhaitable, non ?

Dans les chapitres suivants, nous détaillerons les éléments qui, assemblés, constituent un roman : la structure narrative, les personnages, le début… Un plan permet d'organiser ces éléments. On ne dira jamais assez l'importance d'avoir une vision claire de ses personnages avant de se mettre à écrire ; pour ma part, je considère que chercher cette compréhension fait partie du travail sur le plan.

Le plan permet aussi d'ordonner les intrigues secondaires par rapport à l'action principale. Savoir à quel endroit de votre roman vous allez introduire une action secondaire, et quand vous allez lui faire rejoindre l'intrigue principale, vous épargnera de « prendre la tangente » et de vous perdre.

Encore un avantage du plan : il donne dès le départ à votre roman une construction tendue, que l'écriture peut encore resserrer.

Vous devez éviter de considérer votre plan comme parole d'Évangile. À mesure que vous avancerez, l'histoire vivra sa propre vie ; certains détails que vous ajouterez peuvent vous en écarter radicalement. Aucun de mes derniers romans, que j'ai voulus plus complexes, n'a ressemblé exactement au final à ce que j'avais prévu dans le plan.

Gardez à l'esprit que la construction du plan, tout comme l'écriture, est un processus continu. Quand vous rédigerez votre manuscrit, vous reviendrez de temps à autre sur le plan initial pour le modifier et l'améliorer.

Si, par exemple, vous avez l'impression de perdre pied, jetez un coup d'œil au plan, que vous compléterez avec ce que vous avez déjà écrit. L'ajout de ces nouveaux détails vous permettra de modifier le plan, de préciser ce qui reste à écrire et de voir comment cela concorde avec ce que vous avez déjà écrit. Il se peut qu'il vous faille alors repartir en arrière pour ajouter ou enlever des parties.

Avant de commencer à écrire, vous devriez répondre (par écrit plutôt que dans votre tête) aux questions suivantes :

- Quelle est mon idée de base, en une phrase ?
- Qui sont mes personnages principaux ? Quelles sont leurs motivations principales ? Celles-ci les amènent-elles à assumer naturellement leur rôle dans le roman ? Qu'est-ce qui les a poussés à avoir ces motivations ? Comment vais-je montrer celles-ci au lecteur ?
- Quel est mon cadre spatial et temporel ?

- Quel est le point culminant de mon roman ?
- Comment vais-je conserver l'intérêt du lecteur d'un bout à l'autre ?

Attention néanmoins à ce que votre roman ne soit pas un plan amélioré, ce qui conduit à une écriture forcée ou artificielle. Se contenter de « dérouler » un plan laisse trop peu de place à la créativité et empêche les personnages de se développer et de vivre. Vous avez planifié tel ou tel événement et, quand vous vous mettez à l'écrire, vous vous rendez compte que le protagoniste ne fait pas exactement ce que vous attendiez, et que, comme dans la vie, tout ne se déroule pas comme prévu. Acceptez-le. Considérez vos personnages comme des êtres vivants impliqués dans votre histoire.

À vous de déterminer le degré de précision de votre plan, mais, de grâce, essayez-vous à cette préparation. Certains écrivains célèbres savent très bien s'y prendre pour construire à l'avance toutes les « sections » d'un roman et ont même un « script » identique à suivre pour chaque genre. Et, même si cela gêne parfois de le dire, il y a bien des formules toutes faites pour certains types de roman. Nous cherchons tous l'originalité (pas vous ?) ; seulement, si vous écrivez une histoire d'amour totalement différente de ce qui s'est fait jusque-là, alors, d'une part, vous n'avez pas écrit une vraie histoire d'amour et, d'autre part, au moment de la vendre, elle ne sera pas perçue comme telle. Vous serez peut-être le pionnier d'un genre nouveau, car il y en a, mais, très franchement, combien y a-t-il de chances que ce soit le cas ? Si vous êtes certain de votre écriture, n'hésitez pas, mais restez conscient des réalités du marché.

Quand vous écrirez, il vous faudra chaque jour commencer par reprendre et réviser votre plan. Pour chaque chapitre, prenez un point de départ et un point d'arrivée, puis demandez-vous : « Comment passer de l'un à l'autre ? Quel est l'objectif de ce chapitre ? » Regardez ensuite où et comment ce chapitre s'intègre à l'ensemble de l'histoire. Est-ce le bon moment pour introduire ce passage ? Si vous n'avez pas de chute, votre chapitre risque d'être trop sinueux.

Vous trouverez en annexe A un plan de chapitre que j'ai utilisé pour un de mes romans. Certains détails ne vous diront rien, mais vous comprendrez le fonctionnement essentiel d'un plan de chapitre. Dans celui-ci, vous pouvez :

- lister les dates et des heures, de manière à organiser la séquence temporelle ;
- lister les personnages qui apparaissent dans le chapitre ;
- organiser les événements en séquences, en rappelant l'action principale et le lieu ;
- noter quelques remarques sur des éléments clés que vous devrez traiter plus tard, ou que vous avez déjà écrits et qui ont une importance particulière dans ce chapitre. Cela est très important pour conserver la continuité de l'histoire ;
- encadrer la liste des événements importants par un point de départ et un point d'arrivée ;
- (sans doute le plus important) noter l'objectif du chapitre. En quoi s'intègre-t-il dans la structure du roman, comment est-il lié à l'idée de base ?

Répondre à ce dernier point vous permettra d'éviter les éléments inutiles. Voici un exemple des objectifs classiques d'une scène ou d'un chapitre :

- faire avancer l'action ;
- développer un ou plusieurs personnages et/ou montrer leurs interactions ;
- explorer le décor, la culture, les valeurs ;
- introduire de nouveaux personnages ou une intrigue secondaire ;
- préparer une scène clé ;
- donner des informations (exposition) ;
- augmenter la tension et le suspense.

Notez que plus votre chapitre aura d'objectifs, plus l'intrigue de votre roman sera serrée.

Bien sûr, une fois que vous aurez commencé à écrire, des choses peuvent changer, mais il est vraiment plus simple de noter tout cela au départ que de vous en rendre compte au fur et à mesure. En fait, avoir un plan vous permet de vous concentrer sur l'écriture, car vous savez ce que vous avez à faire.

Il y a un hic…

Au risque de me contredire, il me faut avouer qu'il y a tout de même un problème avec cette notion de plan. En travaillant sur votre premier manuscrit, vous vous trouvez confronté à la nécessité de planifier un travail… que vous n'avez jamais fait.

Personnellement, je suis devenu un adepte du plan à mesure que j'écrivais ; c'est en fait l'expérience de l'écriture qui me permet de mieux soulever à l'avance les questions de structure et de style. À force de construire des manuscrits, j'ai compris que je pouvais établir des plans complets et efficaces. Le plan de mon premier ouvrage, si j'en avais eu un, n'aurait sans doute rien eu de commun avec ceux que je fais maintenant. Je vous propose donc, pour votre premier manuscrit, une technique simple : notez tout ce que vous pensez savoir de votre livre. « Pensez savoir », car vous allez vous rendre compte que ce qui semble très clair dans votre tête ne le sera plus au moment où vous le mettrez par écrit. J'ai eu mon lot d'idées « géniales » qui, lorsque je commençais à les noter sur papier ou sur ordinateur, changeaient du tout au tout, et ne faisaient pas une histoire si géniale que ça.

Comme ce sont les détails qui font l'histoire, une histoire finit toujours par prendre vie d'elle-même. Aussi précis que soit votre plan, vous ne pouvez pas tout envisager à l'avance. Au cours de l'écriture, de nouveaux détails (souvent des éléments réels) vont surgir, qui entraîneront des changements.

Imaginons que vous écriviez un policier où le héros traque un criminel dans un tunnel. Dans votre plan, vous avez prévu que le méchant s'en échappe et que la petite amie du héros, restée dans la voiture, le voit ; elle prévient donc son fiancé par téléphone. Ça marche, non ?

Non. Dans un tunnel, les portables ne fonctionnent pas. C'est un détail que vous aviez oublié au moment de construire votre plan et qui vous saute au visage quand vous écrivez. Il ne vous reste plus qu'à changer, à ajuster. Les détails peuvent donc vous limiter ou, à l'inverse, vous offrir de nouvelles opportunités.

Si, pour vous lancer dans votre manuscrit, vous suivez pas à pas les chapitres de ce livre, vous voici arrivé au moment où, les travaux de recherche et d'exploration effectués, vous allez pouvoir tout mettre en place pour construire un plan.

Votre histoire

Ce qu'il faut éviter

Ayant passé beaucoup de temps à travailler sur des manuscrits, j'ai pu dresser une liste des problèmes les plus fréquents. Au départ, la notion de perspective me semblait, personnellement, la difficulté majeure, mais mon opinion a changé depuis. En effet, se poser la question de la perspective signifie au moins que l'auteur s'est déjà engagé dans le travail – tous n'y arrivent pas. J'ai ensuite pensé que l'absence d'idée de base était le défaut principal d'un manuscrit. Après quelques années, j'ai encore changé d'avis. Et ainsi de suite. Je ne suis sûr que d'une chose : quel qu'en soit l'ordre, les problèmes essentiels d'un manuscrit se trouvent dans la liste qui suit. La clé d'un roman réussi réside dans leur résolution.

Le personnage de la chanson *Paperback Writer* des Beatles rêve de connaître la gloire et la fortune par l'écriture et semble penser qu'il suffit d'un stylo et de papier pour devenir écrivain. L'important est ailleurs : avant d'exercer votre génie, il vous faut en passer par les techniques de base de l'écriture. Les entraîneurs sportifs le répètent, et ils ont raison : il faut en revenir aux fondamentaux. Les écrivains inexpérimentés se lancent souvent dans des récits complexes sans avoir les outils qui leur permettraient de le faire.

Ce chapitre décrit les points clés qui peuvent faire ou défaire un roman.

La perspective (point de vue)

Quand quelqu'un me dit qu'il a du mal à traiter les scènes d'action, ou que les dialogues se traînent, je regarde toujours du côté de la perspective. En fait, quand un problème de style se pose, je vérifie toujours si l'auteur manipule correctement les points de vue. Pour moi, c'est comme vérifier le niveau d'essence d'une voiture qui ne démarre pas alors que sa batterie (ici, l'idée de base) est pourtant chargée.

La perspective, c'est votre voix d'écrivain.

Les personnages

Un bon livre touche le lecteur à la fois du point de vue émotionnel et du point de vue intellectuel. Des personnages forts, auxquels on s'attache, permettent bien souvent de dépasser les questions de style. Dans bien des *road movies*, où l'histoire se résume aux déplacements d'une ou plusieurs personnes, c'est le caractère de ces personnages qui nous plaît et nous donne envie de lire la suite. En tant que lecteurs, nous sommes avant tout intéressés par les êtres humains.

Les Murailles de feu[1], de Steven Pressfield, raconte la bataille des Thermopyles. Le livre a connu un succès certain. Or, plutôt que les batailles, ce sont les Spartiates qui passionnent les lecteurs : qui étaient ces guerriers qui pouvaient donner leur vie pour leur cité ?

De la même façon, qu'est-ce qui fait de Stephen King le maître incontesté de l'horreur, alors que les prétendants au titre sont pourtant légion ? Les personnages de King sont si marquants que, quand l'horreur fait surface, elle a d'autant plus d'effet, car nous sommes réellement à leurs côtés.

> Introduire dès le départ des personnages marquants et attachants est une bonne technique pour intéresser le lecteur.

---

1. Archipel, 2007.

L'idée

Elle doit être bonne. Les manuscrits qui racontent des histoires dénuées d'intérêt ou qui mettent en scène des personnages sans consistance ont peu de chances d'être publiés.

Je l'ai dit et répété : vous devez pouvoir formuler votre idée de base en une seule phrase. Cela fait, essayez donc de voir si votre idée est une véritable accroche. Si vous parlez avec un(e) inconnu(e), dites-lui : « J'ai lu un livre qui parlait de… » et donnez votre idée de base. Quelle est sa réaction ? Dresse-t-il l'oreille ? Appelle-t-il la police, les services psychiatriques ? Ou, plus simplement, ne montre-t-il aucun intérêt ?

Votre idée de base doit accrocher l'esprit de votre lecteur. Ayez de bons personnages et une bonne idée de base, et vous pourrez tout faire.

Le récit

Vous est-il déjà arrivé d'acheter un livre ou un DVD dont le résumé semblait intéressant et qui vous a déçu par la façon de traiter le sujet ? Oui, certainement, car une idée accrocheuse et de bons personnages ne suffisent pas : il faut que l'histoire soit bien construite.

La construction du récit est un gros morceau. Je peux vous donner dix idées de base à n'importe quel moment, mais il me faudrait beaucoup de travail pour imaginer une histoire qui les développe toutes convenablement.

C'est là-dessus que je travaille le plus, souvent avec des amis, à qui je raconte mes idées, et qui m'aident à les construire. Je ne me mets à écrire un roman que quand je *sens* bien l'histoire. Cette approche peut vous surprendre ; c'est l'aspect réellement artistique du travail, qui existe bel et bien. Il s'agit d'attendre, pour se mettre à écrire, de se sentir à l'aise avec son histoire et d'être certain qu'elle peut plaire au lecteur autant qu'à vous-même.

Le rythme

Donner du rythme à son récit est essentiel. Si les premiers chapitres ne sont pas suffisamment accrocheurs, le lecteur peut vite se désintéresser, car rares sont les auteurs à pouvoir retenir un lecteur en comptant uniquement sur leur style.

Si un début accrocheur est un plus, il ne s'agit pas non plus de se précipiter, de raconter des incidents au lieu d'écrire des scènes. Assurez-vous de dérouler un récit plutôt que de simplement donner des informations au lecteur. Essayez d'écrire les scènes « en temps réel » d'un bout à l'autre, plutôt qu'en accéléré ou dans le désordre (je donne plus loin des indications sur la façon de commencer et de finir un chapitre).

Outre les problèmes évoqués ci-dessus, les premiers manuscrits souffrent souvent de défauts spécifiques, que nous prendrons le temps de détailler.

- **Accrocher le lecteur.** De nombreux auteurs débutants perdent du temps à donner des informations d'ordre général (lieux, personnages…) au lieu d'exposer dès le début l'intrigue et le personnage principal.

- **Marques de dialogue (incises).** Les phrases des personnages, rapportées entre guillemets, ont pour objectif de transmettre au lecteur à la fois de l'information et de l'émotion. Néanmoins, répéter sans cesse « dit-il », « répond-elle », etc., tout comme ne jamais utiliser ces termes, est une erreur fréquente, et qui souligne parfois le manque de véritables dialogues.

- **Répétitions.** Agaçantes, perturbantes, elles sont le cauchemar des auteurs et dérangent le lecteur.

- **Sens chronologique (ou effet zapping).** Une action qui bondit dans le temps, s'arrête, repart en arrière pour s'arrêter et accélérer à nouveau, peut donner le vertige au lecteur. Tâchez de trouver une logique temporelle cohérente.

- **Mise en situation.** En tant que lecteur, il m'arrive trop souvent de commencer un roman ou un chapitre et de ne pas savoir où et quand se déroule l'action, ni quels en sont les protagonistes.

- **Monologues intérieurs.** Cette technique, parfois employée pour transmettre des informations au lecteur, me semble un peu faible. Les personnages qui s'adressent à eux-mêmes me font penser aux gens qui parlent tout seuls dans la rue. D'autre part, ce type de monologue peut compliquer singulièrement les passages de dialogue, si plusieurs personnages sont mélangés, s'adressent les uns aux autres et parlent en même temps en leur for intérieur.

- **Pronoms.** Quand on met en scène plusieurs personnes de même sexe, il peut être difficile de savoir à qui renvoie le pronom « il » ou « elle ». Attention à ne pas semer la confusion dans l'esprit de votre lecteur.

- **Souvenirs et retours en arrière.** Lorsqu'un personnage se souvient de quelque chose, les événements sont évoqués en fonction de ses émotions et de son point de vue ; un retour en arrière (flash-back) raconte ce qui s'est réellement passé.

- **S'adresser au lecteur.** En littérature, il est rare de s'adresser au lecteur comme je suis en train de le faire avec vous. C'est pourtant une erreur qu'on trouve dans certains manuscrits, et qui fait souvent tache.

La structure narrative

Vous aimeriez un plan de roman qui marche à tous les coups ? Cela n'existe pas. Néanmoins, toute intrigue peut être résumée dans le cheminement suivant.

Un incident déclencheur

Il constitue l'accroche ; c'est un élément dynamique que le lecteur doit remarquer. Il doit perturber un équilibre antérieur, et la suite du roman montrera les efforts des protagonistes pour rétablir ou recréer un équilibre.

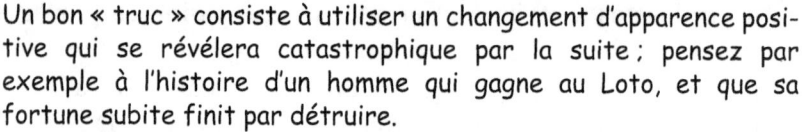

Un bon « truc » consiste à utiliser un changement d'apparence positive qui se révélera catastrophique par la suite ; pensez par exemple à l'histoire d'un homme qui gagne au Loto, et que sa fortune subite finit par détruire.

Une série de complications

Elles permettent de rendre l'action plus intense. Tout récit se fonde sur le suspense, que le héros doive sauver le monde ou qu'il accomplisse seulement une profonde transformation intérieure.

Il y a plusieurs types de suspense.

J'ai récemment vu un film intitulé *Le Rêve de la ville*[1], qui raconte le déroulement d'un week-end dans une ville minuscule du Texas. Au cours de ce week-end, quatre jeunes garçons et une fille, tout juste diplômés de leur université, projettent de partir pour Los Angeles. Leur car part le lundi matin ; on les suit du vendredi au dimanche soir. Le suspense naît de l'interrogation sur ceux qui partiront et ceux qui resteront, car nous nous attachons à ces personnages et nous voulons savoir ce qui va leur arriver.

Dans un thriller, un compte à rebours peut augmenter le suspense. Dans un policier classique, le détective recherche le coupable (c'est le « *Who done it ?* »). On me soumet beaucoup de manuscrits appartenant à ce genre ; j'y constate souvent un certain manque de suspense. En effet, s'il n'y a qu'un crime, comment peut-on maintenir la tension ? En montrant comment le policier démasque le criminel, bien sûr. Mais s'il n'y a qu'un crime, si le tueur ne risque pas de frapper à nouveau, si le héros n'est pas en danger à un moment ou à un autre, bref, s'il n'y a pas un véritable enjeu, le suspense risque d'être insuffisant.

On croit souvent qu'un renversement vers la fin du roman peut créer une attente. Or, justement, le lecteur ne s'y attend pas : en quoi cela amène-t-il du suspense ? Même si vous prévoyez un coup de théâtre final, pour que la surprise fonctionne, vous devez créer des attentes, une intensité dramatique qui amènent au renversement.

---

1. Tim McCanlies, 1998.

Une crise

Le point de crise est celui où le protagoniste doit faire un choix pour savoir si oui ou non il veut rétablir l'équilibre que l'élément déclencheur a brisé. Le lecteur ne doit pas savoir comment la crise va être résolue : il doit chercher à le deviner, ce qui augmente le suspense. Cette crise est souvent le moment le plus difficile pour le personnage principal.

Un point culminant

C'est le moment où, le choix effectué, l'ancien équilibre est rétabli ou un nouvel équilibre instauré. Votre personnage doit être impliqué. Souvent, le récit culmine dans une scène clé où deux personnages antagonistes s'affrontent pour faire basculer le problème initial vers sa conclusion.

Une résolution

Intrigues principales et secondaires doivent être abouties ; n'en laissez aucune de côté ! Tous les personnages et tous les événements sont importants pour le lecteur. Vous devez donc les amener à une conclusion, donner à votre lecteur une impression d'achèvement ; c'est en quelque sorte sa récompense pour avoir lu le livre jusqu'au bout.

Introduire le problème

On appelle « antagoniste » le personnage chargé de présenter le problème initial. Il s'oppose au protagoniste, le héros « positif ». Quand vous préparez votre plan, essayez d'adopter le point de vue de l'antagoniste : cela vous aidera à construire votre intrigue. Le protagoniste réagira aux plans de l'antagoniste, jusqu'au moment crucial où il se mettra à agir par lui-même.

Quand je prépare un thriller, je consacre beaucoup de temps à imaginer le but et les projets de l'antagoniste. Le lecteur doit trouver crédibles sa motivation et son plan.

Vous pouvez utiliser ce qui précède comme un guide. Bien sûr, il y a des romans qui n'utilisent pas cette structure narrative, et certains genres (que ce soient la science-fiction, le policier, le thriller…) la favorisent plus que d'autres. Quand vous procédez à la dissection de livre dont je parlais plus haut, prenez garde à la structure narrative utilisée dans votre modèle.

La structure narrative peut également vous servir au moment de passer de l'idée de base à l'histoire. Votre idée est-elle l'incident initial, la crise ou le point culminant ? Au fond, il faut vous demander si, à partir d'elle, vous pouvez inventer une histoire qui ait une résolution.

L'intrigue

Dans le dictionnaire, « intrigue » est défini comme « action secrète visant un but illégal ou hostile », ce qui montre bien qu'un roman… Je plaisante. La définition de l'intrigue qui nous intéresse est la suivante : « série d'événements qui forment l'action d'une pièce ou d'un récit ».

Le terme « série d'événements » est important : il doit se passer quelque chose. Qui peut se flatter d'être capable d'écrire un roman où le personnage principal ne bouge pas, ne fait rien ? L'action, sous toutes ses formes, fait progresser le récit et les personnages. Ceux-ci agissent, ou réagissent à quelque chose : quoi qu'il en soit, ils avancent.

Essayez, avant même de vous mettre à écrire, d'avoir une idée claire du point culminant de votre manuscrit. Après tout, c'est à lui que mène toute l'histoire ! Le repérer clairement vous aidera à rester concentré sur l'intrigue principale et vous épargnera de vous perdre dans les péripéties secondaires. Sans point culminant, vous risquez fort de ne pas arriver au bout de votre roman.

Comme le temps, l'intrigue doit être linéaire et avancer sans cesse. Les retours en arrière (ou les souvenirs évoqués par des personnages) peuvent poser problème, en ce sens qu'ils renversent le cours du temps. Je ne dis pas qu'il faut éviter de les utiliser, mais restez conscient de la progression temporelle de votre récit.

Si la vie réelle est pleine de hasards, on peut se demander s'il est opportun d'utiliser les coïncidences dans une intrigue. Certains répondent que c'est absolument proscrit, que tout doit arriver pour une bonne raison – cela afin que l'auteur ne prenne pas trop de libertés avec l'intrigue. Mais l'auteur, après tout, est le maître de son roman, et il manipule toujours l'intrigue à sa guise.

Certains pensent qu'un roman peut se construire avec des coïncidences. Dans un article intitulé « Neuf moyens pour écrire un roman populaire », Bryce Courtenay décrit le « pouvoir de la coïncidence », ce « point de départ, improbable dans la vie réelle, mais qui devient fascinant et complexe quand il s'installe sur toute la longueur d'un roman ».

Une coïncidence peut donc fonctionner parfaitement, si elle est un élément à part entière du roman. Dans le roman *Créance de sang*[1], une jeune femme demande à un agent du FBI retraité d'enquêter sur le meurtre de sa sœur. Le héros, en convalescence après une transplantation cardiaque, refuse la tâche jusqu'à ce qu'il s'aperçoive que le cœur qu'on lui a greffé est celui de la victime. Coïncidence incroyable, non ? Non, car on s'aperçoit que le meurtrier a commis d'autres meurtres à seule fin que la transplantation soit possible. La « coïncidence » fait en réalité partie d'un plan, et donne ainsi toute sa tension à l'histoire et au point culminant.

En revanche, si votre détective est à la poursuite des méchants, il est peu plausible que la secrétaire de l'un d'eux appelle le héros pour lui indiquer où les trouver – surtout si cette secrétaire n'apparaît qu'à cette occasion. Ici, la ficelle est trop grosse : on comprend que ce personnage n'est inventé que pour donner l'information (mais la ficelle peut marcher s'il s'agit d'un piège des méchants...).

---

1. Michael Connelly, Seuil, 2003.

Quand vous travaillez sur votre intrigue, pensez à sa logique interne : tous les éléments doivent faire sens.

───────────── « Montrez, ne dites pas » ─────────────

Si vous avez déjà fréquenté un atelier d'écriture ou lu un manuel similaire, vous avez déjà entendu cette phrase. Que signifie-t-elle exactement ?

D'abord, elle ne s'applique pas toujours. Il y a des moments, dans un roman, où vous devez « dire ». C'est d'ailleurs votre avantage par rapport à un scénariste, qui ne peut que suggérer par l'image. Parfois aussi, la frontière entre montrer et dire est inexistante. Entre la simple exposition des faits (dire) et la dramatisation (montrer), la distance varie. *Dire*, c'est résumer l'information, se contenter de la transmettre, tandis que l'on *montre* pour que le lecteur puisse voir, entendre, sentir et goûter les événements par lui-même.

À ce sujet, voici quelques règles simples.

Ne vous contentez pas de donner de l'information. On confond parfois l'intrigue avec une somme d'informations. Or, on ne doit donner d'informations que si elles sont absolument nécessaires à l'intrigue, et au moment exact où elles le sont. Inutile de donner au lecteur une information dont il ne saura d'abord que faire. Je rencontre aussi souvent des manuscrits où l'auteur, après un début intéressant, fait un retour en arrière ou évoque les souvenirs d'un personnage. Votre flash-back est-il vraiment à sa place en début de roman ?

Faites correspondre dramatisation et information au rythme du récit. Une longue séquence d'information n'a pas sa place dans un thriller au rythme haletant : elle va ralentir l'action. À l'opposé, vous trouverez sans doute beaucoup d'explications dans une saga de terroir. Vous devez apprendre à mélanger les deux.

Essayez toujours de montrer l'action. Il ne faut pas que les événements se déroulent ailleurs que dans le récit ; si c'est le cas, vous ne ferez que résumer l'action, et c'est ennuyeux.

Montrez toujours le point culminant du roman. Dans cette scène, le protagoniste rencontre l'antagoniste. Attention : utiliser trop de personnages dans cette scène clé est souvent une déception pour le lecteur, et affaiblit l'intensité.

Créer une bonne intrigue est une technique. Comme les autres éléments décrits ici, il est important de l'apprendre avant de l'utiliser à des fins artistiques.

Commencer votre roman

Un roman a toujours deux commencements : d'une part les premiers mots que l'écrivain pose sur la page, d'autre part ceux que le lecteur voit en ouvrant le livre. Les deux ne correspondent pas toujours. Dans les séminaires d'écriture que j'anime, je vois souvent des stagiaires qui s'épuisent à trouver *la* phrase initiale parfaite. Comme il est probable qu'ils réécriront par la suite, ils perdent souvent leur temps. À mon avis, le plus simple est de commencer n'importe où, n'importe quand ; vous pourrez toujours revenir en arrière pour vous occuper de l'incipit. Quand on écrit un roman, la première règle, c'est d'écrire.

Ce premier obstacle franchi, parlons du concept d'incipit. Regardez ce schéma :

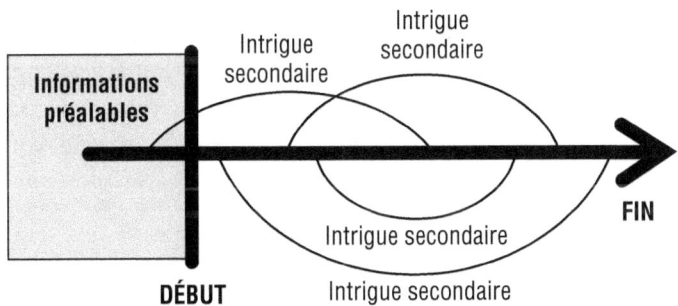

Le trait épais intitulé « Début » représente la première page du roman, et la pointe de la flèche la dernière. La flèche elle-même symbolise votre roman. Les ellipses sont les intrigues secondaires et les événements subsidiaires ; chacune d'elles, comme vous le voyez, a un rapport avec l'action, et se clôt avant la fin du roman. Le rectangle grisé représente les informations préalables ou, si vous préférez, l'arrière-plan de votre roman ; il y a toujours en effet une histoire qui précède celle que vous racontez – celle des personnages, des lieux, du conflit que vous décrivez, etc.

Où commencer ? Que dire ?

Où placer votre début, votre ligne verticale ? Souvenez-vous à quoi sert un incipit : vous devez amener des gens vers vous, vers votre histoire ; il s'agit de les intriguer, mais aussi d'introduire le thème, le problème ou le personnage principal. Vous pouvez faire tout cela à la fois – attention néanmoins à ne pas noyer votre lecteur sous un flot d'informations.

Si vous le souhaitez, vous pouvez décaler le point de départ vers la gauche, c'est-à-dire exposer toutes les informations préalables dès le début ; dans le cas inverse, vous aurez à faire remonter ces informations au fur et à mesure de l'intrigue.

Le film *Memento*[1] est construit comme un retour dans le passé. Le scénariste, Christopher Nolan, présente d'abord la résolution de l'intrigue, puis montre comment elle s'est nouée, avant d'exposer son point de départ. On peut se demander s'il a écrit son histoire dans ce sens ou s'il l'a écrite de façon chronologique pour l'inverser ensuite. Quoi qu'il en soit, il inverse le sens de l'histoire. Pensez à cet exemple pendant que vous écrirez : il ne vous sera sans doute pas facile de savoir où commencer tant que vous n'aurez pas amené votre idée originale à sa conclusion. Alors, vous pourrez toujours revenir en arrière pour déterminer le point de départ.

À la fin de votre deuxième chapitre, vous devez au moins avoir exposé votre problème (qui sera résolu dans le point culminant) et présenté votre personnage. Pensez à ce que vous transmettez dans ces deux chapitres : si l'exposition du problème prédomine, vous suggérez à votre lecteur que sa résolution est primordiale ; si c'est le personnage qui se détache, vous signifiez qu'il a plus d'importance.

© Groupe Eyrolles

---

1. Christopher Nolan, 2000.

Intéressez-vous aux scènes d'introduction des films et des romans. Demandez-vous pourquoi l'auteur ou le scénariste a choisi précisément celle-ci. Pour savoir si votre propre scène d'exposition fonctionne, asseyez-vous, fermez les yeux et visualisez-la comme s'il s'agissait d'une scène de cinéma. Est-elle captivante ou ennuyeuse ?

Le début de votre roman doit accrocher le lecteur, si possible en quelques pages ou, encore mieux, en quelques phrases. Donner trop d'informations générales dès le début peut compromettre cet effet ; vous ne pouvez pas vous offrir ce luxe.

Prenez quelques romans et vérifiez comment fonctionne l'incipit. Vous constaterez que, très souvent, l'auteur crée une ambiance particulière, pour captiver l'attention de son lecteur. À vous de faire de votre mieux pour charmer à la fois la sensibilité et l'intellect du vôtre, et ceci le plus vite possible.

Certains auteurs cherchent parfois à dissimuler le cœur de leur histoire, à retarder son commencement. Cela peut être une erreur. Si un lecteur ne trouve pas rapidement l'intrigue, à quoi servent toutes les informations qui lui sont données sur les lieux ou les personnages ? Incapable de les rattacher à des événements, il peut être découragé.

Introduire l'arrière-plan

Suivant le type de roman que vous écrivez, la somme des informations préalables peut être plus ou moins importante. Un auteur de science-fiction dont l'histoire se déroule au XXIVe siècle, par exemple, doit, avant de développer son intrigue, donner bon nombre d'explications.

Sur mon schéma, le point de départ n'est pas situé à l'extrémité gauche de la flèche, qui représente votre idée de base. De même, un certain nombre d'intrigues secondaires commencent avant le début du roman. Cela veut dire deux choses.

Tout d'abord, en tant qu'auteur, vous devez tout savoir sur les personnages et l'arrière-plan avant de commencer à écrire, sans quoi vous ne pourrez pas réellement développer votre histoire. En effet, il deviendrait vite apparent, au fil de votre roman, que vous ne maîtrisez pas ces éléments.

Ensuite, le rectangle grisé contient tout ce que le lecteur doit savoir pour comprendre l'histoire, c'est-à-dire ce qui s'est passé préalablement à celle-ci et qui influe sur son déroulement. Donner ces informations est délicat : elles doivent apparaître au bon moment, en douceur. Y consacrer tout un chapitre est souvent une erreur, car cela ralentit l'action. Un excellent premier chapitre suivi de trois lourds passages explicatifs est plus qu'un lecteur ne peut en supporter. Une fois que vous avez fait démarrer votre action, continuez sur votre lancée : gardez l'histoire en mouvement.

Les explications d'arrière-plan doivent s'y glisser uniquement pour répondre à des questions que l'on pourrait se poser. Imaginez votre lecteur s'arrêtant dans sa lecture et se grattant la tête pour comprendre tel ou tel passage : vous devez lui donner l'information nécessaire à la compréhension juste avant que ses doigts n'atteignent son crâne…

Pour présenter une explication, vous pouvez essayer le dialogue ou le point de vue omniscient, toujours préférables à une présentation donnée par un personnage *via* sa pensée, ses souvenirs ou ses émotions. Le retour en arrière est envisageable, mais doit être manipulé avec précaution : vous devez l'intégrer sans heurt au récit, et le terminer de la même façon. Les flash-backs ne fonctionnent qu'à cette condition, et s'ils surviennent au moment précis où le lecteur a besoin de l'information.

Rappelons ici qu'il faut différencier les retours en arrière des souvenirs d'un personnage. Le souvenir est un événement du passé vu par un protagoniste ; il peut certes constituer un bon moyen de retourner en arrière, mais il est toujours influencé par un point de vue subjectif, et peut donc être faussé.

Vous devez non seulement entrer et sortir en douceur de vos flash-backs, mais aussi y mettre du style. Un paragraphe de transition doit nécessairement encadrer chaque retour en arrière. Imaginons que vous racontez comment un homme, assis près de son téléphone, s'apprête à passer un coup de fil qui va changer sa vie. Vous avez besoin de revenir en arrière pour expliquer l'importance de cet appel. Pourquoi ne pas commencer, par exemple, par un coup de téléphone plus ancien ? Vous reviendrez dans l'action avec la sonnerie du téléphone, qui ramène à la fois le personnage et le lecteur dans le présent. C'est un effet simple, mais préférable à un flash-back sans transition qui peut perturber le déroulement de l'histoire.

À quel moment commencer ?

La question se pose : où commencer votre roman par rapport à la chronologie des événements ? Votre décision affectera profondément votre récit et votre style.

Dans un roman, on peut travailler sur l'ordre de présentation des actions. Cependant, il est fondamental de ne pas perturber pour autant la compréhension et le sens du temps pour le lecteur.

Je vous donne un exemple : je corrigeais un manuscrit qui mettait en scène l'histoire de deux frères pendant la guerre de Sécession. L'auteur avait choisi, comme point de départ, la bataille d'Appomatox[1] ; néanmoins, l'essentiel de son roman se déroulait pendant les batailles précédentes. En tant que lecteur, je me suis trouvé désorienté par les changements de style qui accompagnaient ces retours en arrière.

Sur mes conseils, l'auteur a réécrit son roman, le faisant démarrer à la seconde bataille de Bull Run[2]. Cela améliorait le manuscrit, même s'il restait un problème de style.

Une fois posée votre chronologie, les temps des verbes que vous utilisez doivent indiquer si vous vous trouvez dans le « présent » de l'action, si vous repartez en arrière ou si au contraire vous faites un bond dans le futur.

Le lecteur s'attend à ce que vous progressiez en séquences chronologiques. Rien ne vous y oblige, mais il doit pouvoir s'y retrouver si

© Groupe Eyrolles

---

1. 1865, une des dernières batailles de la guerre.
2. Du 28 au 30 août 1862.

vous ne suivez pas cet ordre. Étudiez d'autres romans et d'autres auteurs pour voir comment ils opèrent ces changements temporels. Dans le manuscrit dont je parlais, il y avait un autre problème : en commençant par la fin, l'auteur indiquait déjà lequel des deux frères survivait à la bataille ; il se privait ainsi d'un suspense considérable.

Prologue ou premier chapitre ? On trouve les deux. La différence, c'est qu'un prologue met en scène des événements qui n'entrent pas dans le même cadre temporel que le reste de l'histoire.

Donner du rythme à votre roman

Il est passionnant d'écrire un début de roman, de même que sa conclusion. Mais le plus gros du travail est entre les deux. Quel que soit votre début, il doit amener au dénouement sans perdre le lecteur en route. L'« effet zapping » dont j'ai parlé plus haut est à éviter : il arrive trop fréquemment que des auteurs, au lieu de maintenir dans leur roman un rythme constant, fassent des pauses, ralentissent ou accélèrent. Ils traitent certaines scènes au pas de charge, tandis qu'ils font durer à l'excès leurs passages préférés. Au final, le rythme semble boiteux et le lecteur a tendance à fuir. Pour éviter cela, il vous faut examiner le rythme dans son ensemble, puis chapitre par chapitre.

Le rythme d'ensemble

En progressant dans votre roman, le lecteur va développer une certaine attente par rapport au rythme et au passage du temps. Souvenez-vous que, quand vous écrivez, il est primordial de ne pas décontenancer votre lecteur.

Les romans publiés donnent des exemples de toutes les techniques temporelles imaginables : certains procèdent par séquences d'une cinquantaine d'années, d'autres jonglent entre présent et passé, et certains y ajoutent même le futur. On peut également mettre en parallèle deux temps différents, etc. Tout a déjà été fait – et *vous* pouvez le faire. Mais pensez à votre lecteur : pourra-t-il vous suivre ? Pour un premier manuscrit, je recommande de s'en tenir à un ordre chronologique, plus simple à manipuler.

La longueur des chapitres constitue un élément important du rythme d'ensemble. Il est par exemple fort pratique de penser chaque chapitre comme une unité de temps. Ainsi, vous passerez à un autre chapitre à chaque changement de période, de lieu ou de point de vue, sauf si vous voulez insister sur un point précis : certains auteurs commencent un nouveau chapitre dans les mêmes conditions que le précédent, pour attirer davantage l'attention du lecteur.

Il y a aussi la solution d'insérer dans votre histoire des marques chronologiques qui vous permettront de construire votre intrigue sur un rythme donné. Le film *Les Trois Jours du Condor*[1], par exemple, est tiré d'un roman de James Grady intitulé *Les Six Jours du Condor*[2]. Le cinéma a raccourci la trame temporelle, mais le fait de situer l'action dans un temps déterminé offre des points de repère intéressants pour le rythme d'ensemble.

Le rythme interne d'un chapitre

Je prends au hasard un manuscrit qu'on m'a envoyé : le premier paragraphe du chapitre 1 présente une femme qui s'apprête à quitter son domicile. Dans le deuxième paragraphe, elle arrive dans une nouvelle ville. Dans le troisième et les suivants, elle passe un entretien d'embauche. L'auteur en profite pour donner des informations et se perd en diverses considérations avant de faire un bond en avant de plusieurs semaines.

Je vois deux gros défauts à cette approche. Tout d'abord, au début de chaque paragraphe, le lecteur ignore où et quand se déroule l'action : qu'en sera-t-il quand on changera de chapitre ? Ensuite, se contenter d'un paragraphe pour un événement majeur comme un déménagement me semble maladroit, d'autant plus que l'auteur utilise un peu plus loin le même nombre de signes pour la description d'un bureau. Dans l'esprit du lecteur, cela tend à rendre ces deux passages de même importance, même s'ils sont loin de l'être d'un point de vue dramatique. Or, en tant qu'auteur, vous devez penser à ce que ressentira le lecteur.

---

1. Sydney Pollack, 1975.
2. Rivages, 2007.

Les bonds temporels et qualitatifs présents dans le manuscrit que je viens d'étudier sont un exemple classique (et très perturbant) d'« effet zapping », ici au niveau des paragraphes. Il vous faut prendre garde aux séquences temporelles que vous utilisez dans un chapitre ; les appliquer correctement vous permet de conserver l'intérêt de votre lecteur. Pensez, par analogie, à une cassette vidéo, que vous pouvez visionner en accéléré ou au ralenti. Dans un cas comme dans l'autre, vous perdez de vue l'essentiel du film. Pourquoi ne pas la lire à vitesse normale ?

Vous me direz que, justement, de tels changements peuvent attirer l'attention, et donc être utilisés de façon positive. Et vous aurez raison, à condition que vous soyez conscient qu'une histoire a un rythme, et que vous sachiez ce que vous faites.

> Un chapitre est une unité de temps particulière. Essayez d'écrire une scène complète, du début à la fin, dans chaque chapitre. Si des événements importants de votre histoire se déroulent dans le même temps, mais dans un autre lieu ou avec d'autres personnages, insérez-les (par exemple, en sautant des lignes) à l'intérieur du chapitre ; vous suggérerez ainsi que tout se passe simultanément.

La technique des « chapeaux » peut être utile pour aider le lecteur à suivre le rythme. Vous pouvez par exemple faire figurer l'heure ou le lieu, comme dans :

West Point, État de New York,
14 novembre 2003,
10 h 23

J'ai souvent utilisé cette technique dans mes romans d'espionnage. Elle peut paraître un peu trop facile. Néanmoins, dans certaines histoires où les lieux et les protagonistes se succèdent à un rythme effréné, elle fonctionne très bien, car elle permet au lecteur de savoir où il se trouve.

Cela dit, souvenez-vous que nombre de lecteurs ne lisent pas ces chapeaux ; aussi, même si vous en utilisez, n'oubliez pas d'introduire dans votre premier paragraphe des éléments qui permettront d'identifier les lieux, le moment et les personnages. Dans le cas contraire, le lecteur risque d'avoir à se poser trop de questions, et de perdre son intérêt pour l'histoire.

Si vous écrivez des romans à suspense, la présence d'un « compte à rebours », d'une date butoir, contribue à générer de l'angoisse tout en rythmant votre récit. Attention néanmoins à ne pas déclencher ce procédé trop tôt : cela entraverait l'évolution de vos personnages. Vous pouvez introduire le problème dès les premiers chapitres, mais vous aurez tout intérêt à laisser évoluer « librement » vos protagonistes pendant un ou deux chapitres (afin que les lecteurs s'y attachent) avant de les précipiter dans l'intrigue elle-même.

Le dénouement

La conclusion d'un roman présente la résolution du problème posé dans les premiers chapitres. Vous devez aussi y dénouer toutes les intrigues secondaires, ce qui peut parfois poser problème.

Étudiez les fins de roman avec autant d'attention que les introductions. Pourquoi l'auteur a-t-il placé un épilogue ? Comment éclaircit-il tous les détails qui ont amené à cette chute ? Combien y a-t-il de chapitres entre le point culminant et la fin ?

Sur le diagramme de la page 81, le point d'arrivée n'est pas aussi flexible que le point de départ. La fin, c'est la fin. Tout ce que vous avez écrit y mène ; vous avez donc très peu de contrôle sur elle, et elle doit arriver naturellement.

Comme je l'ai dit, il est souhaitable que vous ayez une idée précise de votre point culminant avant de vous mettre à écrire, pour avoir conscience de ce à quoi mène votre histoire. Certains auteurs s'y refusent. À vous de voir.

Il arrive que la fin d'un livre nous déçoive, qu'elle nous semble trop plate. En tant qu'écrivain, vous devez vous demander d'où vient cette déception ; une conclusion, en effet, doit toujours « récompenser » son lecteur d'une manière ou d'une autre.

Si vous avez en tête le début de votre histoire, mais pas sa conclusion, vous risquez de vous perdre. Il s'agit de relier de manière complète et satisfaisante toutes les pistes développées dans le roman. Une intrigue complexe qui ne sait pas où elle va produit souvent une fin ratée – quand elle parvient jusque-là…

On en revient à la nécessité de faire un plan, ou de vous préparer de la manière qui vous semble la plus satisfaisante. Je le répète : l'important est que la fin du roman apporte un dénouement à l'intrigue principale et aux intrigues secondaires. Ne laissez pas votre lecteur se perdre en conjectures.

Souvenez-vous : du point de vue de la structure narrative, le point culminant et le dénouement sont deux éléments distincts. Le point culminant met un terme à la crise, tandis que le dénouement montre comment la crise, en se terminant, influe sur les personnages qui restent. Dans le tome final de *Harry Potter*, le point culminant est la défaite de Voldemort ; le dénouement est le retour au calme, et ce qui est dit de la vie ultérieure des héros.

Quelle doit être la longueur d'un manuscrit ?

C'est une question qu'on me pose souvent, et que je trouve difficile. J'aime répondre : un manuscrit doit être aussi long que le permet la qualité de l'écriture.

Évidemment, si vous avez besoin d'une brouette pour apporter votre manuscrit à un éditeur, cela peut faire mauvaise impression. Cependant, si la qualité de l'histoire et du style en fait un roman magnifique, il le publiera.

D'un autre côté, *Sur la route de Madison* compte à peine 50 000 mots.

En général, un manuscrit de roman comporte entre 75 000 et 100 000 mots ; les miens font cette taille, soit environ 400 pages (en double interligne). Le plus long de mes manuscrits avait 580 pages, le plus court 300.

Au fond, le manuscrit doit être… juste assez long pour bien raconter l'histoire !

OUTIL N° 6

Votre technique

Les personnages

On vous a peut-être déjà dit qu'il y a deux façons d'écrire une histoire : la première est de trouver une intrigue et d'inventer des personnages pour la vivre ; la seconde est de trouver des personnages, puis de leur faire vivre une histoire. Pour ma part, je vous dis : faites les deux à la fois. Souvenez-vous tout de même que des gens vont lire votre livre, et que les lecteurs ont tendance à s'identifier aux personnages plutôt qu'aux événements. D'ailleurs, il arrive bien souvent que les personnages *soient* l'intrigue, c'est-à-dire qu'ils vous paraissent vivants, et que ce soient eux, et pas vous, qui dictent l'histoire par leurs faits et gestes.

Quoi qu'il en soit, votre histoire a besoin de personnages. Pas forcément des êtres humains, d'ailleurs : il peut s'agir d'extraterrestres, ou même d'animaux (comme les lapins intelligents dans *Les Garennes de Watership Down*, de Richard Adams[1]), voire de plantes, comme dans ce roman de Clyde Edgerton[2] où une famille se retrouve tous les ans sous une glycine, qui devient ainsi le protagoniste principal.

---

1. Flammarion, 2004. Ce roman, entre conte initiatique et ouvrage de science-fiction, raconte la vie d'un groupe de lapins dans la campagne anglaise.
2. *Floatplane Notebooks*, Algonquin Books, 1988 (non traduit en français).

Mon instructeur militaire demandait toujours : « Qu'est-ce qui est le plus important, la mission ou les hommes ? » La réponse attendue était « la mission » (remplacez par « l'intrigue »), mais je préférais dire « les hommes » (« les personnages »). Sans eux, comment mener la mission à bien ? De la même façon, vous avez besoin de bons personnages. Et si vous les rendez authentiques, ils vont dicter ce qui se passe dans l'histoire.

Les personnages sont plus qu'importants : ils sont primordiaux. On peut écrire un roman avec des personnages si intéressants qu'il n'y a pratiquement pas besoin d'intrigue. Si vous passez suffisamment de temps à imaginer vos héros avant d'écrire, ils vont prendre une vie propre. Même si certains auteurs sont capables de faire cela au cours de l'écriture, je considère personnellement que le temps passé à la création d'un personnage est bien investi.

Le plus difficile est de *montrer* le protagoniste au lecteur, à travers ses actions, ses dialogues et ses décisions, plutôt que de *raconter* qui il est, ne serait-ce que parce que les personnages ne sont bien souvent conscients que de certaines parties d'eux-mêmes.

Votre personnage principal, à quoi ressemble-t-il ? Si vous y prêtez attention, vous serez surpris par le nombre de romans où le héros n'est pas décrit physiquement. Il m'est arrivé de proposer un manuscrit de 450 pages et de m'entendre simplement dire : « Très bien, mais… votre héros, de quoi a-t-il l'air ? »

En décrivant le personnage, et si possible dès les premiers chapitres, vous permettez au lecteur de s'en faire une image précise ; dans le cas contraire, il développe sa propre vision du héros et risque d'être décontenancé si, au bout de quelque temps, elle ne coïncide plus avec ce que vous lui faites faire, ou avec la description que vous en donnez.

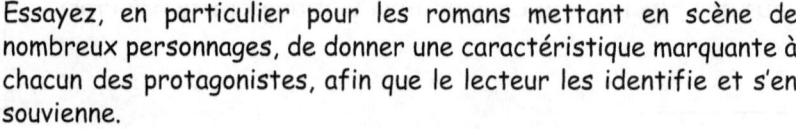

Essayez, en particulier pour les romans mettant en scène de nombreux personnages, de donner une caractéristique marquante à chacun des protagonistes, afin que le lecteur les identifie et s'en souvienne.

On peut aussi refuser de décrire, pour que les personnages soient aussi proches que possible de « Monsieur Tout-le-Monde ». Là encore, cela fonctionne si l'objectif est clair.

Baptiser vos personnages

Le nom que porteront vos personnages est très important. Allez-vous utiliser un nom de famille, un prénom, un titre (docteur, capitaine, etc.), un surnom ? Cette appellation doit donner un indice sur le genre de personnes qu'ils sont.

Trouver des noms n'est pas toujours simple ; je vous suggère les annuaires et les listings en tout genre (pétitions, noms d'élèves d'une école, listes d'ouvrages…).

Il faut que le nom convienne au personnage. Pensez aux personnages de détectives : leurs noms « sonnent », évoquent la dureté (voir « James Bond » ou « Thomas Magnum »). De fait, ils sont choisis pour vous frapper inconsciemment.

Essayez d'éviter les noms trop proches les uns des autres, ou qui commencent par la même lettre. Pour chaque personnage, contentez-vous d'une appellation ; en passant sans cesse du nom au prénom, par exemple, vous demandez au lecteur de se souvenir de deux choses différentes, ce qui peut à la longue être usant. Aussi choisissez une et une seule façon de présenter votre héros, et tenez-vous à ce choix. Bien sûr, vous pourrez en utiliser une autre dans certains cas, comme les dialogues, mais pensez, dans l'ensemble, à rendre la lecture aussi simple que possible.

Donner une personnalité aux protagonistes

Que devez-vous savoir d'autre sur vos personnages ? D'abord, leur motivation, la raison pour laquelle ils agissent, et ce qu'ils désirent. Posez-vous les questions suivantes :

- À quoi le personnage ressemble-t-il ? Comment parle-t-il ? Comment bouge-t-il ? Possède-t-il des traits particuliers ?

- D'où vient-il, de quel milieu ? Où est-il né ? Qui étaient ses parents et comment l'ont-ils éduqué ? Où est-il allé à l'école ? Quel niveau d'études a-t-il atteint ?

- Quels sont ses passe-temps et ses talents particuliers ? Quel est son travail et quelles aptitudes demande-t-il ? Cela a-t-il une influence dans le roman ?

- A-t-il une famille ? Est-il marié ? Quelle est sa relation avec son conjoint ? A-t-il des enfants ? Sinon, pourquoi ? S'il est divorcé, pour quelles raisons ?

- Où a-t-il grandi ? En ville, à la campagne ?

Vous pouvez aussi préciser la façon dont votre personnage s'habille, se tient, bouge, se comporte en société, son niveau socioculturel, ses convictions politiques et religieuses, ses besoins, ses rêves, ses peurs, ce qui l'angoisse, etc.

Encore une fois, je vous recommande de penser votre personnage avant d'écrire, plutôt que de le construire au cours de l'histoire. J'en parle d'expérience : dans le *New York Times*, une critique de mon deuxième roman a dit : « Les personnages sont tout droit sortis d'un *comics*. » C'était méchant, mais parfaitement vrai. Depuis, j'ai retenu la leçon.

Bien sûr, vous pouvez construire un personnage de A à Z en utilisant la liste de questions ci-dessus. Mais il y a une autre solution : fabriquer des protagonistes à partir de gens réels – que ce soient vos parents ou votre banquier. Il suffit de les considérer comme des types de personnages, et d'utiliser certains de leurs traits.

Certains manuels de psychologie peuvent vous aider à cerner encore mieux vos personnages. Je pense en particulier à l'indicateur Myers-Briggs, qui définit seize « types psychologiques » et leurs interactions[1].

---

1. Voir le site Internet http://fr.wikipedia.org/wiki/Type psychologique.

Mettre vos personnages en action

Vous rendrez vos personnages crédibles en montrant comment ils agissent et réagissent en cas de crise. Les actions pèsent plus que les mots. Souvenez-vous toutefois qu'une même action peut être interprétée de différentes façons, en fonction des raisons qui la motivent. Si votre personnage en tue un autre, est-ce bien ou est-ce mal ? Tout dépend de qui est la victime, des raisons et des circonstances du meurtre.

Vous devez garder ces questions à l'esprit, car vous aurez besoin d'y répondre pour le lecteur. Elles vous permettent également de préparer des coups de théâtre. Si le personnage A tue le personnage B au chapitre 3, A nous apparaît comme un « méchant ». Mais si, au chapitre 7, vous révélez que B n'était rien moins qu'un savant fou sur le point de répandre un virus mortel sur la planète et que A l'a stoppé en le tuant, la perspective du lecteur sur les personnages change brutalement.

Vous donnerez beaucoup d'informations sur vos personnages en montrant comment ils réagissent dans le feu de l'action. La personnalité se révèle dans les moments de pression et de stress, au point qu'un personnage peut y changer du tout au tout. Une telle transformation présente un intérêt certain pour votre intrigue et le déroulement de votre histoire, en particulier lorsqu'un protagoniste apparaît sous un jour totalement différent de ce qu'il était jusque-là.

Même si cela ne figure pas dans le livre, vous devez connaître le passé de vos personnages, l'avoir imaginé et même rédigé ; cela les rendra plus crédibles. Chacun des protagonistes a une existence propre avant le début du roman. Assurez-vous de l'avoir bien en tête et, le cas échéant, donnez certaines de ces informations pour que le lecteur comprenne mieux les personnages.

Ici, en bon lecteur, vous allez me dire : « Il y a une contradiction : vous avez écrit plus haut qu'il fallait laisser parler les actes, présenter les personnages par leurs actions. Comment renseigner sur les motivations et le passé du protagoniste sans entrer dans ses pensées ? »

À mon tour de vous demander : « Comment faites-vous, dans la vie, pour connaître les pensées des autres ? » Par leurs conversations, en observant leurs actions pendant un certain temps, etc. Il n'y a personne pour vous dire : « Jim pensait que... »

Pour aller plus loin, si vous vous situez en permanence dans la tête de vos personnages, comment pouvez-vous dissimuler certaines de leurs intentions ? Or, il est essentiel de garder certains motifs cachés, ne serait-ce que pour le suspense. Nous reviendrons sur cette question dans le chapitre consacré au point de vue.

Personnages et conflits

Les conflits font avancer l'intrigue en même temps qu'ils renseignent sur les personnages. J'appelle « conflit » la différence entre ce qui est attendu et la situation réelle. Les personnages peuvent se confronter à trois niveaux de conflits :

- conflit intérieur (propre au personnage) ;
- conflit de personnes (entre des personnages) ;
- conflit social ou universel (le personnage affronte le destin, la volonté divine, le système...).

Pensez à ce que ressent votre personnage principal à chacun de ces niveaux.

Il y a cinq causes majeures de conflits (encore que l'on puisse certainement en trouver d'autres) :

- l'argent,
- le sexe,
- la famille,
- la religion,
- la politique.

Gardez ces causes à l'esprit en développant votre personnage. Souvenez-vous que chaque protagoniste doit avoir des objectifs et un but à atteindre : c'est ce qui lui confère de l'épaisseur et le fait avancer (même de façon passive ou négative). Chacun agit selon ses buts, de manière subtile ou brutale. Le fait qu'un personnage abandonne ses objectifs nous renseigne aussi sur lui.

Personnages et motivation

C'est cette motivation qu'il faut d'abord interroger lorsque vos personnages sont confrontés à un choix. Pour qu'ils restent crédibles, ils doivent réagir selon ce que vous avez déjà dit d'eux, et non pas selon ce qui vous arrange dans l'histoire. Chaque fois qu'un protagoniste agit (ou réagit), demandez-vous s'il le fait en accord avec la façon dont vous l'avez imaginé au départ.

Dans l'un de mes romans, par exemple, on trouve une scène où quelques personnes tentent de convaincre le héros de se rendre au Cambodge. Il n'y est pas retourné depuis plus de trente ans, car l'unité des Forces spéciales à laquelle il appartenait a été décimée dans ce pays et ce souvenir le hante. J'avais besoin que le personnage parte, sans quoi le livre aurait tourné court. Il m'a donc fallu trouver une bonne raison pour qu'il accepte ce voyage qu'en toute logique il aurait dû refuser. J'ai inventé une scène où les commanditaires font écouter au héros un enregistrement prouvant que certains des membres de son équipe sont encore en vie. Du coup, le personnage a une raison valable, voire décisive, d'entreprendre le voyage.

Le personnage principal se trouve souvent entraîné contre son gré dans l'action. La plupart du temps, il commence par réagir, mais, pour gagner la sympathie du lecteur, il doit à un moment donné se mettre à agir, à faire des choix.

Une fois que les motivations de vos personnages sont claires pour vous, vous perdez en quelque sorte une partie du contrôle de l'histoire, car les protagonistes se comportent selon leur personnalité. Il arrive toujours un moment où, confrontés à un problème, les personnages se mettent à agir selon leur propre nature.

Personnalités et traits de caractère

Pour captiver davantage votre lecteur, il peut être intéressant d'ajouter un côté extrême à vos protagonistes. On oppose habituellement un « bon » et un « méchant », mais créer un personnage franchement diabolique aux côtés d'un héros noble et pur peut augmenter l'intensité du récit. C'est un mouvement de balancier : plus vous le poussez, plus le lecteur sera passionné.

À chaque trait positif que vous imaginez, faites correspondre un trait négatif ; puis développez ces traits dans vos personnages.

Vous devez étudier les gens, et surtout vous souvenir que vous n'êtes pas le seul exemple d'humanité. Il existe des gens très différents de vous, avec des systèmes de valeurs qui n'ont rien à voir avec les vôtres. Les auteurs qui créent les meilleurs personnages sont ceux qui ont le plus conscience de cet état de fait.

Tout le monde a une religion, ou du moins croit en quelque chose, que ce soit un dieu ou non. Pour créer de bons personnages, vous devez pouvoir imaginer leur système de valeurs et de croyances, puis les laisser agir en conséquence. Même un tueur en série fonctionne selon des valeurs, aussi étranges qu'elles paraissent. D'ailleurs, c'est souvent en disséquant ce système que le héros peut le capturer.

Dans les romans et séries d'investigation policière, les *profilers*[1] partent des faits pour imaginer le profil psychologique du meurtrier. Un auteur fonctionne dans l'autre sens : il invente une personne, puis lui fait commettre des actions qui la représentent. Le « profilage » démontre bien que certains traits de caractère commandent certaines actions.

Si vous avez du mal à développer un plan d'action pour un personnage qui est fondamentalement différent de vous, pensez que le personnage lui-même n'est pas totalement conscient de son plan d'action : c'est donc à vous de le dévoiler au lecteur.

On est souvent tenté de créer un personnage en empruntant des traits de caractère observés ici et là. Prenez garde : certaines caractéristi-

---

1. Voir, par exemple, JOHN DOUGLAS, *Mindhunter*, Pocket Books, 1996, ou le site http://www.tueursenserie.org/.

ques ne font pas bon ménage, et votre personnage peut finir par présenter des personnalités multiples (mais peut-être est-ce l'effet que vous recherchez ?). Une solution pour éviter ces traits mal assortis est de procéder selon les techniques de « profilage » évoquées précédemment, ou encore selon la typologie Myers-Briggs. Cela vous permet de créer des personnages cohérents et crédibles.

Pensez à conserver un aspect ambigu à chaque trait de caractère. Il m'arrive souvent de faire remarquer aux personnes qui participent à mes ateliers d'écriture que tel ou tel personnage est mal construit : il est trop simple, trop parfait. Quel intérêt présente un roman où toutes les femmes sont sculpturales, où le héros est forcément grand, musclé, maîtrise parfaitement les arts martiaux et est également un bon père de famille ?

Prenons la loyauté. Est-elle une bonne chose ? Ne peut-elle pas devenir, poussée à son extrême, un trait de caractère néfaste ? Il en va de même pour toutes les « bonnes » émotions. L'amour lui-même peut devenir une obsession. En tenant compte de cette ambiguïté, vous obtiendrez des personnages plus fouillés et plus intéressants.

Même dans un roman d'action pure, il est préférable que le personnage principal connaisse une crise personnelle, qui fonctionne comme une intrigue secondaire dans l'action principale. Cette « intrigue émotionnelle » éveille l'intérêt du lecteur. Attention : créer cet aspect émotionnel n'est pas toujours simple. Il y a un certain nombre de règles à respecter :

- ne pas laisser le conflit personnel prendre le pas sur l'intrigue principale – il doit seulement l'accompagner ;
- le conflit personnel doit aboutir avant ou au même moment que l'action principale (à moins qu'il ne s'agisse d'une série) ;
- le conflit personnel doit soutenir l'intrigue principale d'une façon ou d'une autre, et pas seulement parce que le personnage agit dans celle-ci. Prenons le cas d'un héros de roman policier qui divorce en même temps qu'il enquête sur un cas important. Pouvez-vous trouver un moyen pour que le divorce soit relié à l'affaire en cours, au-delà de ses simples répercussions sur l'état

d'esprit du personnage ? On pourrait imaginer, par exemple, que l'avocat du suspect principal soit aussi celui de l'ex-épouse du policier... (voyez à ce sujet le passage consacré aux intrigues secondaires).

Psychologie des personnages

L'une des tâches les plus ardues est de montrer les caractéristiques d'un personnage au lieu de les expliquer. La plupart des gens (et des personnages) ne sont pas conscients de ce qui les motive. Le fameux psychologue Abraham Maslow[1] a développé une classification des besoins qui nous poussent à agir. Vous pouvez les utiliser pour suggérer les motivations de vos personnages au lieu de les décrire par le menu. Ces besoins sont classés en « pyramide » :

1. les besoins physiologiques, c'est-à-dire les besoins basiques : l'air, l'eau, le sommeil, la nourriture, etc. ;

2. le besoin de sécurité, physique et morale ;

3. les besoins sociaux : fait d'appartenir à un groupe, d'échapper à la solitude, à l'aliénation ;

4. le besoin de reconnaissance, d'estime et d'attention ;

5. le besoin d'autoréalisation, d'accomplissement en tant que personne.

Dans son roman intitulé *Kinflicks*[2], Lisa Alther veut montrer qu'un des personnages, une femme, vit en permanence sous l'influence des hommes qu'elle rencontre. Un auteur aussi « brillant » que moi aurait écrit : « Et elle était toujours influencée par l'homme avec qui elle vivait à ce moment-là. » Mais Lisa Alther se contente de le suggérer en montrant comment, quand elle rend visite chaque année à sa mère, l'héroïne porte chaque fois une robe différente.

La psychologie nous dit aussi que nous avons tendance à construire de puissantes protections autour de nos points faibles. C'est ce que

---

1. Pour en savoir plus, voir http://fr.wikipedia.org/wiki/Pyramide_des_besoins.
2. Plume, 1996 (non traduit).

l'on appelle « l'angle mort », qui peut nuire à la poursuite des objectifs personnels. Votre personnage a-t-il un tel « angle mort » ?

Certains prétendent qu'un personnage principal doit connaître une évolution à la fin du roman. Mais peut-on dire que qui que ce soit évolue vraiment ? Cela dépend de la définition que l'on donne de l'évolution, ou du changement. Aussi ce changement final reste-t-il très discutable.

Selon moi, il y a changement lorsque, sur une impulsion soudaine, un personnage prend une décision et doit vivre ensuite avec les conséquences de ce choix. Voilà ce qui va apporter un revirement à sa personnalité et à l'histoire ; le changement miraculeux, en revanche, la révélation qui va bouleverser une vie, est difficile à rendre crédible et apparaît souvent comme un procédé artificiel, une « ficelle » de l'auteur.

99 % de nos actions quotidiennes dépendent seulement de nos habitudes – et les habitudes sont difficiles à changer. Dans le film *Le Verdict*[1], Paul Newman joue le rôle d'un avocat alcoolique et paumé à qui l'on confie une simple affaire d'accident de la route. À l'hôpital, il prend des photos d'une femme plongée dans le coma. Soudain, il s'arrête et se contente de *regarder* la femme. La scène ne comporte pas de dialogue ; le héros connaît son moment d'illumination. Le corps dans le lit devant lui n'est plus celui d'une victime, mais d'une véritable personne. Il décide alors de se consacrer corps et âme à ce cas.

Le plus intéressant, néanmoins, c'est qu'il ne change pas du tout au tout : il reste un alcoolique et un raté, et ne devient pas miraculeusement brillant. Simplement, le fait d'assumer sa décision l'amène à se comporter différemment, à changer. Mieux encore, son choix paraît d'abord mauvais, car la situation commence par tourner à son complet désavantage.

Demandez-vous si votre lecteur va éprouver de l'empathie pour votre personnage. Dans les manuscrits qu'on me donne à relire, je trouve trop souvent le personnage principal antipathique. Cela peut parfois

---

1. Sydney Lumet, 1986.

fonctionner, en particulier si l'auteur est très talentueux, mais cela reste très difficile. Si je mentionne ici l'empathie après avoir parlé du changement, c'est qu'il peut être tentant, pour un écrivain, de mettre en scène un personnage négatif et de le transformer peu à peu, afin que le lecteur l'apprécie à la fin du livre. Le problème, dans ce cas, est d'intéresser assez longtemps le lecteur au héros. Il faut alors placer, tôt dans le livre, une scène qui laisse penser que le personnage peut changer.

Dans son roman *Un homme presque parfait*[1], récompensé par le prix Pulitzer 2002, Richard Russo illustre parfaitement cette idée : Sully, le héros, a abandonné sa famille et son très jeune fils. Au début du roman, c'est un clochard, qui semble parfaitement irrécupérable. Pourtant, dans l'un des premiers chapitres, on le voit avec sa propriétaire et le fils de celle-ci. Ce dernier insiste pour que sa mère fasse expulser Sully, qui a l'habitude de fumer au lit et risque donc de mettre le feu à la maison. La mère, à ce moment, regarde par la fenêtre : dans la rue enneigée, elle voit passer une vieille clocharde en robe de chambre. C'est alors que Sully, sans même prendre le temps d'enfiler des chaussures, se précipite à l'extérieur pour porter assistance à la vieille femme, la ramène chez lui et la soigne. Ce qui est montré dans cette scène, en particulier le détail des chaussures non enfilées, est capital pour la compréhension du personnage.

> Pour l'écriture scénaristique, il est en général admis que la nature du personnage doit être mise en évidence dans les dix premières minutes (c'est-à-dire les dix premières pages) du script. En tant que romancier, vous devez aussi « poser » votre personnage assez rapidement.

Êtes-vous capable d'observer quelqu'un de différent de vous, qui ne partage pas vos valeurs ? Pouvez-vous non seulement le comprendre, mais aussi ressentir de l'empathie pour lui ? Il peut être difficile, pour quelqu'un d'intelligent, de comprendre les actions d'un personnage stupide – de la même façon qu'il peut être difficile d'admettre

---

1. 10/18, 2002.

et de comprendre ses propres erreurs. Un auteur peut également avoir du mal à décrire un personnage qui ne se préoccupe pas de ses propres fautes. Comment, alors, montrer ces fautes au lecteur ? Elles doivent apparaître comme un trait de caractère.

On peut considérer qu'une histoire oppose toujours un protagoniste et un antagoniste. Dans *Butch Cassidy et le Kid*[1], qui est le protagoniste ? Butch Cassidy, parce que c'est toujours lui qui élabore les plans.

Dans *Le Dernier Western*[2], qui est le protagoniste ? Le personnage nommé Gus est sans doute celui que le lecteur préfère, mais c'est Call, celui qui conduit le troupeau, qui mène véritablement l'action. C'est d'ailleurs lui que l'on retrouve à la fin du livre, de retour à son point de départ.

Votre héros est d'autant plus positif que votre antihéros est négatif. Dans *Le Silence des agneaux*[3], il n'y aurait pas de Clarence Starling sans Hannibal Lecter.

Donnez à l'un et à l'autre de vraies motivations, afin que leur conflit sonne juste. On me donne souvent à lire des études de personnages où l'antagoniste est simplement « un méchant ». Pour quelle raison ? Cela n'est pas précisé. Pourtant, le lecteur doit pouvoir comprendre les raisons de son comportement.

Parfois, le mieux est l'ennemi du bien. Il m'arrive de lire des manuscrits où l'apparition d'un personnage est immédiatement suivie du récit détaillé de sa vie. Franchement, cela vous est-il déjà arrivé dans la vie de tous les jours ? Et si vous savez tout de quelqu'un dès la première rencontre, à quoi bon le revoir ?

Si vous devez, en tant qu'auteur, tout savoir de votre personnage, il n'est pas pour autant nécessaire de tout dire au lecteur. Un peu de mystère ne nuit pas. Votre personnage présente un trait particulier, dont vous connaissez l'origine. En ne l'explicitant pas, vous éveillez

---

1. George Roy Hill, 1969.
2. *Op. cit.*
3. Thomas Harris, France Loisirs, 1991.

la curiosité de votre lecteur. Les trois premières scènes du film *L.A. Confidential*[1] nous présentent les actions des trois personnages principaux et nous laissent imaginer qui ils sont, mais on ne connaît leurs véritables motivations que bien plus tard dans le film.

Imaginez que vos personnages sont réels et qu'ils ont avec vos lecteurs un premier rendez-vous : à vous de rendre la rencontre mémorable…

Personnages et fiction

Au début de ma carrière d'auteur, j'étais persuadé que seule l'action comptait ; j'écrivais ce dont j'étais capable, en me concentrant sur les scènes plutôt que sur les personnages. Puis je me suis mis à lire des ouvrages d'un autre genre, en particulier des romans initiatiques, où le personnage gagne en maturité au fil des événements de sa vie. Cela m'a amené à réévaluer mon point de vue.

Beaucoup d'écrivains préfèrent se consacrer aux personnages plutôt qu'à l'action. Cependant, pour écrire des romans de ce genre, il faut garder un certain nombre de choses à l'esprit.

——————— **Les qualités d'un bon personnage** ———————

1. Héroïque : que ce soit dans la vie quotidienne ou dans des situations extrêmes, votre personnage doit relever des défis, montrer son courage et sa dignité dans ces combats. Sans être forcément sympathique, il doit être droit. Si le personnage semble initialement mauvais, un indice laissant supposer qu'il peut s'améliorer est nécessaire.

2. Crédible : il doit avoir ses forces et ses faiblesses. C'est d'ailleurs avec ces dernières que s'identifie le plus souvent le lecteur. Il ne s'agit pas de les évoquer une fois : il faut leur donner une véritable consistance.

3. Sympathique (à la fois au sens habituel et au sens étymologique : qui agit en fonction de ce qui l'entoure) : un personnage qui se contente de subir, d'être une victime, ne retient pas suffisamment notre attention. C'est la façon dont il se comporte en cas de crise qui nous le rend attachant.

---

1. Curtis Hanson, 1997.

4. Mémorable : prenez votre livre préféré. De quoi vous souvenez-vous ?
Des personnages. Pour qu'un personnage soit complet, il faut que chacun
de ses traits de caractère soit motivé par un besoin et par un défaut. Voici
quelques exemples :

Trait de caractère	Besoin	Défaut
Loyauté	Obtenir la confiance des autres	Crédule
Goût du risque	Connaître des changements	Peu fiable
Altruisme	Être aimé	Soumis
Tolérance	Éviter les conflits	Sans conviction
Décision	Se sentir responsable	Impétueux
Réalisme	Tenir compte des événements	Facilement contrôlable
Esprit de compétition	Remplir des objectifs	Néglige les conséquences
Idéalisme	Tendre vers le mieux	Naïf

Pour développer les traits de votre personnage, déterminez le besoin qui
le fait agir, et le défaut qui le pousse vers son « instant d'illumination ». En
général, le personnage ne perçoit pas ses propres défauts : ils sont un
« angle mort » pour lui.

Faites avec vos personnages ce que vous feriez avec vos intrigues
secondaires dans un roman d'action. Ne créez pas, par exemple, un
personnage qui apparaîtrait dans le troisième chapitre et ne reviendrait plus dans le roman.

**Tout comme les intrigues secondaires doivent être reliées à
l'action principale, tous vos personnages doivent servir l'intrigue,
c'est-à-dire le développement de votre personnage central.**

Tous les protagonistes doivent avoir, comme dans la vie réelle, leurs
propres motivations et raisons d'agir, qu'ils en soient conscients ou

non. Les personnages doivent être cohérents ; les mettre en relation constitue la clé de voûte de votre roman.

Gardez aussi à l'esprit qu'un des défauts les plus répandus est le manque de conscience de soi (sans même parler du manque de conscience des autres). Je l'ai déjà dit : des personnages ne réalisant pas complètement leur potentiel sont plus crédibles. Le mieux est donc de les mettre en situation en montrant qu'ils ne sont pas totalement conscients des raisons qui les poussent à agir. D'ailleurs, les auteurs eux-mêmes ne sont-ils pas dans ce cas ? Sont-ils toujours conscients de leurs raisons d'écrire ?

Plus que d'autres, les romans construits sur l'exploration d'un personnage méritent que l'on porte attention à la concision du style. Bien sûr, l'histoire peut « flotter » un peu, car la vie est souvent faite de flottements ; néanmoins, à moins d'être un grand auteur, il est préférable de rester succinct.

Vous admirez le style de tel ou tel auteur et vous rêveriez d'écrire comme lui ? Lisez et relisez ses œuvres ; étudiez son style, sa façon d'enchaîner les mots, les phrases et les paragraphes. Cherchez sans cesse à améliorer votre écriture, éventuellement en vous faisant relire par des auteurs plus confirmés que vous.

Dennis Lehane, l'auteur, entre autres, de *Mystic River*[1], a commencé par des romans policiers, mais son œuvre dépasse à présent les frontières du genre. Il ne se contente plus de raconter un meurtre et son élucidation : le roman met en avant les effets du crime et de l'enquête sur les personnages principaux.

Le style d'un roman « de personnage » doit être meilleur que celui d'un roman d'action. On cherche en effet à évoquer des sentiments chez le lecteur plutôt qu'à l'intéresser à une intrigue. De la même façon, la démarche pour être édité est différente ; je reviendrai là-dessus au chapitre 9.

---

1. Payot, 2002 ; porté à l'écran par Clint Eastwood.

Le point de vue

Qu'est-ce que la réalité ? Rien d'autre que ce que perçoit un individu. Voilà ce que vous devez garder à l'esprit en choisissant le point de vue de votre roman ; il vous faut considérer à la fois celui du lecteur et celui des personnages.

Cela fait des années que j'écris, et des années que j'enseigne l'écriture. Je crois pouvoir dire que le problème du point de vue (ou perspective) est l'écueil numéro un pour tout aspirant écrivain. Pourtant, c'est un problème facile à régler quand on en est conscient et qu'on dispose des solutions appropriées. Pour plus de simplicité, je n'utiliserai ici que le terme de « point de vue », même si « perspective » ou « narration » peuvent également convenir.

Comment raconter une histoire ? La première question à se poser est celle du point de vue. C'est par cette étape que l'on passe de l'idée à l'histoire. La plupart du temps, l'intrigue dicte un point de vue particulier. Néanmoins, il est nécessaire de bien comprendre les différentes façons de présenter des événements. C'est souvent ce qui pose problème aux écrivains novices, qui, même s'ils choisissent le bon point de vue, ne savent pas toujours l'utiliser à bon escient.

Quel que soit le (ou les) point(s) de vue que vous choisissez pour raconter votre histoire, vous devez vous sentir à l'aise avec celui-ci, et être certain que c'est le bon, sans quoi votre hésitation sera perceptible par le lecteur. En fin de compte, le point de vue constitue l'essentiel de votre ton, de votre « voix » d'écrivain.

Certains auteurs écrivent des romans comme on écrit des clips vidéo : la « caméra » passe d'un plan à l'autre sans que l'on puisse se raccrocher à une idée d'ensemble. Il se trouve que la caméra est la meilleure analogie avec le point de vue. En tant qu'écrivain, vous tenez la caméra : vous savez tout ce qu'il y a à savoir sur votre histoire, mais le lecteur n'en perçoit que ce que vous lui montrez, ce qu'enregistre votre « caméra » – votre point de vue. Si vous avez en tête l'intégralité de la scène, les mots que vous écrivez focalisent l'attention sur des points précis. Vous devez donc tenir solidement votre « caméra ».

Comme un réalisateur, vous devez apprendre à dire : « Coupez ! » En cinéma, on appelle « plan » la longueur de pellicule qui s'écoule entre le moment où on allume la caméra et le moment où on l'éteint, que ce soit pour l'allumer à nouveau plus tard ou pour filmer le reste de la scène avec une caméra placée différemment. Par analogie, on pourrait appeler « plan » toute scène décrite avec le même point de vue. Votre « cut » (coupure) marque un changement de point de vue.

Lorsque vous adoptez un point de vue, le lecteur doit comprendre que vous « filmez » la scène avec la même caméra. Il doit suivre votre point de vue. Dans le cas contraire, il risque de se perdre. Il n'y a pas de bon ou de mauvais point de vue : vous pouvez même en changer et les mélanger. L'essentiel est que le lecteur sache quel point de vue vous utilisez pour telle scène.

Continuons avec l'analogie de la caméra. Quand un réalisateur vient de filmer une scène, il visionne les rushes. Même s'il sait ce qui s'est déroulé sous ses yeux, il doit vérifier ce qu'a enregistré la caméra. En tant qu'auteur, vous devez pouvoir vous « déconnecter » de votre point de vue et relire une scène en vous mettant dans la peau du lecteur. En effet, ce qui compte pour lui, c'est bien ce que vous avez écrit, et non ce que vous *pensez* avoir écrit.

Bien qu'il y ait de nombreuses possibilités de points de vue, les trois plus fréquents sont la première personne, la troisième, et le point de vue omniscient.

Le point de vue de première personne

Comme son nom l'indique, ce point de vue utilise le « je ». Il consiste à « donner la caméra » à un personnage, qui filme et commente l'action.

L'avantage de ce point de vue, c'est que le personnage raconte sa propre histoire ; l'inconvénient, c'est que le lecteur ne sait que ce dont le narrateur est conscient. Celui-ci peut être un protagoniste de l'action ou un simple témoin. Quant à vous, l'auteur, vous n'apparaissez pas et ne « contrôlez » pas entièrement l'écriture. Le narrateur à la première personne n'est pas l'auteur, mais bien un personnage placé dans l'action.

Certains genres littéraires s'accommodent très bien de ce point de vue, en particulier les romans policiers. En utilisant la première personne, en effet, on fait partager au lecteur les péripéties du personnage. Les indices sont dévoilés à mesure que le personnage les découvre.

Le problème qui se pose avec ce point de vue est que le narrateur doit être présent dans chaque scène. Pour cette raison, dans beaucoup de cas, ce narrateur est aussi le personnage principal. Il faut alors organiser l'histoire de manière à ce que le héros puisse être témoin de tous les événements majeurs. Or, beaucoup d'écrivains inexpérimentés ne peuvent résoudre ce problème sans créer une intrigue complexe, voire embrouillée. Si le narrateur n'assiste pas en personne aux scènes clés, il faut trouver un autre moyen de les reconstituer. Le fait que l'action principale apparaisse « hors champ » risque de gâcher le suspense, ou en tout cas de ralentir le rythme de l'histoire et d'en atténuer l'impact émotionnel.

Certains auteurs préfèrent utiliser un narrateur moins impliqué que le héros, un observateur plus ou moins extérieur. Nous l'appellerons le « narrateur détaché ». Cette technique présente un avantage certain. Dans les aventures de Sherlock Holmes, par exemple, c'est le Dr Watson qui raconte l'histoire à la première personne. Ainsi, Conan Doyle, l'auteur, peut cacher au lecteur ce que le détective pense réellement.

Le point de vue de première personne pose une autre question : le lecteur doit-il croire ou non ce que raconte le narrateur ? Si ce dernier détaille les faits, et rien que les faits, le suspense ne sera peut-être pas au rendez-vous. Dans le film *Usual Suspects*[1], on s'aperçoit à la fin que le narrateur n'est autre que celui que recherche la police et qu'il a menti depuis le début. Mettre en évidence un petit mensonge du narrateur dès le début du roman peut de la même façon déclencher le suspense, en incitant le lecteur à bien examiner le récit des faits.

---

1. Bryan Singer, 1995.

Dans ce point de vue, vous devez apporter une attention particulière au temps de l'intrigue et aux temps des verbes. À la première personne, en effet, il y a deux façons de considérer le temps :

- « Je me souviens… » : le narrateur raconte au passé, en repartant en arrière. Le suspense s'en trouve réduit : on sait déjà que le narrateur a survécu aux événements et qu'il dissimule des éléments pour ne pas révéler immédiatement le dénouement.

- « En temps réel » : le narrateur raconte l'histoire à mesure de son déroulement. Mais qu'arrive-t-il lorsqu'il affronte des événements bouleversants ? Comment peut-il continuer à raconter son histoire ?

S'en tenir strictement à l'un de ces cadres temporels peut constituer un véritable défi. Même les meilleurs auteurs ont parfois tendance à glisser du présent au passé.

Quand vous utilisez la première personne, prenez garde à ne pas passer par mégarde à la deuxième, à ne pas vous adresser au lecteur en utilisant le « vous ». En effet, cela romprait le fil du récit.

Un mot sur le point de vue de deuxième personne

Si certains romans utilisent la deuxième personne, il reste assez complexe d'écrire en utilisant « vous » ou « nous ». Cette technique permet d'impliquer davantage le lecteur, en le transformant en protagoniste, ou au moins en observateur de l'action.

Quel est le point de vue utilisé par le présent livre ? La deuxième personne. Pourquoi l'ai-je choisi ? C'est simple : parce que je veux que vous vous sentiez impliqué. Ainsi, je m'adresse directement à vous, lecteur.

En fin de compte, on utilise rarement la deuxième personne dans les œuvres romanesques, tout simplement parce qu'elle implique que le lecteur fasse partie de l'histoire[1].

---

1. Voir, par exemple, MARTIN WINKLER, *La Maladie de Sachs*, Folio, 2005, ou ITALO CALVINO, *Si par une nuit d'hiver un voyageur*, Seuil, 1998.

Il est facile de contourner les obstacles inhérents au récit à la première personne. En lisant quelques romans à la première personne, vous découvrirez vite un certain nombre de moyens. Anne Rice, dans *Entretien avec un vampire*[1], fait preuve d'une grande virtuosité. Comme l'indique le titre, l'histoire est d'abord narrée par un reporter qui s'apprête à interviewer un vampire. Le cœur du livre est constitué de la narration du vampire, qui relate sa vie. La présence des deux « premières personnes », le reporter et Louis, permet à l'auteur de naviguer du passé au présent, et de créer un suspense à double ressort : on s'intéresse à la fois au destin du vampire et à celui du journaliste.

Quand je regarde un film ou que je lis un livre, il m'arrive de le faire en « mode auteur », c'est-à-dire en étudiant leur structure pour comprendre ce que l'auteur, le scénariste ou le réalisateur a voulu faire, et comment il a mis le sujet en valeur. Si vous faites de même avec un roman, demandez-vous d'abord quel est le point de vue utilisé ; ensuite, demandez-vous ce qu'apporte ce choix.

Pour terminer sur le point de vue de première personne, j'ajouterai qu'il est celui qui vient le plus facilement aux écrivains débutants, mais que, parallèlement, il est sans doute le plus difficile à maîtriser vraiment. Les éditeurs et directeurs de collection ont d'ailleurs bien souvent un *a priori* négatif vis-à-vis de ce point de vue.

Les exemples des pages suivantes vous permettront de mieux peser les avantages et les inconvénients de ce point de vue.

Le point de vue de troisième personne

Il permet à l'auteur d'adopter une vision comparable à celle d'une caméra que l'on peut déplacer à sa guise – ou, plus exactement, que l'on peut faire déplacer par un personnage. Cette caméra présente la particularité de pouvoir se glisser dans les yeux de n'importe quel personnage. Attention, cependant : trop de déplacements, ou des déplacements maladroits, vont bien vite fatiguer le lecteur.

---

1. Fleuve Noir, 2004.

À la troisième personne, il s'agit de ne pas se mettre systématiquement dans la peau de l'un ou de l'autre des personnages et de décrire ses pensées : il est nettement préférable de montrer leurs actes et leurs paroles, afin que le lecteur déduise lui-même ce qu'éprouve le protagoniste.

Troisième personne fixe

Utiliser le point de vue de troisième personne pour un et un seul personnage du livre, sans jamais en changer, revient plus ou moins à employer la première personne. C'est toutefois un procédé répandu, en particulier lorsque l'auteur cherche à créer une distance avec le personnage principal. On retrouve ce point de vue dans les romans de Michael Connelly qui mettent en scène le détective Harry Bosch, comme *La Blonde en béton* ou *Les Égouts de Los Angeles*[1]. Si, à la première personne, le temps peut poser problème, à la troisième, c'est la distance qui fait difficulté. Jusqu'où l'auteur peut-il se rapprocher de son personnage ? Jusqu'où peut-il révéler ses pensées profondes ? C'est dans cette distance que réside la différence entre point de vue de troisième personne et point de vue omniscient. Un narrateur omniscient peut voir tout ce qui se passe dans la tête d'un personnage, avec un regard externe et non interne ; dès lors, il peut aller au-delà de ses défauts et de ses erreurs. Si c'est ce que vous recherchez, le point de vue omniscient est sans doute préférable.

De nombreux romans sont construits sur un point de vue de troisième personne fixe, justement parce qu'il n'est pas fiable. Encore une fois, tout dépend de l'effet que vous voulez obtenir.

Troisième personne multiple

À la troisième personne, tous les événements sont vus à travers les cinq sens du personnage utilisé, qui devient bel et bien votre « caméra ». En multipliant les points de vue à la troisième personne,

---

1. Point Seuil, 1997 et 1998.

c'est-à-dire en ne le réservant pas à un seul protagoniste, vous pouvez faire glisser le récit d'une « caméra » à une autre, d'un protagoniste à un autre.

Pour un premier roman, ce point de vue peut sembler très intéressant. Aussi fréquent qu'il soit, il faut pourtant garder à l'esprit les inconvénients liés à son utilisation.

Si vos changements de point de vue ne sont pas assez clairs, le lecteur va finir par se demander qui voit la scène. Certains écrivains contournent cette difficulté en changeant de point de vue à chaque chapitre. Le lecteur s'y habitue vite et s'attend à ces changements.

Les romans de Larry McMurtry, dont j'ai déjà parlé, utilisent ce procédé à la perfection. Le point de vue change pratiquement à chaque paragraphe. Mais ce n'est pas par hasard que l'auteur a obtenu le prix Pulitzer pour sa série : il se montre en effet capable de changer non seulement de point de vue, mais aussi de style. De cette façon, chaque personnage est immédiatement reconnaissable. Dans une scène du *Dernier Western*[1], un cow-boy et un Indien traversent ensemble un désert et tombent en arrêt devant un empilement de crânes de bisons. Dans un paragraphe, on perçoit le point de vue de l'homme blanc, qui est un chasseur ; dans le suivant, on intègre la perspective de l'Indien, pour qui le tas d'ossements représente rien moins que la fin du mode de vie de son espèce.

Vous trouverez un exemple de ce type de point de vue à la page 119.

Pour les besoins du suspense, il peut vous arriver de ne pas révéler ce que pense ou sait tel ou tel personnage. Si vous faites cela tout en passant d'un point de vue à un autre, c'est-à-dire en vous situant « dans la peau » des protagonistes, vous trompez d'une certaine façon votre lecteur. Il s'agit donc de garder une certaine cohérence en conservant la même acuité pour chaque personnage.

© Groupe Eyrolles

---

1. *Op. cit.*

Passer d'un point de vue de troisième personne à un autre permet de multiplier les représentations, de donner plusieurs avis sur les événements ou les personnages. C'est un procédé à utiliser avec parcimonie, sous peine de désarçonner le lecteur, lorsque vous allez à l'encontre de sa propre vision de l'histoire, ou que vous proposez deux points de vue contradictoires sur le même événement. Une telle contradiction est normale, en particulier si vos personnages sont réalistes ; elle peut même apporter un intérêt certain. Encore une fois, tout dépend de la façon d'utiliser le point de vue.

Loin de moi l'idée de vous dire qu'il ne faut pas vous mettre dans la tête de vos personnages. Là encore, c'est un procédé très répandu. Néanmoins, prenez garde : ne multipliez pas inutilement les points de vue et les changements. Chaque fois que vous vous glissez dans la peau d'un personnage, le lecteur en déduit naturellement que ce personnage est essentiel à l'intrigue. Aussi, vous devez répartir équitablement l'utilisation du point de vue de chaque personnage.

Assurez-vous que la coupure entre les points de vue soit nette. J'ai déjà indiqué que l'on peut obtenir cet effet en mettant à profit les changements de chapitre ou de paragraphe : le lecteur s'attend, après chaque saut de page (ou d'un certain nombre de lignes), à entrer dans le point de vue d'un nouveau personnage.

> Gardez à l'esprit que chacun de vos personnages est comparable à l'objectif d'une caméra, et que c'est à travers lui que vous faites se dérouler l'histoire devant les yeux du lecteur. Il s'agit donc de maîtriser ces « changements d'objectifs », car ils représentent la réalité que perçoit le lecteur.

Si vous optez pour plusieurs points de vue de troisième personne, réfléchissez à ce qui se passera quand deux ou trois personnages dont vous utilisez le point de vue se retrouveront dans la même scène. Passerez-vous de l'un à l'autre, ou n'en conserverez-vous qu'un ? Dans ce cas, le lecteur se demandera peut-être ce que pensent ou ressentent le ou les autres. Tentez donc de limiter le nombre de points de vue afin de renforcer certains personnages bien choisis.

Le point de vue omniscient

Appelé aussi « focalisation zéro », on peut le comparer à une caméra qui s'éloignerait du sujet pour en montrer davantage. Ce retrait, je l'ai dit, peut vous servir si vous désirez donner plus d'explications à votre lecteur, ou encore en dire plus sur une scène que ce qu'un seul personnage est capable de voir ou de comprendre.

Si, par exemple, vous voulez que votre lecteur comprenne l'intégralité d'une scène de bataille, le point de vue omniscient est tout indiqué. La « caméra » s'élève pour montrer l'action. Comme elle ne passe pas par le filtre de la perception d'un personnage particulier, l'action n'est pas ralentie. En revanche, si vous souhaitez faire partager au lecteur ce que ressent un personnage plongé en plein combat, vous conserverez le point de vue de troisième personne. Vous trouverez un très bon exemple de point de vue omniscient dans le roman de Richard Russo *Le Déclin de l'empire Whiting*[1].

Point de vue de troisième personne ou point de vue omniscient ?

Il ne faut pas confondre le point de vue de troisième personne et le point de vue omniscient. Personnellement, j'utilise le point de vue omniscient pour fournir au lecteur des informations générales, pour lesquelles un point de vue de troisième personne serait inutilement compliqué. En revanche, j'adopte ce dernier pour donner davantage de profondeur à mes personnages, pour montrer comment ils réagissent et à quoi ils pensent dans une situation donnée.

Voici comment on peut utiliser l'un ou l'autre de ces points de vue dans une scène d'exposition.

Point de vue de troisième personne

Joe marchait sur la route poussiéreuse qui monte vers le plateau de Gizeh. Parvenu au sommet, il put voir le Sphinx, au loin sur sa droite. Les trois imposantes pyramides lui faisaient face. Il savait que, selon les historiens,

---

1. 10/18, 2004.

la plus grande des trois avait été bâtie par le pharaon Khufu, plus connu sous le nom de Chéops. Il avait lu quelque part que le monument s'élevait à plus de 130 mètres de haut. L'immensité du site le frappa ; remarquant la taille des blocs de pierre, il se demanda comment, dans des temps anciens, on avait pu les déplacer.

Point de vue omniscient

Joe marchait sur la route poussiéreuse qui monte vers le plateau de Gizeh. Le Sphinx se trouvait à sa droite, et les trois imposantes pyramides lui faisaient face. Les historiens pensent que la plus grande des trois a été bâtie par le pharaon Khufu, plus connu sous le nom de Chéops. Elle s'élève à plus de 130 mètres de haut et est constituée de blocs de pierre gigantesques dont l'empilement a nécessité des trésors de technologie.

Dans le deuxième texte, l'information est présentée directement, sans passer par le point de vue de Joe. Si vous avez tendance à entrer, même malgré vous, dans le point de vue de vos personnages, efforcez-vous de commencer vos phrases par l'article « le » ou « la ». Cela vous aidera à construire votre récit. Souvenez-vous : vous êtes l'auteur, il vous est donc possible de raconter ou de décrire sans passer par le point de vue d'un personnage.

Exemples de points de vue

Vous devez donc choisir un point de vue avant de commencer à écrire votre livre, ainsi qu'avant chaque scène, exactement comme un réalisateur qui se prépare à tourner. Il s'agit de déterminer quel point de vue transmettra le mieux au lecteur ce que vous avez l'intention de lui communiquer.

Imaginons que vous racontez l'histoire d'une femme, agent du FBI, qui se lance aux trousses d'un tueur en série. Vous voulez commencer votre roman par une scène qui accroche le lecteur et prépare le suspense. Pourquoi pas un meurtre ?

Quel point de vue allez-vous choisir ? Souvenez-vous qu'aucun point de vue n'est mauvais ou faux – il s'agit juste de peser les avantages et les inconvénients de chacun et de décider en toute connaissance de cause.

La première personne peut poser des problèmes : elle reviendrait à faire du narrateur un témoin de la scène. Rien d'impossible, mais cela peut sonner faux, à moins que la situation fasse que votre héroïne assiste à la scène sans pouvoir agir. Si vous utilisez la première personne pour le tueur, il faudra en faire autant dans la suite du livre. Si le « je » est la victime, le roman risque d'être très court (à moins qu'elle survive)…

Le point de vue de la victime, à la troisième personne, peut en revanche être intéressant : il vous permettra de créer une tension palpable. Néanmoins, la fin du chapitre sera forcément abrupte. Si vous choisissez de vous mettre dans la tête du tueur (troisième personne), attention à ne pas trop en dire, à ne pas aller trop loin : vous ne souhaitez sans doute pas révéler d'emblée qui il est. Certains auteurs contournent ce problème en montrant que le tueur se voit différemment de ce qu'il est en réalité. Si le meurtrier est Joe Machin, mais qu'il se voie, lorsqu'il est à l'œuvre, comme Docteur La Mort, le lecteur n'a pas d'indice sur son identité réelle.

Vous pouvez enfin utiliser le point de vue omniscient, en plaçant votre caméra « au-dessus » de la scène. Encore une fois, vous devez prendre garde à ne pas trop en dire au sujet du tueur. Vous êtes dans la même situation qu'un réalisateur qui choisirait de ne pas trop éclairer la scène afin qu'on ne distingue pas le visage du tueur : d'évidence, il ne choisira pas de tourner dans un champ de blé du Kansas sur le coup de midi…

Imaginez une autre scène : deux personnes se retrouvent assises face à face dans un café et discutent. Comment allez-vous « filmer » la séquence ?

À la troisième personne, *via* un des deux personnages ? Dans ce cas, vous montrerez ce qu'il pense et ressent, et les réactions de l'autre seront perçues à travers lui, exactement comme si vous aviez posé votre caméra sur son épaule. Est-il important que le lecteur en sache davantage sur les pensées de l'un que sur celles de l'autre ou que les réactions d'un seul des personnages soient mises en exergue ?

Vous pouvez également déplacer votre caméra d'un point de vue à l'autre. Pour le lecteur, un tel va-et-vient peut être déroutant.

La troisième option est d'utiliser un point de vue omniscient, qui montre les actions et le dialogue, et permet même d'ajouter des éléments narratifs.

Imaginez maintenant qu'il s'agit d'un rendez-vous galant. Si vous savez exactement ce que pense l'autre personne, comment peut-il y avoir le moindre suspense ? C'est là l'inconvénient de multiplier les points de vue : on réduit la tension dramatique.

Encore un exemple de points de vue : visualisez votre personnage, Joe, assis dans une pièce. Il regarde vers la rue, où passent deux hommes en grande discussion. Soudain, ceux-ci en viennent aux mains. Voici plusieurs façons d'écrire cette scène.

1. Première personne

Je vis deux hommes qui marchaient dans la rue. Leur discussion semblait animée ; tout à coup, ils se jetèrent l'un sur l'autre.

Comme « je » (Joe) n'est pas présent dans la rue, il ne peut pas entendre la discussion – c'est une des limites de la première personne. Mais il peut apprendre plus tard le contenu de la discussion en parlant avec l'un des hommes (il y a toujours un moyen de contourner les problèmes de point de vue) ; ou encore, on peut décider de le placer dans la rue, afin qu'il puisse rendre compte des paroles, même si sa présence, en toute logique, devrait modifier les événements. De la même façon, Joe, à moins de les connaître, ne peut pas donner l'identité des hommes.

Si l'on décide de changer de narrateur de première personne, et que l'on attribue ce rôle à l'un des deux hommes, il faut choisir entre le récit direct (les événements sont racontés à mesure qu'ils arrivent) ou le retour en arrière (le personnage se souvient de la scène). Dans le premier cas, le narrateur peut-il vraiment prendre en charge le récit alors qu'il se trouve au milieu d'une bagarre ?

2. Troisième personne fixe

Vous racontez la scène du point de vue de Joe, qui est le témoin de ce qui se passe et qui connaît certains éléments de la situation.

Dans la rue, Joe aperçut Chris qui passait, accompagné de Ted. Visiblement, les deux hommes avaient une conversation animée. Joe pensa qu'ils devaient encore se disputer au sujet du petit ami de Madeline.

Il vit Chris lever les mains dans un geste d'apaisement tout en prononçant quelques mots. Mais il remarqua que Ted y répondait avec une colère accrue. Chris baissa les bras.

Joe sauta sur ses pieds au moment où il vit Chris saisir Ted par le col.

Tout, ici, est perçu au travers des sens de Joe. Nous devons donc admettre ses impressions sur la scène, en particulier le fait qu'il attribue la colère des deux hommes à une discussion précédente, alors qu'en fin de compte il pourrait s'agir de quelque chose d'autre. On ne peut que lui faire confiance.

Les écrivains contournent souvent ce problème en faisant passer le point de vue de troisième personne d'un personnage à un autre, quand celui-ci peut proposer un meilleur « angle de vue ».

3. Troisième personne multiple

Il s'agit d'écrire la scène précédente en prenant le point de vue de Joe, puis en changeant de point de vue au moment opportun.

En levant les yeux de son café, Joe vit Chris et Ted qui passaient dans la rue. Visiblement, les deux hommes avaient une conversation animée. Joe pensa qu'ils devaient encore se disputer au sujet du petit ami de Madeline.

Chris pouvait voir Joe qui les regardait de sa fenêtre, mais il s'en moquait. La discussion à propos de Madeline l'avait mis mal à l'aise.

« Je ne suis toujours pas d'accord, murmura Ted. C'est mal. »

Chris leva les mains.

« Je ne veux plus en parler. J'en ai assez de ce Philip. C'est à Madeline de voir.

— Non, ce n'est pas à elle de voir. Ça nous regarde aussi. Je suis contre le fait qu'ils se voient. »

Chris baissa les bras et fixa Ted ; vraiment, il n'abandonnait jamais...

« J'ai dit que je ne voulais plus en parler, point final. »

Ted planta ses yeux dans les siens.

« Il faut que nous en parlions. Je crois que... »

Chris sentit la colère l'envahir brutalement. Il saisit Ted par le col.

« Ça suffit, maintenant. On n'en parle plus, nom d'un chien ! »

Ici, la scène de la rue est racontée par le biais du regard d'un des deux hommes. On souligne à l'intention du lecteur le changement de point de vue (« Chris pouvait voir Joe ») et on lui donne davantage d'informations sur la scène en introduisant les pensées d'un protagoniste. En d'autres termes, la caméra passe sur l'épaule de Chris, et elle a accès à ce qu'il pense. On sait qui sont les personnages, puisque le personnage-point de vue le sait. Chris confirme également ce que supposait Joe sur les raisons de la dispute.

C'est le sujet de la phrase qui permet de souligner qui est la source du point de vue.

4. Narrateur omniscient

Le narrateur-auteur se contente de montrer ce qui arrive, sans rien expliquer.

Dans la rue, Chris et Ted discutaient. Le visage de Ted était crispé. Ses yeux étincelaient.

« Je ne suis toujours pas d'accord. C'est mal. »

Chris leva les mains.

« Je ne veux plus en parler. J'en ai assez de ce Philip. C'est à Madeline de voir.

— Non, ce n'est pas à elle de voir. Ça nous regarde aussi. Je suis contre le fait qu'ils se voient. »

Chris baissa les bras et fixa Ted.

« J'ai dit que je ne voulais plus en parler, point final. »

Mais Ted n'abandonnait pas aussi facilement.

« Il faut que nous en parlions. Je crois que... »

Les mains de Chris s'envolèrent et agrippèrent violemment le col de Ted.

« Ça suffit, maintenant. On n'en parle plus, nom d'un chien ! »

Ici, on parvient à donner toutes les informations sur la scène. L'auteur peut également ajouter des commentaires (par exemple, que Ted n'abandonne jamais), car il est conscient des pensées de tous les personnages. Il est également possible, en utilisant ce point de vue, de décrire les pensées et les sentiments de chaque personnage.

À la première personne, le fait qu'il y ait une fenêtre entre les deux hommes et Joe empêche celui-ci d'entendre la discussion, mais un personnage supplémentaire dans la rue modifierait probablement le comportement des deux amis. À la troisième personne, il est possible de se fixer dans le point de vue d'un ou de plusieurs personnages. Quant au narrateur omniscient, il « flotte » en quelque sorte au-dessus de la scène et ne l'affecte en rien.

Pesez bien les avantages et les inconvénients du point de vue que vous utilisez. Déterminez quelles sont les informations que vous voulez donner au lecteur, mettez-vous à sa place. En fin de compte, il s'agit de transmettre au mieux l'information.

Surtout, ne concluez pas de tout cela qu'il faut éviter de se glisser dans la tête de ses personnages. D'ailleurs, si vous jetez un coup d'œil aux dix romans en tête des ventes, vous verrez qu'au minimum la moitié d'entre eux utilise cette technique de façon plus ou moins approfondie. Le tout est de maîtriser ses effets.

J'insiste encore sur la cohérence et la légèreté nécessaires pour faire comprendre au lecteur où se trouve la « caméra ».

Mélanger les points de vue dans un roman

Je le répète : il n'y a pas de bon ou de mauvais point de vue. On peut même utiliser plusieurs points de vue dans un même roman. Un des exemples les plus frappants est *Le Bruit et la Fureur*[1], de William Faulkner, dont les trois premières parties sont écrites à la première personne (il s'agit en fait de trois personnages différents – très différents, même), tandis que la

1. Gallimard, 1972.

dernière utilise la troisième personne. Vous pouvez donc tout faire, à condition que cela fonctionne en toute légèreté.

Lorsque vous regardez un film ou un spectacle télévisé, soyez attentif à la façon dont le réalisateur tourne la scène. Reprenons l'exemple de deux personnes qui se font face dans un restaurant : la caméra se trouve-t-elle à côté de la table, prenant les acteurs de profil, ou bien se tourne-t-elle alternativement vers l'un et vers l'autre ? Si c'est le cas, à quel moment ce changement se produit-il ? Le réalisateur cherche-t-il à montrer la personne qui parle, ou celle qui écoute et réagit à ce qui est dit ?

Pensez-y : une scène peut être filmée de bien des façons.

Les dialogues

Selon les psychologues, la plus grande partie de la communication se fait de manière non verbale. Seulement, quand vous écrivez, vous ne disposez que de mots. Sur une page, les dialogues ne sont pas accompagnés par le ton de la voix, les expressions du visage ou le mouvement des mains, bref, par tout ce qui peut modifier le sens du message dans un face-à-face réel. Puisque vous n'avez que des mots, il s'agit de les choisir avec soin.

Les finalités du dialogue

Il se trouve que l'intrigue d'un roman requiert souvent la présence d'une ou de plusieurs scènes dialoguées, mais, en réalité, de multiples raisons peuvent expliquer l'emploi de dialogues. Ils sont en effet utiles pour dépasser certains inconvénients des outils décrits précédemment. Par exemple, dans un roman policier écrit à la première personne, le dialogue est un formidable outil pour transmettre des informations ou des explications à la fois au personnage et au lecteur.

C'est également par le dialogue que vous en dites le plus sur vos personnages. En parlant, ils s'adressent en quelque sorte directement au lecteur et dévoilent leurs motivations, ce qui permet de mieux les caractériser. Souvenez-vous toutefois que, comme dans la vie, le personnage de roman a la possibilité de mentir. Votre personnage dit-il toujours la vérité ?

Assurez-vous que chaque personnage incarne une « voix » et que celle-ci reste cohérente. Vous pouvez par exemple reprendre les scènes de dialogue et surligner ce que dit chaque protagoniste avec une couleur particulière, puis relire indépendamment les paroles des uns et des autres. Vous saurez ainsi si chacun possède bien une voix caractéristique et cohérente. Veillez aussi à ce que tous vos personnages ne s'expriment pas de la même façon.

Le dialogue permet encore de faire avancer l'action, ou de mettre en relief les conflits des personnages. On peut aussi l'utiliser pour rythmer le récit. Dans une scène d'action où tout se précipite, une partie dialoguée peut créer une pause bienvenue permettant au lecteur de respirer. À l'inverse, elle peut aiguiser le suspense ou les affrontements.

Dans les films, les dialoguistes cherchent souvent « la » réplique, les mots qui marquent. On a tous en tête le célèbre « *Go ahead, make my day* » (« Vas-y, fais-moi plaisir ») de l'inspecteur Harry joué par Clint Eastwood. Néanmoins, s'il est bon que vos phrases retiennent l'attention, prenez garde aux dialogues trop sophistiqués ou au contraire superficiels.

Bien que les répliques doivent s'accorder au caractère des personnages, évitez l'usage excessif de l'argot ou des expressions typiques, même quand la condition du personnage pourrait le justifier. En passant de la narration « correcte » de l'histoire à la grossièreté, vous risqueriez en effet de déconcerter le lecteur. Encore une fois, cela peut être positif dans certains cas, mais il faut avoir conscience de ce risque et le prendre en connaissance de cause.

Attention à l'abus de dialogues. Même dans un scénario, la moitié de chaque page est en général consacrée à l'action. Si plus de cinquante pour cent de votre livre est constitué de dialogues, sachez que vous êtes certainement dans l'excès. Encore une fois, il existe des exceptions à cette règle : certains romans, comme *Vox* de Nicholson Baker[1] (constitué exclusivement d'une conversation téléphonique), présentent beaucoup plus de dialogues que d'autres.

---

1. Julliard, 1993.

Les incises

On appelle « incise » une expression destinée à désigner qui parle. La tendance actuelle, en littérature, est d'ajouter fréquemment des « s'exclama-t-il », « hoqueta-t-elle » ou « hurlèrent-ils », entre autres afin de compenser l'absence de ton et de mimiques. Le piège est l'excès, et beaucoup y tombent. N'utilisez des incises que quand c'est vraiment nécessaire, car elles risquent d'enlever de la force aux dialogues ou à la narration. Le placement des incises est important : on l'accepte au début, au milieu ou à la fin de la *première phrase* du dialogue, mais pas après. Évitez, dans un long paragraphe de dialogue, de couper la cinquième ou la sixième phrase par un « dit Joe ». Dans ce cas, le lecteur aura passé cinq ou six phrases à se demander qui parlait.

Dans une scène où plusieurs personnages de même sexe dialoguent, souvenez-vous que le « il » ou le « elle » peut désigner plusieurs personnes et que son emploi n'est donc pas clair, même s'il est relativement évident de savoir qui parle dans le déroulement de la conversation. Pensez également à ceux qui assistent à la scène sans rien dire ; rappelez de temps en temps leur présence au lecteur, sans quoi ils tendent à disparaître de son esprit. J'ai récemment lu une scène avec trois personnages. L'un d'eux restait silencieux si longtemps que j'avais oublié sa présence. Quand il est soudain réapparu au bout de trois pages de dialogue pour prononcer quelques mots, j'ai dû recommencer ma lecture.

Les dialogues d'un roman sont en général bien plus courts que ceux de la vie quotidienne. Dans la réalité, nous utilisons énormément de mots pour exprimer ou préciser des choses simples. À l'écrit, ces digressions sont à éviter, car elles deviennent vite ennuyeuses.

——————— **Quelques précisions sur les dialogues** ———————

• J'ai dit que les dialogues pouvaient servir à transmettre des informations. Seulement, si vous le faites de façon trop évidente, le lecteur le remarquera et n'appréciera guère. Si Jim dit à sa femme Marge : « Dis donc, Marge, ton oncle Bill, le célèbre artiste, vient de chez lui en France pour nous voir la semaine prochaine ! », vous avez certes indiqué au lecteur un certain nombre de choses sur Bill : qu'il est un artiste, qu'il est l'oncle de Marge et qu'il vit en France. Parfait, mais… Marge ne le savait-elle pas déjà ? Il faut trouver mieux.

• Même si les dialogues d'un roman sont plus concis que les discussions réelles, attention à ne pas les rendre trop formels ou guindés. Vos personnages peuvent aussi parler « comme tout le monde ».

• Certains auteurs utilisent des guillemets pour introduire les pensées d'un personnage. Cette technique peut engendrer une certaine confusion entre les pensées et les dialogues. Par ailleurs, si vous utilisez la troisième personne, où tout le récit est mené *via* les pensées du narrateur, à quoi sert ce procédé ? Pour finir, cet usage est maladroit, dans la mesure où l'on raconte au lieu de montrer. Si vous l'adoptez, préférez les italiques pour éviter toute confusion, ou encore faites s'exprimer votre personnage à haute voix.

• Il est souvent nécessaire de détailler les émotions et les comportements des personnages au-delà des mots qu'ils prononcent. Il est alors plus habile de donner des précisions narratives, de montrer des gestes ou des actions, que d'ajouter des incises. Parallèlement, certains dialogues peuvent être si prenants que le lecteur en oublie le cadre dans lequel ils se déroulent. N'hésitez pas à intercaler un peu d'action dans les dialogues. Lorsque vous téléphonez, par exemple, restez-vous complètement immobile ? Lorsque vous parlez avec votre patron, reste-t-il figé derrière son bureau ? Répond-il comme l'androïde Data de *Star Trek* ? Renseignez le lecteur sur la position et les gestes de vos personnages, sans tomber dans l'excès. De cette manière, vous rendrez vos dialogues plus vivants.

• Dans les scènes d'exposition, les dialogues peuvent fournir une grande partie des renseignements nécessaires. Attention néanmoins à ne pas ralentir l'action. Il peut être préférable d'utiliser le point de vue omniscient plutôt que de convoquer des personnages et de les faire discuter sur ce que vous voulez que le lecteur comprenne. J'insiste d'autant plus sur ce point que j'ai en ce moment sous les yeux une lettre d'un éditeur qui me reproche cette tendance dans un de mes romans en cours d'écriture !

• Dans un dialogue à deux voix, les tirets ou le passage à la ligne permettent au lecteur de savoir qui parle. Néanmoins, au bout de quatre ou cinq répliques, il est temps d'indiquer à nouveau quel personnage prend la parole. Il m'est déjà arrivé d'avoir à remonter dans un dialogue en comptant les tirets pour savoir qui parlait : inutile d'imposer cette corvée à vos lecteurs.

• L'important, c'est le déroulement de l'histoire. Évitez d'abandonner totalement l'action pour laisser s'installer une discussion, en particulier si c'est pour revenir abruptement à l'histoire à la fin du dialogue.

Le cadre

Le cadre, ou décor, crée une atmosphère. Prenez quelques débuts de romans au hasard : beaucoup d'entre eux précisent les éléments du décor dès la première phrase en même temps qu'ils évoquent une émotion particulière. Le cadre est l'une des caractéristiques majeures d'un roman, l'autre étant les personnages. C'est bien souvent grâce à ces éléments de « mise en scène » que vous répondrez à la question qui se pose une fois trouvée l'idée de base : qu'est-ce qui va distinguer mon livre des autres romans au thème identique ?

Le cadre peut même fonctionner comme un personnage : dans *Tragédie à l'Everest*[1], la montagne et les conditions météo sont les antagonistes. Certains auteurs font du décor un élément fondamental de leurs romans. C'est le cas des romans de Caleb Carr[2], tous situés dans le New York de la fin du XIXe siècle, et qui se distinguent précisément des autres romans policiers par leur cadre.

La prochaine fois que vous regarderez votre série préférée à la télévision, prêtez attention aux changements de décor. Dans *NYPD Blue*, par exemple, avant chaque scène qui se déroule à l'intérieur du bâtiment de police, le réalisateur insère un court plan de l'extérieur des locaux. Pourquoi ? Tout simplement pour informer et orienter le spectateur. En tant qu'écrivain, vous devez faire de même pour vos lecteurs.

J'utilise le terme « décor » pour désigner le cadre spatial et temporel de l'histoire. Les lieux ont une grande importance, beaucoup plus que

1. Jon Krakauer, Presses de la Cité, 1999.
2. Aux éditions Pocket.

ce que l'on croit en général. Repensez par exemple à tous les endroits où vous avez vécu (pour peu que vous ayez vécu à différents endroits…) : il n'y avait pas que les lieux qui changeaient. Ailleurs, les gens n'étaient-ils pas différents ? Et le climat, le contexte social et économique, les saisons, le sol, l'architecture ? Ne vous contentez pas de décrire l'aspect d'un lieu, il en faut beaucoup plus pour le rendre vivant.

Pour moi, c'est particulièrement vrai quand j'écris des romans de science-fiction, peut-être tout simplement parce que je me rends compte que, quand rien n'est évident, les décors prennent toute leur importance. Par exemple, lorsque mon héros franchit une porte qui le propulse dans la quatrième dimension, je me trouve confronté à la nécessité de décrire tout l'environnement, jusqu'à la texture de l'air qu'il respire.

Comme pour tout ce qui touche à l'écriture, pourtant (avouez que vous attendiez un *pourtant*), l'excès est votre ennemi. Impossible d'arrêter soudain l'histoire pour vous lancer pendant tout un chapitre dans l'évocation lyrique de ce vent du nord qui souffle si cruellement… Chaque chose doit arriver en temps et en heure, c'est-à-dire uniquement quand c'est nécessaire.

À quoi repère-t-on qu'un détail est en trop ? Si on peut l'enlever sans qu'il manque au lecteur.

───────────── **La symbolisation** ─────────────

Souvenez-vous de votre cours de français au lycée, où le prof expliquait que la description de Saumur dans le premier chapitre d'*Eugénie Grandet* a une dimension symbolique.

Le très beau roman de Richard Russo *Un homme presque parfait*[1] commence par une description de plusieurs pages des arbres qui bordent la rue principale de la petite ville où se situe l'action. Ces arbres, qui ont fait la fierté de la rue dans des temps plus anciens, sont à présent vieux et malades, et les habitants du quartier les regardent avec appréhension,

───────────

1. *Op. cit.*

car une branche pourrait tomber sur une maison. Il y a là une dimension symbolique : les arbres représentent le déclin de la ville.

Une action peut parfois évoquer sans ambages les sentiments d'un personnage. Ainsi, le héros du livre, Sully, déteste son père décédé. Chaque fois qu'il passe près du cimetière municipal, il lève le majeur en direction de sa tombe.

La symbolisation permet à l'auteur de montrer sans dire.

Je recommande volontiers la technique de la « mise en place » : quand vous entamez un chapitre ou que vous changez de perspective, commencez par quelques mots (par exemple, les deux premiers paragraphes) destinés à orienter le lecteur en répondant aux questions :

• Où se situe la scène ?

• À quel moment a-t-elle lieu, par rapport à l'histoire et à la scène précédente ?

• Quel est le point de vue choisi ? Si c'est une troisième personne, quel personnage utilisez-vous ?

• Quels sont les personnages présents ?

Des phrases qui répondent à ces questions permettent de mettre le chapitre en place.

Les intrigues secondaires

Ce sont les intrigues qui viennent s'ajouter à votre action principale. Pour que l'histoire soit forte, toutes les intrigues secondaires doivent être connectées à l'intrigue centrale. Reprenez le schéma du chapitre 5 : les intrigues secondaires (les lignes fines) aboutissent toutes au cœur de l'histoire. Évitez de les faire partir dans d'autres directions.

Vous devez clore toutes les pistes que vous avez ouvertes, c'est-à-dire que tout élément ajouté à l'histoire doit avoir sa raison d'être et trouver sa conclusion.

Dans votre roman, vous ne pouvez pas donner de détails juste parce que vous les trouvez intéressants ou que vous prenez plaisir à les écrire : tout ce que vous racontez doit avoir une utilité. Une bonne histoire, c'est d'abord une trame narrative bien construite, où chaque événement, chaque personnage, sert plusieurs objectifs, et permet surtout de faire avancer l'intrigue.

Évitez d'écrire pour le simple plaisir de donner votre point de vue ou pour faire diversion. Si une scène est nécessaire pour développer l'histoire, débrouillez-vous pour qu'elle conforte l'intrigue principale de plusieurs manières.

Tchekhov écrit : « Ne mettez pas de pistolet dans votre premier acte s'il ne doit pas tirer au troisième. » Ce qui est vrai pour le théâtre l'est pour le roman. N'ajoutez pas d'éléments superflus. Dans la mesure où le lecteur ne sait pas ce qui est significatif ou non, il considère *a priori* que tout est important. Et lorsqu'un élément qui lui semble important ne réapparaît pas dans l'histoire, il est forcément déçu.

Dans les manuscrits que l'on me soumet, je suis souvent fourvoyé de cette façon : l'auteur mentionne au début quelque chose dont il ne sera plus jamais question. Je me souviens d'un roman où, dans le premier chapitre, une explosion faisait beaucoup de victimes. J'étais persuadé que cette explosion avait un rapport avec l'intrigue principale. Je pensais même que c'étaient les « méchants » qui en étaient responsables. Plus j'avançais dans ma lecture, plus j'attendais une explication. Mon attente a été déçue… L'auteur n'avait imaginé cette scène que pour obliger le héros à emprunter une route différente de sa route habituelle.

Pour entretenir le suspense et construire plusieurs niveaux d'intrigue, vous devez présenter chaque élément ou événement de façon à ce que le lecteur puisse facilement le mettre en lien avec l'histoire. Pour vous, néanmoins, cet élément doit toujours présenter un niveau de complexité supérieur, que vous dévoilerez plus tard et dont le sens apparaîtra rétrospectivement au lecteur. Dans l'un de ses romans[1], Pat Conroy montre le héros assis dans le bureau du père de son colocataire. Il aperçoit, sur une étagère, le journal intime du vieil homme. Sur le moment, ce détail nous semble sans importance, car la scène tourne autour de la conversation entre les deux protagonistes. Néanmoins, on découvre plus loin l'importance de ce journal : le héros est amené à pénétrer par effraction dans le bureau pour le lire et découvrir ainsi la clé de l'énigme.

Je prendrai également l'exemple d'un de mes livres, *Cut-Out*[2]. Le chapitre 2 a pour fonction de faire apparaître Riley, le héros. À cet endroit du livre, il n'est pas encore impliqué dans l'intrigue (introduite dans le chapitre 1) ; je dois donc le présenter à part. Dans cette optique, j'ai imaginé de le faire participer à une simulation de combat – une action captivante pour le lecteur. J'en profite pour introduire des sous-intrigues :

- je présente un autre personnage, dont l'importance sera révélée par la suite ;

- bien que la simulation de combat n'apparaisse que comme une mise en situation du personnage, certains éléments seront réutilisés dans des scènes d'action réelle (ne serait-ce que la façon dont réagit Riley) ;

- Riley reçoit une lettre de celle qui va devenir le personnage féminin principal. Ainsi, j'introduis ce personnage, mais aussi la relation qu'il va avoir avec le héros, tout en révélant un certain nombre d'éléments sur leur caractère respectif.

Au lieu d'un chapitre introduisant simplement mon personnage, j'ai donc un passage qui sert plusieurs objectifs, dont la plupart ne seront révélés que plus tard dans le roman.

Avant d'introduire dans votre roman un nouveau personnage, un incident, ou même un lieu, réfléchissez à la manière dont il peut être relié à l'intrigue principale, et à l'utilisation que vous pouvez en faire.

---

1. *The Lords of Discipline*, Bantam, 1980 ; porté à l'écran sous le titre *La Loi des seigneurs*, Franc Roddam, 1982.
2. *Op. cit.*

© Groupe Eyrolles

Plus une intrigue secondaire possède de résonances avec l'action centrale, meilleure sera votre histoire – et par conséquent votre manuscrit.

Équilibrer intrigue principale et intrigues secondaires

Attention à ne pas utiliser d'intrigues secondaires qui débordent de l'intrigue principale. J'ai eu à relire un manuscrit où l'une des sous-actions consistait en un complot visant à assassiner le président des États-Unis. Certes, cela rendait l'histoire intéressante, mais la sous-intrigue a pris pour moi une telle importance que j'ai fini par en perdre de vue l'histoire principale.

Au début de ce livre, j'ai rabâché l'idée qu'un bon roman pouvait toujours se résumer en une seule phrase, votre idée de base. Si une seule phrase suffit, c'est qu'elle correspond à une et une seule intrigue principale, avec sa crise, son point culminant et sa résolution. L'ensemble du roman doit être construit en fonction de cette trajectoire. Il arrive fréquemment que des écrivains débutants se laissent emporter par des intrigues secondaires où ils finissent par s'éparpiller et se perdre et, plus grave, perdre leurs lecteurs.

Encore une fois, je recommande la technique RSMG (Reste simple, mon gars).

Vous trouverez un exemple d'intrigue réussie dans *L'Exploitation* de Jane Smiley[1] ou encore *Le Déshonneur d'Elisabeth Campbell*[2] de Nelson DeMille.

Dans l'annexe F, j'expose ma méthode pour organiser et maîtriser les sous-intrigues : un tableau où, sous le nom de chaque personnage principal, j'inscris chronologiquement la liste de ses actions. Ensuite, je trace des flèches pour souligner l'enchaînement des intrigues secondaires. À la fin, tous les personnages doivent se retrouver au

---

1. Rivages, 1996.
2. Robert Laffont, 1999 ; porté à l'écran par Simon West, avec John Travolta et Madeleine Stowe.

même endroit avec les mêmes éléments (à moins qu'ils soient morts en cours de route…).

Grâce à ce tableau, vous pouvez organiser les intrigues secondaires et éviter qu'elles ne débordent de l'intrigue principale. De plus, vous résumez ainsi la construction du roman et vous vous assurez que les éléments apparaissent dans l'ordre.

J'ai déjà parlé de l'inconscient : il peut ici jouer un rôle particulier. Tout se passe comme si, au fur et à mesure, vous plantiez des graines. Vous décrivez des événements qui, de prime abord, peuvent sembler sans importance (c'est l'exemple du journal dans le roman de Pat Conroy). S'il vous arrive, à un moment ou à un autre, de vous sentir bloqué, retournez en arrière, cherchez ces graines et faites-les pousser. Elles deviendront des solutions. De façon générale, quand vous rencontrez un problème, la solution se trouve souvent en germe dans les pages précédentes…

Comment Pat Conroy a-t-il conçu la scène dont je parlais plus haut ? On peut imaginer trois réponses, et chacune d'elles a son importance, car elle montre comment on peut utiliser les intrigues secondaires pour écrire ou réécrire.

1. L'auteur savait dès le début que ce journal intime contenait la clé du mystère. Dans ce cas, il a écrit la scène en connaissance de cause et a mentionné le journal tout en sachant que le personnage reviendrait vers lui.

2. L'auteur n'a parlé du journal que pour poser le cadre et permettre au lecteur d'imaginer la scène et le personnage du vieil homme (le fait qu'il tienne un journal le caractérisant en partie). Dans ce cas, au moment où l'auteur a eu besoin de fournir une clé à son héros, il a simplement relu ce qu'il avait déjà écrit et s'est rendu compte que le journal pouvait servir à cela. Son héros n'avait plus qu'à en faire autant et à pénétrer par effraction dans le bureau. Si c'est ce qui s'est passé, alors c'est bien l'inconscient de l'auteur qui lui a fourni une réponse avant que la question ne soit posée.

3. Dans une première version de la scène, le détail du journal n'apparaissait pas, mais l'auteur s'est trouvé dans une situation où son personnage avait besoin d'un indice. Il a alors examiné le problème et s'est rendu compte qu'un journal posé dans le bureau pouvait servir de clé. Il est donc revenu en arrière, a réécrit la scène et « planté la graine » dont il n'avait plus qu'à récolter la fleur. Ce genre de retour en arrière et de réécriture est fréquent quand on prépare un roman.

Vous voulez savoir ce qui est réellement arrivé ? Je n'en ai pas la moindre idée. L'important, c'est que les auteurs utilisent en permanence ces trois techniques.

Peaufiner votre manuscrit

Le cycle de l'écriture

Avant de nous occuper de la relecture, reprenons les quatre phases du cycle permanent de l'écriture.

Étape 1 : l'idée

Chaque fois que vous vous mettez à écrire, vous devez savoir exactement d'où vous partez. Où en est votre histoire ? Quels vont être ses développements immédiats ? Essayez de prévoir un ou deux chapitres à l'avance, en gardant toujours à l'esprit votre idée de base.

Étape 2 : les recherches

Dès que vous commencerez vos recherches, vous vous rendrez compte qu'énormément d'aspects de votre thème vous ont échappé. C'est pour cela que, bien souvent, les recherches entraînent la créativité. La frontière entre fiction et réalité est mince : cette dernière est souvent si extraordinaire qu'il est à peine besoin de la modifier pour en faire une histoire. Si vous la modifiez trop, vous risquez de ne plus intéresser personne.

Assurez-vous également que l'histoire que vous racontez a sa propre logique. Même si vous imaginez une histoire de science-fiction où il est possible de voyager plus vite que la lumière, il vous faudra, pour ces voyages, fixer des règles et les respecter. Le schéma du chapitre 5 commence par les « informations préalables ». Ce sont les recherches qui permettent de construire cet environnement. Pour ma part, je continue mes recherches (j'y inclus la « dissection de romans ») alors même que je suis en train d'écrire : cela me donne de nouvelles idées pour développer l'intrigue.

Étape 3 : l'écriture

Vous n'avez plus qu'à vous asseoir et à taper. Partez de votre plan, puis passez à la rédaction elle-même. Remplissez des pages. Les premières versions sont en général mauvaises, mais au moins elles sont posées sur le papier, et vous pouvez en être fier. Vous les corrigerez ensuite.

Étape 4 : la relecture

Relisez depuis le début. Nettoyez, coupez ce qui ne va pas. Commencez votre journée d'écriture en relisant et en corrigeant ce que vous avez écrit la veille. C'est le début de la réécriture, et cela vous met en train pour la suite.

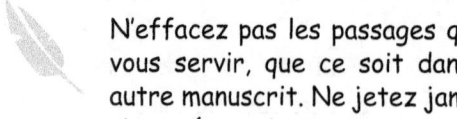

N'effacez pas les passages que vous coupez. Ils peuvent toujours vous servir, que ce soit dans une version ultérieure ou dans un autre manuscrit. Ne jetez jamais rien : enregistrez avec les indications nécessaires.

Je vais être tout à fait franc : malgré ce que je dis, je n'ai pas, en tant qu'auteur, de routine établie. Certains jours, il m'arrive de me mettre à écrire dès le lever ; d'autres fois, je relis et corrige pendant plusieurs jours d'affilée ; ou encore, je ne fais que réfléchir, faire tourner des rouages dans ma tête jusqu'à ce que je sache ce que je vais faire de mon histoire (vous l'aurez compris, ces périodes sont de moins en moins fréquentes, tout simplement parce que j'ai amélioré mes plans).

Je n'ai pas de journée de travail type. La seule chose fixe, c'est que je travaille tous les jours à quelque chose. Si toutes les habitudes que j'évoque dans ce livre ont été les miennes à un moment ou à un autre, je ne crois pas pour autant à la routine miracle, à la règle d'or. Vous avez envie d'écrire en faisant le poirier dans les couloirs du métro ? Allez-y ! (Faites attention, tout de même, on y croise des gens bizarres…) Oui, il m'arrive de préparer des plans tels que je les décris dans le chapitre 1, mais je peux tout aussi bien me mettre à écrire sans aucune préparation. Faites ce que vous voulez, à condition que ça marche, et que vous travailliez.

Retravailler son manuscrit

Je parle ici d'une relecture de type éditorial[1]. Elle met en jeu le rapport des hémisphères cérébraux. Les psychiatres disent que la moitié droite du cerveau est – en général – la plus créative, tandis que la partie gauche traite davantage l'aspect logique. On croit souvent que l'on ne relit qu'avec son cerveau gauche. En fait, se couper de son cerveau droit durant ce processus est une erreur. En luttant contre sa créativité, en cherchant à la dominer, on finit souvent par gâcher ce qui a été écrit.

Retravailler l'histoire

En phase de relecture, posez-vous les questions suivantes :

- Y a-t-il suffisamment de continuité dans mon histoire ? « Coule »-t-elle logiquement ?
- Ces mots, ou cette phrase, ont-ils une utilité ? Ont-ils un rapport avec mon histoire ?
- Dois-je révéler cet élément à cet endroit ou plus tard ?
- La chronologie est-elle rationnelle ?
- Mes personnages sont-ils cohérents ?
- Mes transitions sont-elles claires, quoique discrètes ?
- Ce passage est-il nécessaire ? Puis-je le couper sans que cela affecte l'intrigue ?

---

1. « *Editing* », en anglais.

Voilà, entre autres, ce que vous devez vous demander quand vous retravaillez l'histoire. Plus qu'aucun autre, ce travail est nécessaire. Quand vous aurez terminé votre manuscrit, vous aurez lu chaque mot plusieurs dizaines de fois. Pouvez-vous encore *sentir* l'histoire ? Si vous êtes un grand lecteur, il doit vous être facile de savoir si vous tenez une bonne intrigue.

Bien sûr, vous pouvez retravailler le manuscrit en le confiant à des amis ou à des proches. Dans ce cas, attention : vous allez devoir sortir votre cuirasse. Acceptez chaque critique et examinez-la attentivement. Si plus de deux personnes vous font la même remarque, c'est sans doute significatif. Pensez à choisir des gens qui lisent beaucoup, et en particulier des ouvrages du même genre que celui que vous avez écrit.

Ne vous lancez pas trop tôt dans le processus de relecture : à trop chercher la perfection, on finit par ne rien achever. Si vous corrigez sans cesse vos deux premiers chapitres, vous risquez de vous arrêter là. Il n'est pas nécessaire d'enlever tous les éléments qui vous paraissent inutiles : il se peut que vous en ayez besoin plus tard et qu'ils constituent inconsciemment les graines que vous ferez germer à la fin de votre livre. Coupez-les trop tôt, et vous ne pourrez plus les utiliser.

> **Vous aurez avantage à « laisser reposer » le manuscrit pendant un certain temps (quelques jours, voire quelques semaines) avant de le réexaminer avec l'esprit plus clair. Des phrases maladroites ou des défauts de construction vous apparaîtront plus nettement quand vous aurez pris une certaine distance.**

Réécrire

Quel horrible mot pour les oreilles d'un auteur… Pourtant, la réécriture est essentielle. Aucun de mes romans publiés n'a échappé à une réécriture plus ou moins complète. L'idée originale est restée la même, mais j'ai dû modifier un certain nombre de choses, y compris des points qui me semblaient tout d'abord essentiels.

On ne réécrit pas après avoir terminé le premier jet : la réécriture, comme la relecture, est un processus permanent. Sur un manuscrit, dès que j'ai terminé une cinquantaine de pages, je les imprime et je commence à les retravailler. De la même façon, chaque fois que je m'écarte de l'intrigue initialement prévue, je retourne en arrière pour faire les modifications nécessaires.

Vous pensiez votre roman fini ? Ce n'est pas le cas. Je considère qu'une fois le premier jet terminé, j'ai atteint les deux tiers, peut-être les trois quarts, de mon travail. Les écrivains sont parfois si heureux d'avoir écrit le mot « fin » que la seule idée de repartir en arrière et de se remettre à l'œuvre les rebute. C'est pourtant un passage obligé.

Pendant la réécriture, le plus important est d'être honnête avec soi-même. Même si, en tant qu'auteur, vous avez l'impression de connaître votre livre par cœur, vous devez maintenant le considérer d'un œil objectif et en traquer les défauts.

À vrai dire, quand vous écrivez, vous sentez la plupart du temps quand quelque chose cloche. C'est un sentiment, une vision subjective et difficile à expliquer. Faites-vous confiance : quelque chose en vous vous dira ce qui ne marche pas.

L'ampleur de la réécriture varie. Elle peut aller jusqu'au remaniement complet du manuscrit (heureusement, nous avons des ordinateurs !) ou consister seulement en quelques changements ici et là. La seule chose qui ne varie pas, c'est que la réécriture est presque toujours nécessaire.

J'ai déjà suggéré que vous laissiez le manuscrit « au repos » pendant une ou deux semaines après avoir terminé le premier jet, afin de vous laisser le temps de retrouver une certaine objectivité. Vous pouvez également le donner à lire. Écoutez les commentaires et tenez-en compte. Pour autant, n'apportez pas de changements uniquement parce que quelqu'un le conseille : c'est à vous de sentir si la remarque est justifiée ou non. Il m'est arrivé de passer des jours et des jours à réécrire un manuscrit avant de me rendre compte que je ne changeais pas la bonne partie. Si votre livre présente un défaut, vous êtes sans doute la personne la mieux placée pour le trouver ; tout ce dont vous avez besoin, c'est d'un peu de temps et d'honnêteté.

J'ai sous les yeux la dernière lettre de mon éditeur à propos d'un roman en cours de publication : elle fait onze pages, en interligne simple, et ne parle que de ce que je dois réécrire. Il m'est aussi arrivé de participer à des séminaires d'écriture intensive et d'avoir pour tout retour une critique qui démontait mon manuscrit en recommandant des changements majeurs.

La première réaction à une telle critique est toujours négative. Prenez un jour ou deux pour laisser passer ce sentiment, avant de lire en détail les commentaires. Vous vous sentirez alors totalement déses-péré devant l'ampleur de la tâche. Laissez passer encore un peu de temps. Vous réaliserez peu à peu qu'effectivement, il y a peut-être un problème dans votre manuscrit, et qu'une réécriture est nécessaire. Cela vous mettra probablement hors de vous. Puis, peu à peu, vous en viendrez à accepter l'idée que, s'il y a un problème, il y a une solu-tion, et que vous allez la trouver. Alors, vous pourrez commencer à réécrire.

Préparation de copie

Encore un processus permanent : il s'agit de traquer les fautes de style et de frappe. Votre ordinateur a probablement un correcteur orthographique, c'est déjà une consolation… Je pars du principe que vous maîtrisez globalement la grammaire et l'orthographe. Tout ce qu'il vous reste à faire, alors, est de passer votre manuscrit au crible, le stylo rouge à la main. Si vous avez la chance d'être publié, des relecteurs professionnels seront chargés de reprendre ce travail ; même eux, malgré toute leur habileté, laisseront sans doute passer quelques coquilles.

Respectez quelques règles simples :

- évitez la répétition de mots et de phrases ;
- ayez toujours sous la main un précis de grammaire ;
- traquez les « agents secrets » : ne laissez pas de pronoms qui pourraient introduire le doute sur qui fait quoi et à qui ;
- moins, c'est plus : moins il y a de mots, meilleur est votre style.

Pour éliminer les mots en trop et permettre une lecture facile, je recommande de lire à haute voix, si possible en présence d'un tiers qui notera au fur et à mesure les endroits où votre lecture s'écarte du manuscrit. Vous serez surpris du nombre de changements que vous apportez instinctivement quand vous lisez à haute voix.

Conseils d'éditeur

Les verbes sont importants, souvent plus que les adverbes ou les adjectifs. Quel que soit le charme qu'ils apportent à votre style, ces derniers peuvent aussi rendre la lecture moins fluide. Lisez Hemingway pour voir comment on peut s'en remettre aux verbes d'action plutôt qu'aux adjectifs et aux adverbes.

Évitez les répétitions, en particulier celles de mots complexes. Chaque fois qu'un lecteur rencontre une redondance, il s'en rend compte. Cela peut le gêner et le distraire de l'histoire.

Vos adverbes sont-ils tous essentiels ? Demandez-vous si vous pouvez en éliminer en choisissant mieux vos verbes.

L'excès de participes présents (formes en *–ant*), les locutions comme « en train de », de même que les phrases à la voix passive, ont tendance à alourdir le style. Ne les utilisez qu'à bon escient.

Comparez :

Don était en train de se reposer. / Don se reposait.

Le commando était mené par John. / John menait le commando.

Dans les deux cas, la deuxième phrase est plus incisive et moins lourde.

Vérifiez que tous les pronoms ont un antécédent suffisamment proche pour qu'on n'ait pas à le chercher. L'usage de pronoms « flottants » rend souvent un texte incompréhensible. Et, bien sûr, traquez les mots inutiles.

Abandonner ?

Beaucoup d'aspirants écrivains regardent leur premier manuscrit avec les yeux de l'amour. Mais si vous discutez avec des auteurs publiés, vous vous rendrez compte que très peu d'entre eux ont vu leur première œuvre acceptée. Au final, ce premier essai leur aura servi d'apprentissage. Ils sont ensuite passés au deuxième, au troisième… jusqu'à ce qu'ils soient retenus par un éditeur. Aussi difficile à accepter que ce soit, il arrive souvent que le premier manuscrit finisse dans un tiroir. On abandonne peu à peu tout espoir de le voir publié, puis on retrousse ses manches et on passe au suivant.

Le lecteur

Considérez que vous allez passer des mois, voire des années, à écrire un roman qui sera lu en l'espace de quelques heures. Il vous faut donc prendre en compte l'état d'esprit du lecteur : il attend une histoire intéressante (qui s'adresse à son intellect), écrite de manière à ce qu'il se sente émotionnellement proche des personnages.

Tenez compte de ce qu'il sait déjà. Quand le lecteur connaît un élément que le personnage ignore, écrire devient plus difficile. Attention à ne pas embrouiller ou ennuyer votre lecteur. Ne passez pas dix pages à raconter qu'un personnage se demande qui a tué Tante Bess si le lecteur a vu Oncle John le faire dans une scène précédente.

De la même manière, en particulier quand vous mettez en scène plusieurs personnages dans différents lieux, vous vous trouverez confronté à ce qu'on appelle dans l'armée la « dissémination d'informations ». Le lecteur connaît tous les éléments collectés par les personnages, mais ceux-ci n'ont pas encore fait le rapprochement entre eux. Pour ma part, j'avais l'habitude de résoudre ce problème en regroupant mes personnages autour d'une table où ils pouvaient échanger ce qu'ils savaient ; jusqu'au jour où un éditeur m'a fait remarquer à quel point ces scènes étaient assommantes pour le lecteur.

Ne sous-estimez pas votre lecteur : il sait lire, possède une certaine culture. Beaucoup d'écrivains tendent à en faire trop. Si l'excès de subtilité peut nuire aussi, les gens qui vous lisent vont en général comprendre ce que vous racontez. À la lecture, certains éléments peuvent leur échapper – c'est très pratique pour construire le suspense ou mettre en place un coup de théâtre. Mais, en fin de compte, si votre roman est bien écrit, ils se souviendront au bon moment des détails significatifs ou des dialogues sur lesquels ils étaient passés un peu vite. Donc, ne citez Oncle John qu'une fois au lieu de vingt : vous l'avez présenté, c'est fait, et le lecteur malin a peut-être saisi l'indice. Parce que si vous parlez sans cesse de ses avant-bras musclés, de ses énormes mains (chapitre 10), de cette façon si particulière qu'il a de couper la tête à ses poules (chapitre 12), et de son hobby d'enfance qui consistait à torturer de petits animaux (chapitre 14)… vous voyez ce que je veux dire ?

L'excès de qualificatifs peut nuire. Un personnage est contrarié ? Dites-le une fois et une seule. Ajouter des adverbes et des adjectifs pour le souligner est inutile, et peut même vous desservir. Laissez parler les actions, pas les mots.

Un petit exemple ?

« Écoute, petit crétin », hurla furieusement Buffalo Bill au garçon terrifié. « Là, tu m'as vraiment mis en rogne », continua-t-il avec colère tout en martelant de la crosse de son fusil le crâne en bouillie du bison mort.

Alors, en colère, Buffalo Bill ?

Ne donnez pas de leçon au lecteur. Il peut vous arriver d'écrire sur un thème qui vous tient énormément à cœur, mais qui n'apporte rien à l'histoire. Bien que couper soit difficile, c'est souvent la meilleure chose à faire. Dans mon deuxième roman, il y avait un passage dont j'étais très fier. Il s'agissait du briefing d'un commando d'élite qui préparait sa mission. J'avais particulièrement soigné les détails… sauf que cela ralentissait tellement l'action que j'ai dû me résoudre à le supprimer : mon sixième chapitre est passé de trente à cinq pages. Concentrez-vous sur l'ensemble du livre, pas sur des passages.

On dit parfois que, dans un roman, l'auteur doit couper son passage préféré, justement parce qu'il est incapable de le considérer objectivement. Je ne suis pas certain d'être d'accord, mais il est vrai que les passages que vous aimez le plus requièrent de votre part une attention particulière. C'est parfois une simple phrase, ou même un seul mot, qui vous fait vibrer chaque fois que vous le lisez. Si ce passage vous éloigne de l'histoire, soyez prêt à le couper.

Un autre écueil courant est l'excès d'anticipation. J'ai longtemps eu tendance à préparer le suspense si minutieusement que cela finissait par se voir. Quand Tchekhov parle du pistolet de l'acte I qui doit tirer à l'acte III, il oublie de préciser que, si le pistolet apparaît trop tôt ou trop souvent, il ne tue plus que le suspense.

Souvenez-vous que, pour intéresser le lecteur, votre histoire doit le toucher ; ne considérez jamais l'intérêt du lecteur comme allant de soi.

Dans la chaîne du livre qui va de l'auteur à l'éditeur, de l'éditeur au libraire et du libraire au lecteur, c'est finalement le lecteur qui compte le plus. Il est le consommateur de ce que vous avez inventé et que l'éditeur a transformé en produit. Sans consommateur, pas besoin de produit…

Lisez… beaucoup

Un dernier mot pour clore ce chapitre : lisez. Lisez pour étudier d'autres styles, pour trouver d'autres idées. Chaque fois que, devant mon clavier, je me sens à bout de forces, je prends un bon livre et je m'y plonge. Cela m'inspire et me fait du bien. Souvent, aussi, je traîne dans les librairies en regardant les dernières parutions et en rêvant en secret de faire mieux. C'est aussi à votre portée.

OUTIL N° 8

Soumettre
votre manuscrit[1]

Avant la soumission

Avant de chercher à vendre un manuscrit, vous avez trois choses à faire :

- **Assurez-vous d'avoir réellement fini.** N'essayez pas de mettre votre manuscrit sur le marché avant qu'il soit fin prêt. Je vois des aspirants écrivains, armés seulement d'un synopsis et de quelques dizaines de pages, approcher des éditeurs pendant des salons ou des conférences. Leur idée est simple : ils ne prendront le temps de finir le travail que s'ils trouvent quelqu'un que cela intéresse. Malheureusement, cette démarche ne tient pas compte de la réalité du monde de l'édition. Je l'ai déjà dit : la plupart des écrivains publiés ont écrit plusieurs manuscrits complets avant que l'un d'eux soit édité.

- **Laissez le manuscrit « au repos » au moins deux semaines avant de commencer vos démarches.** Passé ce délai, reprenez-le en détail avec un regard très critique. Réécrivez, nettoyez, corrigez. Vous allez le voir dans les pages qui suivent, le qualifi-

---

1. Ce chapitre et les suivants ont fait l'objet d'une adaptation toute particulière au monde de l'édition français.

catif qui revient le plus souvent pour désigner le monde de l'édition est *lent*. Personne ne vous y attendant avec impatience, il va falloir apprendre à réfréner vos ardeurs. Après tout, face à un éditeur, vous n'avez qu'une chance. Avant de la tenter, soyez certain que votre manuscrit est aussi bon que possible.

- **Commencez à écrire le roman suivant.** Vous en aurez tellement appris au cours de l'écriture du premier que le deuxième ne peut qu'être meilleur. Les auteurs publiés dès leur premier essai sont très rares. En préparant un nouveau manuscrit, vous éviterez de vous décourager et de passer un an à envoyer le premier à tout va pour vous retrouver en fin de compte avec une jolie pile de lettres de refus. À tout prendre, ne vaut-il pas mieux finir l'année avec une pile de lettres de refus *et* un nouveau manuscrit ? J'ai obtenu mon premier contrat d'édition pour mon troisième manuscrit, et après plus d'une centaine de refus. Mais le fait que j'aie déjà deux manuscrits dans mes tiroirs a encouragé mon éditeur à me faire confiance ; d'ailleurs, après une bonne dose de réécriture, il a ensuite accepté de publier les deux premiers.

Une fois que vous aurez franchi ces trois étapes, vous pourrez vous mettre à proposer votre livre. Pensez au lecteur, le maillon final de la chaîne de l'édition : comment choisit-il un livre au milieu des rayons ? Cette question, tous les éditeurs se la posent ; vous devez faire de même.

Le bon état d'esprit

Que cherchent les éditeurs dans un livre ? De bons personnages qui tournent autour d'une bonne idée, tout simplement parce que c'est ce que le lecteur attend. L'idée ne doit pas seulement être excellente, mais aussi correspondre aux besoins de l'éditeur à un moment donné.

Pour vendre votre manuscrit, le tout est de faire partager à l'éditeur votre enthousiasme. Si vous vous êtes mis à écrire, c'est que votre idée vous paraissait suffisamment excitante. À vous de communiquer cette passion.

Vous ne devez pas écrire en fonction du marché du livre, mais comprendre son fonctionnement peut indéniablement vous aider à y prendre pied. La première chose qu'un éditeur va examiner – bien avant votre style –, c'est votre idée de départ. Votre personnalité, votre expérience (pas seulement en tant qu'écrivain) vont également jouer un rôle, en particulier si vous pouvez mettre en lumière une certaine expertise dans le domaine sur lequel vous écrivez.

J'ai souvent entendu des auteurs se plaindre de ne pas être lus intégralement par les éditeurs. « S'ils lisaient tout, disent-ils, je suis certain que mon livre serait publié. » Ce n'est pas logique : avez-vous déjà vu quelqu'un, dans une librairie, lire tout le livre *avant* de l'acheter ? Alors, pourquoi en attendre davantage de la part d'un éditeur ? Quand il s'agit d'un auteur qu'il ne connaît pas, le lecteur moyen achète un livre en se fondant sur la couverture, le résumé et parfois quelques pages ; les éditeurs, pour la plupart, ont la même démarche.

Pour eux, le temps, c'est de l'argent. Ils ne peuvent passer du temps à vous lire que s'ils ont l'espoir d'un « retour sur investissement » – c'est-à-dire s'ils pensent ne pas perdre leur temps.

Comment ? Vous dites que *votre* manuscrit n'est pas une perte de temps ?

Bien sûr. Mais c'est ce que pensent tous les auteurs…

Le marché de l'édition est assez effrayant. Pensez donc : chaque éditeur envoie un représentant dans les librairies et les points de vente. Croyez-vous que ces représentants se déplacent avec une malle remplie des livres qu'ils ont à proposer ? Non, évidemment. Ils ont au mieux des photos des couvertures et des résumés, parfois de simples listes. Ils proposent au libraire un certain nombre de titres, un peu comme le donneur dans un jeu de poker. Ils n'ont qu'un temps limité pour présenter et vendre ces titres, et doivent même souvent faire une sélection. Au libraire ensuite de commander ceux qui retiennent son attention.

Au moment où il arrive en rayon, un livre « normal » n'a été lu en moyenne que par trois personnes. Le représentant n'a pas le temps de tous les lire, et le libraire non plus.

Effrayant, non ?

Les étapes pour soumettre un manuscrit

Votre manuscrit est prêt (c'est certain ?), il est temps de le mettre sur le marché. Vous pouvez essayer de suivre les étapes que je décris ci-dessous.

Il s'agit dans un premier temps de cibler les éditeurs et dans un deuxième temps de préparer votre lettre de présentation, qui constitue peut-être l'élément clé de toute la démarche. En trouvant les bons éditeurs et en comprenant comment ils fonctionnent, vous donnerez à votre manuscrit les meilleures chances d'être accepté. Encore une fois, il vous sera utile, pour comprendre le processus, de le comparer à ce que fait un lecteur potentiel quand il entre dans une librairie.

Étape 1 : cibler vos destinataires

Pour commencer, vous devez choisir à qui vous allez adresser votre livre, exactement comme le lecteur va d'abord dans le rayon qui l'intéresse.

Chaque fois que je regarde un livre en rayon, je vérifie automatiquement le nom de l'éditeur au dos. Si ce livre ressemble à ceux que je fais, j'en déduis que l'éditeur peut constituer une bonne cible. Il arrive en France que le nom de l'éditeur soit remplacé par celui de la collection, ou que plusieurs éditeurs aient un même comité de lecture (c'est le cas des éditions Robert Laffont, qui regroupent des maisons comme Seghers, Nil et Julliard). Vérifiez si c'est le cas à la page des copyrights, dans les Pages jaunes ou sur Internet. Vous y trouverez également le type d'ouvrages recherchés ainsi que les modalités de soumission des manuscrits.

──────────────── **Il n'y a pas de secret** ────────────────

Dans les salons du livre et les conférences d'auteurs auxquels je participe, j'entends souvent les mêmes questions (et j'y réponds d'ailleurs dans ce livre). Beaucoup attendent qu'un auteur ou, mieux encore, un éditeur, leur donne soudain le « secret » pour être publié.

Ceux qui aspirent à l'être ont souvent du mal à appréhender les différents points de vue sur le livre et la publication. Les questions que je traite ici sont également les mêmes qui se posent aux éditeurs. Eux adoptent le point de vue du marché − plus précisément en termes d'acheteurs (les lecteurs) −, alors que les auteurs, dans cette perspective, sont les vendeurs. En tant qu'auteur, donc, je peux raconter comment je vends un manuscrit ; un éditeur dira comment il achète les siens. Nos points de vue diffèrent, et c'est un bien (à moins, évidemment, que vous ne vouliez vendre un livre à un éditeur précis). Les réponses d'un éditeur n'engagent que lui et la maison pour laquelle il travaille ; de mon côté, en tant qu'auteur, je vois le monde de l'édition comme un marché où je peux vendre mes ouvrages.

Ainsi, dans des conférences, les éditeurs expliquent souvent comment l'auteur peut leur faciliter la tâche. Pour ma part, sans être un contestataire, je suis un professionnel, et j'estime que le but principal de l'auteur n'est pas de faciliter le travail de l'éditeur, mais bien plutôt de collaborer avec lui.

Entre éditeurs et auteurs, c'est souvent « nous contre eux », ou tout au moins « eux et nous ». On me demande régulièrement si c'est moi qui choisis mes couvertures (ce n'est pratiquement jamais le cas), jusqu'à quel point un éditeur peut retoucher un manuscrit (il se contente de suggérer des modifications, et toujours pour le bien du livre), et comment les éditeurs arnaquent les auteurs (cela n'arrive que quand leurs intérêts divergent). Auteurs, directeurs de collection et éditeurs sont censés être une équipe, ramer dans le même bateau. Aussi, abordez vos interlocuteurs dans le milieu de façon positive, tout en tenant compte de vos propres intérêts.

Ne vous focalisez pas d'emblée sur les « grandes maisons », les plus connues du grand public. Les petits et moyens éditeurs effectuent en France un travail considérable de découverte des nouveaux talents.

C'est le cas, par exemple, du Dilettante, qui a publié et soutenu des auteurs comme Vincent Ravalec ou Anna Gavalda.

Les enjeux commerciaux et financiers ont considérablement modifié la donne dans les grandes maisons d'édition : de rachats en alliances, il est bon de savoir à qui l'on s'adresse, sous peine de proposer un même manuscrit à des éditeurs qui travaillent ensemble. Pour s'y retrouver, depuis la disparition de la revue *Écrire et éditer* publiée par le Calcre, le mieux est sans doute de consulter les sites Internet de L'Oie plate, du Bief ou du Salon du livre de Paris[1].

Le système des agents littéraires, solidement implanté dans le monde anglo-saxon (au point que certains éditeurs américains n'acceptent plus que des manuscrits soumis par des agents professionnels), s'installe à peine en France. Nous reviendrons plus loin sur cette fonction et sur ce qu'il y a à en savoir.

Étape 2 : préparer votre envoi

Envoyer un roman complet, ou simplement un synopsis et quelques « bonnes pages » ? Adresser son envoi au « comité de lecture », ou à une personne en particulier ? Une visite du site de l'éditeur, ou même un coup de téléphone au standard, vous permettront d'en savoir plus. Chaque maison a ses propres modes de sélection, depuis celles qui ne jurent que par le manuscrit complet et soigné jusqu'à celles qui lisent les propositions par mail. Quoi qu'il en soit, il vous faudra attendre entre un et six mois avant d'obtenir une réponse. Dans tous les cas, un CV, un synopsis et une lettre de présentation semblent nécessaires, quitte à proposer l'envoi du manuscrit complet dans un deuxième temps. N'oubliez pas, si vous souhaitez récupérer le manuscrit en cas de rejet, de joindre une enveloppe timbrée à votre

---

1. http://www.loieplate.com/ (L'Observatoire indépendant de l'édition pour les auteurs très exigeants) ;
   http://www.bief.org/ (Bureau international de l'édition française, rubrique *Les annuaires*) ;
   http://www.salondulivreparis.com/ (rubrique *Liste des exposants*).

adresse (les frais de port sont généralement indiqués sur les sites Internet).

De façon générale, et même si elles peuvent varier d'un éditeur à l'autre, les règles de cet envoi sont simples. Mettez toutes les chances de votre côté en les respectant :

- Toute correspondance doit être dactylographiée ; les « manuscrits » au sens strict, quels qu'ils soient, sont passés de mode.

- Soignez la présentation de façon à ce qu'elle soit le plus propre possible, quitte à changer votre cartouche d'encre ou votre toner d'impression avant d'imprimer. Aussi incroyable que cela paraisse, les éditeurs reçoivent encore des lettres mal imprimées ou mal tapées, difficiles à lire. C'est une cause très basique de refus d'un manuscrit.

- Utilisez du papier blanc, de bonne qualité et de grammage approprié (pas de brouillon ou de copies carbone). La lettre de présentation peut être imprimée sur un papier de meilleure qualité. Vous pensez que du papier de couleur attirera davantage l'attention ? Croyez-moi, ce n'est pas le type d'attention que vous recherchez.

- Tenez-vous-en à des polices classiques ; là encore, l'originalité peut vous nuire. Une police Courier, Geneva ou Times en corps 12 fonctionnera très bien. Même pour des raisons d'économie, évitez d'utiliser des polices trop petites, qui peuvent rapidement entraver la lecture. Pour vous donner un ordre d'idées, chaque page doit comporter environ 250 mots (soit 1 500 caractères espaces non compris).

- Évitez les corrections visibles, au moins sur la lettre de présentation.

- Utilisez des marges d'au moins 2,5 cm de chaque côté.

- Privilégiez le double interligne, au moins pour le manuscrit ou les extraits ; le synopsis peut à la rigueur figurer en interligne simple.

- La reliure n'est pas nécessaire.

- Votre nom et/ou le titre de votre manuscrit doivent figurer à chaque page, en en-tête ou en bas de page.
- Numérotez tout ce qui dépasse une page.

La lettre de présentation

Sa première ligne est capitale : elle doit attirer l'attention du lecteur, sans quoi elle risque fort d'être aussi la dernière qu'il lira. Voyez-la comme la première ligne d'une quatrième de couverture, qui doit captiver l'acheteur potentiel.

Qu'est-ce qui fait la force de votre manuscrit ? Comment donner à quelqu'un l'envie de l'acheter ? Aussi bon qu'il soit, si la lettre de présentation n'est pas à la hauteur, il ne sera pas lu. Mettez en valeur votre idée de base, et ce dès le début. En commençant par « Que se passe-t-il lorsque… ? » ou « Et si… ? », vous retiendrez l'attention de l'éditeur, qui poursuivra sa lecture en sachant clairement où vous voulez en venir.

Je vous déconseille vivement les entrées en matière suivantes :
« Vous trouverez ci-joint un manuscrit… » : comme l'éditeur en reçoit continuellement, il se doute de ce qui est joint. Inutile de le lui répéter, d'autant plus qu'à force de lire cette introduction, il ne la supporte plus.
« Je viens d'écrire mon premier roman, et j'aimerais que vous le lisiez… »
« Vous allez adorer ce livre… »

Sur les quatrièmes de couverture des livres en librairie, vous trouverez de bonnes idées d'entrée en matière. Si vous ne pouvez pas prétendre aux louanges de la presse qui ornent certaines d'entre elles, vous lirez quelques phrases chocs qui peuvent vous inspirer. L'un de mes romans proposait, en guise d'accroche : « Un simple bouton peut déclencher une catastrophe nucléaire… et quelqu'un veut appuyer dessus. » Ce genre de phrase peut servir d'introduction à votre lettre de présentation. Comme pour les autres aspects de l'écriture, néanmoins, attention à ne pas abuser des adjectifs, ni à vous mettre en valeur à l'excès : laissez votre manuscrit parler de lui-même.

Le premier paragraphe, ou les deux premiers, doivent servir à attirer l'attention de l'éditeur, à lui donner envie de lire votre synopsis. Passez ensuite à autre chose. Vous n'avez pas que votre livre à vendre : il faut aussi que vous vous présentiez, vous. Qu'est-ce qui, dans votre expérience, votre parcours ou votre personnalité, peut intéresser un éditeur, que ce soit du point de vue de l'écriture ou du point de vue du thème de votre roman ? Quand j'ai présenté des romans mettant en scène des commandos d'élite, le fait que j'en aie été moi-même membre a bien entendu joué en ma faveur. Les paragraphes centraux constituent donc votre CV d'écrivain. D'ailleurs, en acceptant votre livre, un éditeur ne fait rien d'autre que vous engager en tant qu'auteur. Là encore, pensez aux biographies présentant l'auteur au dos de certains romans : on achète parfois un livre parce que la vie de son auteur semble passionnante. Les éditeurs ne dérogent pas à la règle.

Cela ne veut pas dire que votre manuscrit sera rejeté si vous n'avez pas quelque chose de passionnant à raconter sur vous-même ou s'il n'y a pas de rapport direct entre votre vie et votre roman. Mais les éditeurs s'en tiennent souvent au vieux principe de Mark Twain : « Écrivez sur ce que vous connaissez. » Si, donc, votre roman est connecté à une expérience de vie particulière, prenez soin de le souligner.

À moins d'avoir été publié dans des revues qui font autorité ou d'avoir remporté des concours majeurs, évitez de citer l'ensemble de vos publications ; il n'y a rien de mal à être un auteur débutant, et les éditeurs le savent.

Votre lettre de présentation a pour but de vous vendre, d'accord ; ne tombez pas pour autant dans l'excès qui consiste à en faire une publicité pour votre roman. Évitez en particulier d'écrire que votre livre plaira à telle ou telle catégorie de lecteurs, ou qu'il s'adresse tout spécialement à eux. Dans le cas des œuvres de fiction, c'est une erreur, d'abord parce que les éditeurs se considèrent comme les seuls experts en la matière, et ensuite parce que vous risquez fort de vous tromper. Une fois de plus, laissez parler votre manuscrit pour vous.

Vous pouvez essayer l'humour, mais prenez garde : tout le monde n'y est pas sensible. N'essayez d'être drôle que si votre roman l'est.

Ne dépassez pas une page pour votre lettre de présentation : c'est la taille standard des lettres d'affaires. Un de mes amis, agent, m'a dit un jour qu'il ne lui fallait que vingt secondes pour savoir si un envoi valait la peine d'être lu ou non.

En guise de conclusion, vous pouvez donner des faits et des informations à propos du manuscrit, par exemple « C'est une œuvre de science-fiction en 85 000 mots ».

N'oubliez pas de citer le nom de la personne ou du comité de lecture concernés (que vous trouverez sur Internet) dans l'en-tête de votre lettre. C'est toujours préférable à un « Madame, Monsieur » anonyme. Vous pouvez même vérifier par téléphone que vous vous adressez à la bonne personne – les responsables et directeurs de collection ont tendance à changer fréquemment. Et n'oubliez pas, en fin de page, de remercier votre destinataire pour son attention. Il va de soi que votre lettre doit être écrite de votre meilleure plume : des fautes d'orthographe ou de grammaire risquent de vous disqualifier avant même que vous ayez pris le départ…

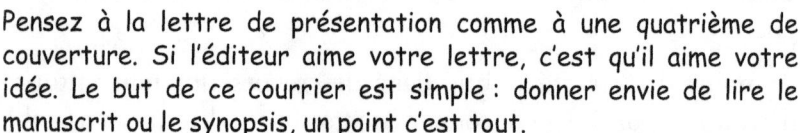

Pensez à la lettre de présentation comme à une quatrième de couverture. Si l'éditeur aime votre lettre, c'est qu'il aime votre idée. Le but de ce courrier est simple : donner envie de lire le manuscrit ou le synopsis, un point c'est tout.

Vous trouverez un exemple de lettre de présentation en annexe B.

Le synopsis

Là encore, une page suffit. D'autres que moi auront peut-être un avis différent, parleront de dix ou vingt pages. Mais, à mon sens, si l'on se place du point de vue de l'éditeur, une page suffit. À quoi bon écrire cinq pages s'il ne lit pas au-delà de la première ? Il se peut même que votre page 3 lui déplaise, alors qu'il avait aimé jusque-là. En réalité, plus on en met, plus on a de chances d'ennuyer quelqu'un. Que votre synopsis soit trop long, et vous risquez de faire décrocher le lecteur. Si votre lettre de présentation l'a intéressé, il vous suivra ; mais pour peu qu'il soit gêné par un détail, il risque d'abandonner. Aussi, je m'en tiens à ce conseil : pas plus de deux pages – et je crois fermement qu'une seule peut suffire.

Je viens de lire un synopsis de quatre pages sur lequel j'ai énormément de questions, car chaque détail inutile ajouté par l'auteur soulève des objections. Je sais que, si le synopsis avait été plus succinct, j'aurais eu moins d'interrogations.

Mais comment diable, vous demandez-vous, vais-je résumer quatre cents pages en une seule ?

Cela n'a rien de simple. Il peut vous falloir des semaines pour y parvenir, mais c'est nécessaire. Encore une fois, inspirez-vous des quatrièmes de couverture, coécrites en général par l'auteur et son éditeur. Soyez malin : composez une quatrième de couverture pour votre propre manuscrit, qui, contrairement à celle des éditeurs, résumera l'intégralité de l'histoire. Vous disposez d'un peu plus que les trois ou quatre paragraphes habituellement autorisés au dos des livres publiés.

Vous trouverez tellement d'éléments importants dans votre manuscrit (vous me direz d'ailleurs que tout y est important !) que les résumer peut vous sembler une tâche insurmontable. Pourquoi ne demanderiez-vous pas à quelqu'un qui a lu votre manuscrit de le résumer à votre place, à charge pour vous de travailler ensuite à partir de ce premier résumé ? Ce lecteur possède une distance qui peut vous être utile.

J'ai trouvé les meilleurs synopsis de mes livres dans des revues où les journalistes condensaient l'histoire complète en un seul paragraphe. Inspirez-vous donc des critiques d'un roman comparable au vôtre, ou bien rendez-vous dans votre librairie et demandez à consulter les catalogues des éditeurs, pour voir comment ils présentent leurs livres aux libraires. Lorsque vous êtes intéressé par un éditeur en particulier, pourquoi ne pas étudier son style ? Résumer votre livre de la même manière peut être payant.

Beaucoup pensent qu'un synopsis d'une seule page ne peut pas rendre justice au manuscrit. Du point de vue de l'éditeur, c'est faux. Dans une librairie, un lecteur ne fait rien d'autre que regarder la couverture et lire le texte de présentation, qui fait moins d'une page. C'est seulement s'il est intéressé qu'il ouvrira le livre pour découvrir quelques passages. Un éditeur fait de même.

En préparant votre synopsis, essayez d'éviter les erreurs suivantes :

- **Trop long.** Si vous dépassez une page, sachez qu'à chaque ligne que vous ajoutez, vous augmentez les risques de perdre l'attention du lecteur.

- **Trop de détails sur certains points, pas assez sur d'autres.** Vous êtes tenté de décrire cette idée force ou ce coup de théâtre particulièrement réussis ? Oubliez ça. Le synopsis doit seulement donner une vue d'ensemble.

- **L'action présentée sous forme de liste.** Avez-vous déjà vu une quatrième de couverture qui utilise des listes, avec des tirets qui disent « Il se passe ceci, puis cela… » ? Écrivez votre synopsis en prose.

- **Trop d'adjectifs.** « L'histoire fascinante et étonnante d'un farouche et dévoué guerrier viking dont on suit la trace sanglante à travers ses conquêtes et ses rapines dans une Europe à feu et à sang, racontée dans un style brillant, avec de grands *bla-bla-bla* et de fantastiques *bla-bla-bla…* » J'entends d'ici la réponse de l'éditeur : « Ça tombe bien ; en général, nous ne publions que des romans pénibles et sans intérêt, mais puisque vous dites que le vôtre est brillant et fascinant, cela nous intéresse beaucoup. »

Vous devez vous débarrasser de ce qui est en trop dans votre synopsis, exactement comme vous l'avez fait pour votre manuscrit. Oui, les éditeurs sont toujours à la recherche de manuscrits brillants et fascinants ; qualifier ainsi votre prose est une perte de temps. Coupez court aux adjectifs et adverbes et laissez votre travail parler pour vous.

- **Le syndrome « De quoi ça parle ? »**. Le pire qui puisse arriver, c'est que le lecteur finisse de lire le synopsis sans avoir la moindre idée de ce dont parle le roman. Donnez votre synopsis à lire à un inconnu dans la rue ou, mieux, dans une librairie, et voyez ce qu'il comprend. Demandez-lui de quoi, selon lui, parle votre histoire. Son retour peut vous surprendre…

- **Le syndrome « Il y a au moins huit bonnes histoires dans votre roman, mais laquelle racontez-vous ? »**. Il arrive malheureusement que le synopsis présente une accumulation d'intrigues secondaires, au point que le lecteur ne parvient pas à suivre l'histoire principale et se demande quelle est l'idée de base.

- **Le syndrome « C'est quoi, comme histoire ? À qui pourrais-je la vendre ? »**. Il m'arrive de lire un synopsis sans parvenir à déterminer s'il s'agit de science-fiction, de fantastique ou même d'un conte pour enfants. Imaginez la réponse de l'éditeur : « Et dans quel rayon va-t-on pouvoir vendre ça ? » Comme son nom l'indique, la lettre de présentation est censée *présenter* le genre de votre œuvre ; mais si ce n'est clair ni dans la lettre, ni dans le synopsis, l'éditeur doutera que ce le soit dans le roman, et n'aura sans doute pas envie de le lire.

- **Le syndrome « Bons personnages, mais où est l'histoire ? », ainsi que son opposé « Bonne histoire, mais qui sont les personnages ? »**. Les deux extrêmes sont à éviter.

- **Le syndrome « Bonne idée de garder pour vous la surprise finale… mais je n'ai pas le temps de vous lire pour la connaître »**. Dans le synopsis, racontez la fin. Les éditeurs ne jouent pas aux devinettes. De plus, la promesse d'une fin surprise tourne souvent court.

- **Trop dense.** D'après les psychologues, notre mémoire immédiate peut contenir au maximum sept informations. Pour moi, cela veut dire qu'au-delà de trois noms (le héros, le méchant et le second rôle le plus important), vous en faites trop. Car si vous y ajoutez l'idée de base, l'élément perturbateur, l'intrigue principale et le dénouement, vous atteignez les limites de la mémoire de votre destinataire. Il m'est arrivé de lire des synopsis où le foisonnement des noms de personnages me faisait perdre la trace de tout le reste.

Il faut penser différemment, cependant, pour le synopsis d'un roman comique ou psychologique, dans lequel l'histoire a moins d'importance que le style. Résumé en termes d'intrigue, un roman comme *L'Élégance du hérisson*[1] pourrait paraître un brin ennuyeux, car l'intérêt du livre réside dans les personnages, pas dans la construction dramatique.

Je le précise, car vous ne devez pas abandonner ce qui fait la spécificité de votre livre au profit d'un format donné. Dans certains cas, au lieu d'un véritable synopsis, il est préférable de citer des extraits qui révèlent la tonalité du livre. Si votre roman est une suite d'anecdotes familiales, choisissez la meilleure, et faites-en votre synopsis en affirmant à l'éditeur que votre livre, c'est ça… à la puissance cent.

L'objectif du synopsis est de donner envie à un éditeur de lire votre manuscrit ou les extraits de chapitres.

Extraits ou manuscrit complet ?

Tenez compte de ce que dit le site Internet de l'éditeur : si, aux États-Unis, la majorité des éditeurs se contente des deux ou trois premiers chapitres (ce mode de démarchage est d'ailleurs appelé « à l'américaine »), il en va différemment en France, où les éditeurs aiment souvent avoir l'intégralité du manuscrit à leur disposition. Lorsque rien n'est précisé, vous pouvez n'envoyer que quelques extraits. Mais lesquels ? le premier et le dernier chapitre ? le meilleur ? Les premiers chapitres ont ma faveur, surtout proposés dans leur intégralité : ils sont plus simples à lire, le lecteur se met davantage « en condition ». Hors contexte, les chapitres du milieu ou de la fin sont tout bonnement trop difficiles à lire. Le but du jeu est de lui donner envie de lire la suite du manuscrit.

_____

1. Muriel Barbery, Gallimard, 2006

Pour la présentation des chapitres, vous pouvez choisir une mise en forme de type « livre » en justifiant vos paragraphes. Vérifiez néanmoins que votre logiciel ne le fait pas n'importe comment, et qu'il ne décale pas, en particulier, les mots sur la ligne. Si c'est le cas, un texte aligné à gauche sera préférable. Pensez également à faire figurer votre nom ou le titre du livre sur chaque page, avec le numéro de celle-ci. Enfin, je rappelle qu'un chapitre commence toujours par un saut de page.

Joindre une enveloppe timbrée

Si vous souhaitez que votre manuscrit vous soit retourné, prévoyez de joindre une enveloppe réponse à votre envoi, avec votre adresse et un affranchissement suffisant… même si vous trouvez un peu fort de café l'idée d'avoir à payer pour être refusé. Ce n'est guère utile, en revanche, si vous n'attendez en retour qu'une lettre vous indiquant l'acceptation ou non de votre manuscrit. Vous pouvez dans ce cas indiquer une adresse e-mail, au cas où l'éditeur préférerait éviter des frais postaux. Il faut se souvenir en effet que les éditeurs traitent des centaines, voire des milliers de manuscrits par mois, et que les réponses leur coûtent cher. Calculez ce qui est le plus économique pour vous : vous faire renvoyer votre manuscrit, ou en imprimer ou en photocopier un nouveau. Les frais d'envoi sont souvent tellement élevés que la dernière solution peut être préférable. Tous les éditeurs détruisent au bout de quelques mois les manuscrits refusés.

Certains auteurs, pour leur propre confort, aiment demander un accusé de réception ; précisons que cela ne fait pas une grande différence pour les comités de lecture.

Quand obtiendrez-vous une réponse ? Un mois plus tard, au minimum. Peut-être jamais.

Y a-t-il un délai moyen ? Non. C'est l'éditeur qui le fixe, en fonction de sa charge de travail.

Que faire si, au bout d'un temps qui vous paraît raisonnable, vous n'avez toujours pas eu de réponse ? Rien. Vous n'avez aucun moyen de pression. Tout au plus pouvez-vous tenter un courrier ou un coup de téléphone, pour savoir où en est votre manuscrit. Mais gardez à l'esprit que chaque éditeur travaille à son rythme. Si cela peut vous consoler, pensez aussi qu'août et décembre sont des mois creux dans l'édition.

Quel type de réponse recevrez-vous ? Peut-être aucune, je le répète. En général, une lettre type ; plus rarement, un courrier personnalisé. Si c'est le cas, voyez-le positivement : cela veut dire au moins que quelqu'un a pris le temps de vous lire et de vous répondre.

Envois simultanés

Envoyer le même manuscrit à plusieurs destinataires en même temps est une pratique courante, et tout à fait admise par les éditeurs. De toute façon, il leur faut tellement de temps pour répondre que, si vous ne le faites pas, vous risquez d'attendre très longtemps avant d'être publié. En revanche, inutile de noter sur votre lettre de présentation qu'il s'agit d'un envoi simultané : cela pourrait être perçu de manière négative, et c'est, de plus, inutile. Ne gardez que des éléments positifs dans votre lettre de présentation.

Mise en garde

Je vous sens impatient, à la lecture de ce qui précède, de sauter sur votre clavier pour composer de magnifiques lettres de présentation et des synopsis fascinants. Mais je dois ajouter qu'avec quelques éditeurs et agents j'ai fait récemment partie du jury d'un concours de lettres de présentation et de synopsis. Les deux premières places ont été attribuées à des gens qui ne respectaient pas exactement le format que je viens de décrire.

« Trahison ! hurlez-vous. Tu nous as trompés, immonde chien galeux », ajoutez-vous dans un sanglot désespéré – je vous démontre une fois de plus la lourdeur des adjectifs et des incises répétées.

Non. Ce qui a guidé notre choix était différent. Le gagnant du concours avait tout simplement une très bonne idée d'histoire. C'est ce qui a fait la différence. Vous pouvez transformer un tas de fumier en sculpture, cela restera du fumier. L'important, c'est la matière. Le deuxième prix du concours est revenu à celui qui avait écrit le meilleur synopsis. Son idée était bonne, mais moins bonne que celle du gagnant.

Les formats et lettres types que j'ai décrits ici ne sont que des modèles. Ils ne vous garantissent pas le succès. Au bout du compte, pour être publié, avant même l'étape de la soumission, vous devez avoir une bonne idée et une bonne écriture.

Les refus

Pourquoi consacrer toute une partie aux refus, et ce juste après avoir parlé des soumissions ? Devinez ! Parce que c'est ce qui vient ensuite.

Patience

Pour moi, le pire aspect du métier d'écrivain est la patience qu'il nécessite. Le secteur de l'édition est lent, extrêmement lent.

Il m'est arrivé d'envoyer, à sa demande, un manuscrit complet à un éditeur, et de ne plus en entendre parler pendant treize mois. J'ai décidé alors de le rappeler (il y a dans ce métier une règle qui dit qu'il ne faut jamais, jamais appeler un éditeur, mais c'est une règle édictée par les éditeurs eux-mêmes, et un an est la limite de ma patience).

J'ai réussi à l'avoir en ligne. Sauf que, au lieu de me donner son nom, il a simplement lancé « Comité de lecture ». Pour l'avoir croisé dans plusieurs salons, j'ai reconnu sa voix. J'ai cependant décidé de jouer le jeu et j'ai demandé à lui parler en personne. Il m'a répondu que Untel (lui-même) était en conférence, mais qu'il (lui aussi, je suppose) pouvait prendre un message.

Il venait de passer les bornes. Je me suis mis en colère : cela faisait plus d'un an qu'il me faisait attendre, qu'il ne répondait ni à mes courriers, fort polis au demeurant, ni à mes coups de fil !

Je l'ai immédiatement rappelé. Il m'a rejoué son petit numéro. Je lui ai dit que je le reconnaissais, et lui ai demandé à quel jeu il jouait. Il est monté sur ses grands chevaux et m'a répliqué que c'était sa façon de répondre au téléphone.

D'une certaine façon, les éditeurs ont tous les droits. À vous de voir, en tant qu'auteur, si vous avez envie de traiter avec ce genre de personnes. Malheureusement, dans le monde de l'édition, les auteurs que l'on écoute et à qui on répond sont rares. Pour les autres, dont je fais partie, il n'y a rien à faire que ravaler sa fureur et continuer à travailler.

Il est vrai, également, que certains auteurs ne respectent pas leurs engagements, les délais qu'on leur fixe, ou bien refusent toutes les corrections proposées. Dans ce cas précis, j'ai exercé mon seul droit possible : j'ai envoyé une lettre à l'éditeur en m'excusant de l'avoir appelé, et je lui ai demandé de ne pas lire mon manuscrit.

Dans le monde de l'édition, personne ne se presse – à part vous, bien entendu.

Les refus font partie de la vie de l'écrivain, et vous y serez confrontés. Sur mes deux premiers romans, j'ai eu en moyenne quatre-vingts refus. Plus tard, j'ai pris un agent. En dépit de mon premier roman publié et de deux autres acceptés, tous les éditeurs ont refusé mon quatrième. C'était il y a des années. Actuellement, je retravaille ce manuscrit en tenant compte de toutes les remarques présentes dans les lettres de refus. Je pourrais aussi vous parler de cet autre roman qui dort dans les tiroirs de mon agent, car lui et moi pensons que, dans sa forme actuelle, il est invendable, et le restera peut-être toujours. Enfin, l'éditeur qui avait publié mes six premiers romans a refusé le septième.

Quelle leçon en tirer ? Si vous voulez devenir écrivain, habituez-vous aux refus. Ils font partie de la donne.

En fait, la perspective des refus empêche certains écrivains de proposer leurs manuscrits. C'est une attitude que j'ai du mal à comprendre. Cela fait partie du jeu, et il faut vouloir y entrer.

Dans 95 % des cas, vous recevrez en retour une lettre type, qui vous remercie et vous souhaite bonne chance ailleurs. Comme je l'ai dit, il est rare de recevoir une lettre personnalisée. Si c'est le cas, c'est que vous avez intéressé quelqu'un : lisez attentivement ce qu'il a écrit et tenez compte de tous ses commentaires.

L'édition, il faut y penser, n'est rien d'autre qu'un business. Trop d'auteurs la parent d'idéalisme ; dans les faits, la question financière est primordiale. Si l'éditeur ne voit pas comment il peut gagner de l'argent avec votre manuscrit, quelle que soit la qualité de celui-ci, il le refusera.

Souvenez-vous que votre roman, une fois terminé et envoyé à des éditeurs, n'est plus votre « bébé », mais un produit commercial. Vous devez prendre de la distance, gérer le côté émotionnel pour dépasser l'épreuve. Si les lettres types de refus vous dépriment, jetez un œil à ces refus « personnalisés »[1].

Sur *Le Pont de la rivière Kwaï*, de Pierre Boulle : « Très mauvais livre. »

Sur *Terre chinoise* de Pearl Buck : « Désolé, mais le public américain ne s'intéresse pas du tout à la Chine. »

Sur *Le Journal d'Anne Frank* : « Il me semble que rien, dans la perception des événements ou les sentiments, ne puisse faire du livre de cette jeune fille autre chose qu'une simple curiosité. »

Haut les cœurs, tenez bon.

Ni plaintes ni excuses

Une fois que votre manuscrit est parvenu chez un éditeur, vous n'avez aucun moyen de le défendre. S'ils n'ont « pas compris » la première fois, c'est qu'ils ne comprendront jamais. Vous voyez ce que je veux dire ? Vos explications et vos arguments ne serviront à rien, et pas seulement parce que vous n'aurez pas l'occasion de les donner : en fait, c'est une bonne chose que vous n'ayez pas cette opportunité.

---

1. Compilés par Andre Bernard dans *Rotten Rejections*, Pushcart Press, 1990 (non traduit).

Apprenez à maîtriser vos émotions en cas de rejet. Vous pouvez recevoir une lettre de refus personnalisée avec des commentaires qui vous semblent absurdes ou même totalement infondés. Ne vous offusquez pas. Après tout, les éditeurs règnent en maîtres. Même si certaines choses vous rebutent, en particulier les refus, ne vous plaignez pas. Évitez à tout prix les lettres d'insultes, les coups de fil et les e-mails outragés. Vous risquez un jour ou l'autre d'avoir à nouveau affaire à ces personnes.

Un agent, Richard Curtis, donne pour premier conseil aux auteurs de « fermer leur grande bouche »...

À mesure que j'avance dans ce métier, je comprends la profondeur de ces mots. Quoi que vous prévoyiez de faire, de dire ou d'écrire, ne le faites que si vous êtes certain que les conséquences en seront positives. Agir par colère, dépit ou frustration ne peut que vous retomber sur le nez.

Bien sûr, il est parfois difficile de ne pas réagir. Dans sa gestion, le milieu de l'édition présente bien des défauts, et de mauvaises décisions financières, qui n'ont rien à voir avec vous, peuvent vous affecter négativement, voire détruire votre carrière. Mais il faut serrer les dents et avancer. De toute façon, vous n'allez pas changer à vous seul l'industrie de l'édition.

Tirer parti des refus

Pour chacun de mes manuscrits publiés (trente-deux à ce jour), j'ai eu en moyenne de vingt à trente refus. On m'a aussi refusé des postes dans des ateliers d'écriture, des articles de magazines et des options pour le cinéma. Comme cela fait partie du métier, vous devez apprendre à en tirer avantage. Faites votre miel de tout commentaire positif et souvenez-vous que vous ne savez jamais quand votre tour viendra. Pensez que vous avez affaire à de vraies personnes, aussi n'oubliez jamais votre courtoisie.

Dans bien des cas, les refus n'ont rien à voir avec la qualité du manuscrit lui-même. Il arrive que les éditeurs soient « complets » : leur plan d'édition est bouclé pour les deux années qui viennent, ils n'ont pas besoin de nouveaux auteurs. Parfois, bien qu'ils apprécient votre histoire et votre style, ils ne peuvent intégrer votre roman à leurs publications ou leurs collections, ou bien encore un de leurs auteurs « maison » a déjà travaillé sur une thématique proche et son roman est en cours d'impression. Parfois encore, un directeur de collection aime votre travail, mais l'éditeur lui-même, ou le service commercial, ne voit pas comment il pourrait le vendre, soit qu'il y ait un problème de distribution, soit que la demande pour ce type d'œuvre soit trop faible.

Le refus est encore plus frustrant lorsqu'il arrive en seconde lecture : un éditeur dit aimer votre manuscrit, mais il a demandé un autre avis, et celui-ci est défavorable.

La meilleure définition d'un refus m'a été donnée par un agent spécialiste des liens entre les auteurs et le cinéma. Comme je m'enquérais des raisons du refus d'un scénario, il m'a dit que les refus se fondent toujours sur des raisons émotionnelles, et que la personne qui refuse un livre ou un scénario doit ensuite inventer des motifs rationnels pour justifier sa décision. Or, bien souvent, elle en invente de mauvaises.

Un des types de refus qui me fascinent le plus est le fameux « On voudrait quelque chose comme ça, mais pas comme ça ». Le script tiré de mon roman *Area 51*[1] m'a ainsi été retourné par un studio avec pour tout commentaire : « L'histoire ressemble trop à celle d'*Independance Day*[2], et nous ne voulons pas être comparés à un film qui a fait la quatrième plus grosse recette de tous les temps. » J'ai dû m'asseoir et y réfléchir un moment. Que disait vraiment cette phrase ? Pour ma part, ma réaction serait plutôt : « Mais je *rêve* qu'on me compare à ça ! »

Il n'y a aucun moyen de changer cet état d'esprit. Que ce soit dans le milieu de l'édition ou dans celui du cinéma, les décideurs semblent parfois faire preuve d'une « pensée de masse » : soit tout le monde

---

1. *Op. cit.*
2. Roland Emmerich, 1996.

veut un texte, soit personne n'en veut. Ils répètent qu'ils cherchent l'innovation et l'audace, mais fuient tout projet innovant ou audacieux.

Les refus sont des décisions subjectives.

J'ai dans mes archives un article de journal consacré à une auteur publiée au bout de son *trente-troisième* manuscrit. Tous les précédents avaient été refusés. Cela s'appelle la ténacité…

Les lettres de refus peuvent être positives si vous les considérez comme des leçons et que vous parveniez à lire entre les lignes. J'ai reçu un courrier d'un directeur de collection avec lequel j'avais déjà travaillé, chez un autre éditeur. Son seul commentaire était : « J'aime ce que fait Bob, et j'ai déjà acheté certains de ses romans, mais il tend à se répéter, il n'y a rien de neuf dans ses livres. »

J'en ai déduit qu'il fallait que je m'améliore : on ne peut pas progresser en faisant toujours les mêmes choses.

> Si un refus vous semble particulièrement odieux, si les commentaires sont dépourvus de toute délicatesse, consolez-vous : vous n'aimeriez pas, de toute façon, travailler avec des gens qui se permettent ce genre d'attitudes. Ils traitent sans doute tout le monde de la même manière, et c'est loin d'être un facteur de succès.

Les auteurs doivent avoir la peau dure. Même si vous êtes publié, il se trouvera toujours quelqu'un pour ne pas aimer votre livre, et qui tiendra à vous le faire savoir.

Le rôle des agents

Le monde littéraire anglo-saxon fait la part belle aux agents, qui ont une mission de relais entre éditeurs et auteurs. D'une part ils sélectionnent un certain nombre de manuscrits, conseillent l'auteur et vont parfois même jusqu'à l'aider à réécrire ou retravailler son livre. D'autre part leur connaissance du milieu éditorial leur permet de cibler les maisons d'édition susceptibles d'être intéressées par un ouvrage. Certains éditeurs américains, d'ailleurs, ne travaillent jamais directement avec les auteurs et exigent qu'ils soient représentés par des agents.

En France, cette profession est loin de connaître un tel développement. Si les auteurs les plus en vue[1] ont un agent pour négocier avec les maisons d'édition, le cinéma, etc., la plupart des contrats se passent directement entre auteurs et éditeurs, dont certains voient d'un mauvais œil le recours à des intermédiaires, accusés de tous les maux.

Vous pouvez choisir de soumettre vos manuscrits à certaines des agences littéraires dont vous trouverez la liste sur Internet. Les plus importantes préfèrent pour l'instant investir dans des auteurs confirmés. Si vous confiez vos intérêts à un agent moins connu, assurez-vous de son crédit auprès des éditeurs, de son fonctionnement et, surtout, des frais qu'il demande : dans l'idéal, un agent se paie sur les droits du livre, et ne devrait donc pas exiger d'acompte avant la signature d'un contrat d'édition.

---

1. Voir, par exemple, le cas de Marc Lévy, auteur, entre autres, du best-seller *Et si c'était vrai* (Robert Laffont, 2000), et de son agent Susanna Lea.

OUTIL N° 9

Le business de l'édition

Le processus de publication

Pourquoi, me demanderez-vous, un auteur devrait-il connaître « l'autre » bout de la chaîne du livre ? Parce que, dans ce milieu, l'auteur est son propre patron. Plus vous en saurez sur votre secteur d'activité, mieux vous vous en sortirez.

J'imagine déjà les légions d'amoureux de la littérature me citant Faulkner et Shakespeare comme contre-exemples. Mais, que je sache, Shakespeare ne jouait pas ses pièces gratuitement, et Faulkner s'est installé à Hollywood en 1932 pour tenter d'y gagner sa vie. S'il avait échoué, il serait sans doute redevenu postier à Oxford, Mississipi.

Il me semble primordial de comprendre le point de vue de tous les acteurs du monde éditorial, du directeur de collection à l'éditeur, du distributeur au libraire ou au critique littéraire, bref, de tous ceux qui de près ou de loin ont à voir avec l'objet livre (y compris le maillon final dont j'ai déjà parlé, à savoir le lecteur). J'ai souvent vu des auteurs monter sur leurs grands chevaux pour dénoncer les pratiques de ces intermédiaires. C'est scier la branche sur laquelle ils sont assis. Certains considèrent que l'écrivain est la source du livre, et que l'édition ne serait rien sans les auteurs. Visionnez la scène de *The*

Player[1] où les pontes du studio rêvent de ce que serait le monde du cinéma sans les auteurs.

Évidemment, sans auteurs, il n'y aurait pas d'éditeurs. Cela n'empêche pas que chacun des maillons de la chaîne est essentiel à l'existence du livre. Vos intérêts d'auteur ne sont pas leur priorité. Cependant, en toute justice, elle n'est pas non plus d'abuser de vous. L'argent est peut-être leur moteur principal, mais tous partagent tout de même à un degré plus ou moins grand la passion de l'écrit. Comme moi, ils pourraient sans doute être mieux payés dans d'autres secteurs, mais ils ont la volonté de travailler pour le livre.

Il est arrivé que des éditeurs ou des intermédiaires fassent des choses contraires à mes intérêts ; mais franchement, à leur place, j'aurais sans doute agi de même, puisque cela servait leurs objectifs. En admettant cette idée, vous vous donnerez les moyens de contrôler un peu mieux votre destin − ou, au moins, vous vous épargnerez les aigreurs d'estomac…

La plupart des acteurs de la chaîne du livre se réjouissent de la parution d'un ouvrage, même si, devant les lettres de refus qui s'accumulent, on a parfois tendance à croire le contraire. Sinon, pourquoi diable feraient-ils ce qu'ils font ? Tous les éditeurs rêvent de dénicher et de publier la perle rare. Pour cela, ils doivent écrémer des centaines de soumissions pour en trouver une qui vaille la peine.

Si connaître le milieu éditorial est capital, je mettrai cependant un bémol à cette affirmation : ce n'est pas parce que vous saurez tout sur l'édition que vous serez publié. Il vous faut d'abord un manuscrit bien écrit, qui parte d'une bonne idée. J'ai rencontré beaucoup d'aspirants écrivains qui courent les salons pour rencontrer tel ou tel éditeur, font des pieds et des mains pour être lus par tel ou tel directeur de collection, mais en oublient de poser un regard véritablement critique sur leur manuscrit. Ils ne se rendent tout simplement pas compte que le style est mauvais, l'histoire trop faible ou sans originalité.

---

1. *Op. cit.*

Entre vous vendre de façon efficace, voire agressive, et devenir franchement odieux, la frontière est ténue. Si votre manuscrit ne mérite pas d'être publié, votre attitude sera considérée comme odieuse ; s'il le mérite, vous ne serez qu'agressif, au bon sens du terme. Évidemment, cela n'aide pas beaucoup de le savoir. Je vous suggère d'observer les réactions des gens avec qui vous traitez : si, plusieurs fois de suite, les éditeurs ou les autres auteurs qui vous ont lu semblent vous fuir, comprenez à demi-mot, et mettez-vous à retravailler votre manuscrit avant d'aller plus loin, et surtout d'en imposer la lecture à d'autres.

Souvenez-vous : agissez en professionnel, même si votre interlocuteur ne vous traite pas de la sorte. Prenez votre temps pour comprendre la situation avant d'agir. Pensez à vos propres intérêts dans tous les rapports que vous entretenez avec les membres de la profession.

Du manuscrit au livre publié

Tout commence par la soumission du manuscrit. Voyons comment l'édition traite cette étape. On peut distinguer deux types de soumission : l'envoi spontané et l'envoi sur demande.

Quand vous glissez dans la boîte à lettres la grande enveloppe marron destinée à la maison d'édition dont vous avez trouvé l'adresse dans les Pages jaunes, et qui ne vous a rien demandé, c'est un envoi spontané.

Même si la plupart des maisons d'édition françaises, au contraire de leurs homologues anglo-saxonnes, acceptent ces envois, ils ne sont en général pas traités aussi rapidement ni avec autant de considération qu'un envoi sur demande.

Quoi qu'il en soit, votre manuscrit passera ensuite par le filtre d'un comité de lecture. Cette expression peut désigner beaucoup de choses, selon qu'on se situe chez un petit éditeur traitant un par un les manuscrits qu'il reçoit ou dans une maison beaucoup plus grande où des stagiaires sont chargés d'un premier « écrémage » des manuscrits non sollicités, avant de les transmettre à un véritable comité de lecture. Dans tous les cas, cela explique la lenteur du processus de lecture.

Imaginez l'état d'esprit de la personne qui traite ces piles de manuscrits (les grandes maisons en reçoivent plusieurs centaines par jour), mettez-vous à sa place, confrontée à des pages et des pages de mauvaises idées mal écrites et mal présentées. Je ne dis pas ça pour vous, bien au contraire : votre manuscrit à vous est bon et bien formaté, il est intéressant et très professionnel. Et c'est bien ce qu'attend le comité de lecture.

Vous patienterez donc des mois et des mois avant d'obtenir une réponse, et certains éditeurs ne répondront même pas. Si vous avez opté pour l'envoi d'un simple synopsis, le jour béni où on vous demandera un manuscrit complet arrivera peut-être ; alors, le processus recommencera.

Si, enfin, l'éditeur vous propose un contrat, vous ne serez pas pour autant au bout de vos peines : vous aurez à prendre en compte son point de vue, peut-être même à vous y plier – qu'il s'agisse de la collection dans laquelle vous serez publié, du nombre d'exemplaires, du format, de l'avance consentie ou non… En tant qu'auteur débutant, vous ne serez pas toujours en position de discuter les termes du contrat. Cela ne vous empêche pas de formuler certaines demandes, mais restez réaliste.

Le contrat

Le contrat type (contrat d'édition) contient en général un certain nombre de clauses :

* La clause sur l'étendue et la nature de la cession :

« *I – ÉTENDUE DE LA CESSION*

A – Dans le temps

La présente cession, qui engage tant l'auteur que ses ayants droit, est consentie pour une durée de X années.

B – Dans l'espace

Cette autorisation prendra effet en tous lieux, à l'exclusion des pays et territoires mentionnés ci-dessous.

C – *Quant aux droits cédés*

Les droits dérivés et annexes à l'exploitation d'origine, énumérés ci-dessous, peuvent, dans leur ensemble ou pour certains d'entre eux, faire l'objet d'une cession à l'éditeur. L'auteur doit rayer la mention relative au(x) droit(s) qu'il entend conserver.

Un avenant au présent contrat prévoira la cession particulière relative à la reproduction, la représentation et l'adaptation intégrale ou partielle des œuvres sous forme d'édition électronique ou numérique, en particulier en CD-Rom, DVD, CD-Photo, CD-I, livre électronique (ou e-book) par tout réseau numérique et en particulier Internet, Intranet, ou tout procédé analogue existant ou à venir. Les modalités de calcul de la rémunération de l'auteur devront être déterminées au terme dudit avenant.

- La date de remise du manuscrit :

  « *L'auteur doit remettre à l'éditeur, dans un délai de … mois, un exemplaire du texte définitif et complet, en une forme qui permette la fabrication normale. Le manuscrit de l'œuvre demeure la propriété de l'auteur qui pourra le récupérer s'il le souhaite après édition.* »

- Une mention des corrections :

  « *L'auteur s'engage à lire les épreuves de l'ouvrage que l'éditeur lui aura envoyées, et à les corriger sous un délai de … mois. Si ce délai n'est pas respecté, l'éditeur pourra transmettre les épreuves à un correcteur, aux frais de l'auteur, et effectuer le tirage. Si l'auteur souhaite des corrections après signature du "bon à tirer", elles seront également à sa charge.* »

- La mention des droits d'auteur :

  « *L'auteur percevra en outre, pour l'édition primaire, des droits d'auteur d'un montant de …* (entre 5 et 15 %, à moins qu'il ne s'agisse d'un forfait) *du prix de vente hors taxe* (montant parfois progressif en fonction du nombre d'exemplaires vendus). *Pour les droits dérivés et annexes : s'ils sont exploités par l'éditeur, l'auteur percevra des droits d'un montant de …* (en général 7 %), *et s'ils sont exploités par un tiers, les recettes de cette exploitation seront partagées à proportion de 50/ 50 entre l'auteur et l'éditeur.* »

- Le montant et la date de paiement des droits d'auteur :

  « L'éditeur arrêtera les comptes une fois l'an, à la date du … (en géné-ral en fin d'exercice, au 31 décembre de l'année en cours), et trans-mettra à l'auteur dans les … (en général, quatre) mois qui suivent un état mentionnant le nombre d'exemplaires fabriqués en cours d'exercice, la date et l'importance des tirages et le nombre exact d'exemplaires en stock, le nombre d'exemplaires vendus par l'éditeur, le nombre d'exemplaires inutilisables ou détruits par cas fortuit ou de force majeure, le montant des redevances dues ou versées à l'auteur. Les droits seront versés au moment de l'établissement de ce relevé. Les droits dérivés et annexes seront quant à eux versés dans le mois qui suit l'encaissement par l'éditeur[1]. »

- Dans le cas d'un à-valoir, le montant de celui-ci et ses modalités de paiement.
- Le nombre d'exemplaires réservés à l'auteur : en général entre 10 et 30.

Pour les auteurs débutants, la possibilité de négociation du contrat d'éditeur est très faible.

Le calendrier de parution

Voici un exemple typique du temps qui s'écoulera entre la signature du contrat et la parution du livre. Comptez bien les mois : il y a un test à la fin !

Mois 1 : signature du contrat. Cela peut se faire par courrier ou au cours d'une rencontre avec l'éditeur. Notons qu'en général la signa-ture a lieu un ou deux mois après le premier contact au téléphone, voire davantage en cas d'acceptation sur synopsis.

Mois 3 : remise du manuscrit « définitif et complet » à l'éditeur. C'est là que commence le travail éditorial. L'éditeur transmet le projet à un ou plusieurs relecteurs-correcteurs ou fait lui-même le travail de relecture. N'en déduisez pas, néanmoins, que votre livre va faire l'objet d'un immense travail éditorial. Les éditeurs, dans le cas

---

1. Source : portaildulivre.com.

de premiers romans, n'acceptent que très rarement des manuscrits nécessitant une réécriture importante. Si vous pensez que votre manuscrit deviendra un best-seller grâce aux remaniements, vous risquez d'être déçu : en général, les éditeurs n'acceptent que des romans dont la forme est déjà quasi définitive.

Plus un auteur a publié, plus le travail éditorial prend du temps. Cela peut paraître paradoxal, mais c'est logique : souvent l'éditeur accepte un projet ou un synopsis d'un auteur connu sans avoir en main le manuscrit complet. Lorsque le manuscrit arrive, l'éditeur a tendance à demander davantage de modifications à l'auteur.

Dans un premier temps, l'éditeur renvoie une version commentée à l'auteur. Cela peut prendre un ou deux mois, parfois plus suivant le plan d'édition[1]. Les commentaires peuvent contenir des suggestions d'amélioration : changer la fin, modifier certaines parties de l'intrigue, approfondir les personnages, etc. Il revient à l'auteur d'effectuer ces changements (ou bien de les discuter point par point, mais, en règle générale, mieux vaut s'incliner, car c'est souvent l'éditeur qui a le dernier mot, et il peut parfois même rompre le contrat en cas de refus de l'auteur). Cela fait, et après approbation finale, le manuscrit est confié à un préparateur de copie qui s'occupe de la « touche finale » – vérifications de grammaire, d'orthographe, de ponctuation – et transmet ses modifications à l'auteur. Celui-ci peut encore y apporter des modifications ; notez toutefois que, si elles sont trop importantes, les frais supplémentaires induits sont en général imputables à l'auteur lui-même.

Clause de préférence

Quand il publie votre manuscrit, l'éditeur fait un pari sur vous. C'est pour cela que, fréquemment, les contrats d'édition exigent que l'auteur accorde à l'éditeur un droit de préférence pour ses ouvrages à venir, c'est-à-dire qu'il s'engage à lui soumettre en priorité ses prochains manuscrits

---

1. Le plan d'édition est la liste des ouvrages que l'éditeur envisage de publier dans les deux ans à venir ; il organise, entre autres, les délais et les tâches des relecteurs pour l'ensemble des publications.

(en général, cinq). Cela peut paraître une bonne chose : vous vous engagez non pas sur un ouvrage, mais sur plusieurs. L'inconvénient, c'est que si les conditions d'édition du premier ne vous satisfont pas, vous ne pouvez pas vous en défaire si facilement. Encore une fois, un auteur débutant n'est pas vraiment en position de discuter cette clause. Sachez qu'elle n'engage pas l'éditeur à publier vos autres romans, mais que, dans la plupart des contrats, vous retrouverez votre liberté si deux manuscrits consécutifs sont refusés.

Il arrive aussi que l'éditeur propose un contrat multiple, pour une série de livres. Cela peut être avantageux en termes financiers (encore que certains contrats stipulent que vous ne toucherez que des à-valoir, les droits d'auteur n'étant payables que lorsque l'ensemble de la série sera parue), mais cela comporte le risque, si le premier de la série se vend très bien, que vous ne puissiez pas renégocier le contrat pour le ou les ouvrages suivants. Vous aurez néanmoins la satisfaction de savoir que vos prochains livres seront édités.

Le manuscrit part enfin en composition : il est confié à un groupe de lutins qui le transforment en livre par magie. Pardon, je m'égare : il est confié à des professionnels qui le transforment en livre par des moyens électroniques (typo et mise en page). On imprime alors des épreuves, c'est-à-dire des pages tests. Généralement en format A4, elles mettent en évidence la taille réelle des pages du livre, les marges, etc. Y figurent la pagination, la table des matières, la dédicace et les mentions légales.

Ces épreuves sont envoyées à l'auteur et/ou à un correcteur spécialisé, afin qu'ils éliminent les éventuelles fautes de typo. Le jeu d'épreuves peut effectuer un ou deux allers-retours — encore une fois, cela peut être à la charge de l'auteur si ses modifications vont au-delà d'une certaine limite.

C'est à peu près dans le même délai qu'on établit le format de la couverture.

Bref, six à quinze mois après avoir signé le contrat, vous pouvez enfin voir à quoi ressemblera votre livre. En général, vous le trouvez parfait… parce qu'il est trop tard pour changer quoi que ce soit.

Il ne reste plus qu'à le mettre sous presse, ce qui va à la fois très vite (quelques heures suffisent pour imprimer un livre) et très lentement (les listes d'attente des imprimeurs sont très longues et se comptent en semaines).

Mois 8 (ou 18) : parution du livre…

Voici maintenant le même processus, du point de vue de l'éditeur (on considère que le manuscrit est rendu au premier janvier, pour une parution en septembre).

Janvier : changements éditoriaux, majeurs ou mineurs ; prévision de la date de parution (notez que, pour un éditeur, faire paraître votre livre en septembre ou en octobre, au moment de la rentrée littéraire, est un risque : la compétition y est très rude, surtout face aux poids lourds du secteur) ; mise en route de la couverture.

Février : préparation de copie et relecture ; premières ébauches de couverture et d'illustration ; présentation d'une maquette en interne ; choix du graphisme (typo, couleur, rubricage, etc.).

Mars : présentation du livre en interne – il s'agit de « vendre » le livre à ceux qui, dans la maison d'édition, ne l'ont pas encore lu (parce qu'ils ont tellement d'autres choses à lire…) ; prévision de la PLV (promotion sur le lieu de vente), réflexion sur les stratégies de vente, le prix, le positionnement du livre ; mise en place du catalogue.

Avril : premières épreuves ; envoi des épreuves en impression ; décisions marketing ; préparation de la communication ; publication du catalogue de la rentrée.

Mai : réunion représentants : remise des argumentaires aux représentants ; présentation du programme de parution dans les salons professionnels.

Juin : réception des commandes.

Juillet : impression du livre.

Août : entrée en stock au siège ; mise en place du livre en librairie pendant la dernière semaine du mois.

Septembre : parution.

Le test, maintenant : combien de temps s'est-il écoulé entre la signature du contrat et la parution ? Ajoutez le temps passé entre votre idée de base et l'envoi du manuscrit. Cela fait combien : un an, deux ans ? Réfléchissez bien. Je dirais, au bas mot, deux ans et demi, et plus raisonnablement trois. Ce qui signifie que, si vous traitez d'une situation susceptible de connaître des bouleversements dans les trois ans qui viennent, vous risquez d'avoir quelques mauvaises surprises. En 1988, un de mes manuscrits faisait de l'URSS un grand méchant loup ; en 1989, avec la chute du Mur, cette histoire ne tenait plus debout. Dommage... Soyez malin : faites attention aux sujets dits « d'actualité ».

Traiter avec l'éditeur

Quand vous recevrez votre premier contrat, vous serez sans doute tellement enthousiaste que vous le signerez les yeux fermés. Attention, rien ne garantit que les conditions soient bonnes. C'est triste à dire, mais les éditeurs ne traitent pas toujours correctement leurs auteurs. Ce n'est pas qu'ils soient particulièrement retors : ils ne sont tout simplement pas obligés de le faire. Il n'y a pas en France de statut d'auteur. Vos droits sont stipulés dans le contrat et, en cas de litige, seul un expert pourra vous aider. Non, les éditeurs ne sont pas pervers (bien que beaucoup d'auteurs que j'ai rencontrés le pensent), ils agissent simplement comme nous le ferions à leur place : ils défendent leurs intérêts. À vous de faire de même.

Pour ma part, je lis très attentivement mes contrats. Cela dit, de toute façon, avec un éditeur, la marge de manœuvre est très étroite. En France, les auteurs peuvent s'informer de leurs droits auprès de la SGDL ou de la SACD[1]. Malheureusement, la plupart des maisons d'édition utilisent un contrat type, et la probabilité qu'ils y dérogent pour vous, auteur débutant, est de l'ordre de l'infiniment petit.

---

1. SGDL : Société des gens de lettres (www.sgdl.org) ; SACD : Société des auteurs et compositeurs dramatiques (www.sacd.fr).

Vous devez comprendre comment fonctionne un éditeur, et comment il gère ses finances. Si votre éditeur n'a pas de collection poche, il peut vendre les droits dérivés de votre livre à une maison qui en publie, tout comme il peut vendre (et c'est une bonne chose !) les droits de traduction à un éditeur étranger.

Chez certains éditeurs, vous aurez pour interlocuteur un directeur de collection, qui sera votre « voix » auprès des grands patrons. S'il vient à changer d'employeur, votre manuscrit perdra son défenseur. De plus, cette « voix » n'est pas la seule dans la maison et, en dernier ressort, le directeur de collection travaille pour l'éditeur, pas pour vous. Il m'est arrivé fréquemment de commencer une collaboration avec un directeur de collection, et de la finir avec un autre. Heureusement pour moi, mes romans ont été publiés, mais certaines publications peuvent être annulées en cas de changement de directeur de collection.

Un autre problème : la distance géographique. Il se peut que vous habitiez à des centaines de kilomètres de votre éditeur. Si vous rêvez de voyages en avion et de déjeuners de travail, revenez sur terre : vous aurez déjà bien de la chance de recevoir vos dix exemplaires d'auteur…

Je raconte souvent l'histoire qui m'est arrivée avec les exemplaires de mon deuxième roman. J'étais alors en service à Fort Bragg, et j'attendais anxieusement que ces exemplaires me parviennent par UPS (le temps qu'ils arrivent, j'avais déjà changé de résidence). Un jour, je rencontre un natif du New Jersey, qui se met à regarder bizarrement le nom sur mon badge d'identification et me dit qu'il lui semble familier. Comme il me demande ce que je fais, je réponds que je suis écrivain. Son visage s'illumine : de son paquetage, il sort un exemplaire du roman, que sa femme a emprunté pour lui à la bibliothèque de son quartier. J'ai appris une bonne chose : les bibliothèques du New Jersey sont très efficaces. Je plaisante, bien sûr. Non, encore une fois, j'ai appris que, dans ce métier, la patience était nécessaire.

À moins que vous ne viviez dans la même ville, les rencontres avec votre éditeur seront rares et les contacts se feront le plus souvent par mail ou par téléphone. Essayez néanmoins de le rencontrer en personne : rien de tel qu'un face-à-face pour savoir à qui vous avez affaire ou pour traiter certains sujets particuliers.

Les critiques

Toute critique est une bonne critique – c'est du moins ce que je pensais à mes débuts. Un article qui paraît sur votre livre est une forme de publicité. La plupart du temps, il consiste en un bref résumé de l'histoire, suivi de l'avis du journaliste. Soyez reconnaissant de ce résumé, et du fait que votre livre ait été signalé aux lecteurs. Prenez la critique avec philosophie : après tout, une fois qu'elle est parue, vous ne pouvez rien y changer.

Une mauvaise critique, pourtant, peut être douloureuse, non seulement en termes d'ego, mais aussi du point de vue des ventes. Quand vous vivez de votre plume, votre production est à la merci de quiconque a envie de la lire et de la critiquer. La plupart des sites de vente en ligne permettent aux lecteurs de donner leur avis ; c'est une façon de procéder curieuse, et que beaucoup d'auteurs réprouvent, car il y aura toujours quelqu'un à qui votre œuvre ne plaira pas.

Pour beaucoup d'écrivains, le livre, une fois publié, perd beaucoup de son intérêt. Comme je l'ai dit, plusieurs mois (voire davantage) séparent l'écriture de la publication, et l'auteur s'est souvent remis au travail sur un ou plusieurs autres manuscrits. Cette distance peut vous permettre de ne pas trop souffrir des critiques négatives.

Quand *Cut-Out*[1], mon troisième roman, a été publié, j'en étais déjà à mon neuvième manuscrit. C'est à peine si je me souvenais de son intrigue. J'avais la nette impression que mon écriture s'était améliorée entre-temps ; aussi, le fait de lire, à propos de ce roman, que les personnages manquaient de profondeur ne m'a pas démoli. Au contraire, cela m'a donné une piste à suivre pour progresser. Prêtez donc attention aux critiques (en tout cas à celles qui ne sont pas faites à la légère), et utilisez-les pour apprendre. Une réaction, même négative, est aussi un compliment : cela montre que

---

1. *Op. cit.*

quelqu'un s'est intéressé à votre livre, même si celui-ci l'a mis en colère. Vous l'avez donc touché d'une certaine façon. C'est toujours préférable à une absence de réaction, non ?

—————————— Les gens du métier ——————————

Le turnover dans le secteur de l'édition est relativement important[1] : il est fréquent que tel ou tel directeur de collection fasse évoluer sa carrière en passant d'une maison d'édition à une autre.

Chez un même éditeur, il m'est arrivé d'avoir cinq directeurs de collection différents pour cinq livres en cinq ans.

Cela peut avoir un avantage pour vous : vous pouvez connaître un directeur de collection dans une maison qui ne vous a pas encore publié. N'est-ce pas une opportunité pour lui proposer un nouveau manuscrit ?

À vous, aussi, de faire votre propre publicité : votre éditeur enverra un certain nombre d'exemplaires à la presse et aux revues spécialisées, mais vous pouvez trouver d'autres occasions : salons du livre, lectures ou signatures en public et dans les librairies, presse régionale et locale...

Ciblez aussi les revues spécialisées : sur à peu près tous les sujets, les magazines abondent. Si certains traitent des thèmes abordés dans votre roman, pensez à le leur signaler, même s'il vous faut pour cela acheter et envoyer vous-même un certain nombre d'exemplaires de votre propre livre.

Les chiffres du business culturel

L'édition est un business. Il m'a fallu dix ans pour comprendre qu'en tant qu'auteur je faisais partie de ce business de la culture. C'est un terme qui d'ailleurs peut soulever l'indignation. Comme celui d'*intelligence militaire*, il est construit sur un paradoxe qu'il faut examiner.

———————

1. Il l'est toutefois moins en France qu'aux États-Unis.

Un produit culturel est un mélange d'émotion et de logique. Il arrive trop souvent que l'on considère exclusivement l'un ou l'autre, sans voir que les deux doivent fonctionner ensemble.

J'ai dit plus haut que votre manuscrit devait faire appel à la fois à la sensibilité et à l'intelligence de votre lecteur. S'il ne s'agissait que de s'adresser à cette dernière, l'écriture serait une science ; comme l'émotion entre en jeu, c'est bien moins simple.

Pourquoi les producteurs de Hollywood ne parviennent-ils pas à prédire quel sera le prochain blockbuster ? Pourquoi les éditeurs ne savent-ils pas à l'avance quel livre sera ou ne sera pas un best-seller ?

Les uns comme les autres ne font que lancer des ballons d'essai, et espèrent qu'un certain nombre d'entre eux fonctionneront. Prenez l'exemple de la télévision : que de séries et d'émissions « coulent », faute d'audience, au bout de quelques épisodes ! Le jeu est partout le même.

Ce qui le guide, ce sont les chiffres (d'audience, d'entrées, de ventes…), et les chiffres eux-mêmes sont guidés par l'émotion. Au bout du compte, le succès se détermine en nombre d'exemplaires vendus… et malheur aux vaincus.

Le premier chiffre significatif est le nombre d'exemplaires prévus dans le contrat.

Sur le marché français, un livre tiré à 1 000 exemplaires ne deviendra pas un best-seller, même si tous les exemplaires sont vendus. On pourra toujours dans ce cas procéder à un retirage, mais le chiffre de tirage vous indique dès le début où se situent les espoirs de votre éditeur. Le tirage moyen d'un roman, toutes catégories confondues, se situe autour de 8 000 exemplaires (500 à 3 000 pour un premier roman). Considérons un ouvrage vendu à 15 euros (hors taxe, soit 15,80 euros en librairie) et des droits d'auteur à 10 % (soit 1,50 euro qui vous revient par exemplaire vendu) : vous pouvez vous attendre à recevoir l'année suivante 12 000 euros. Notons que ce chiffre est largement supérieur à ce que perçoivent la plupart des débutants, et cela implique que la totalité des exemplaires soit vendue dans l'année… ce qui ne se produit pas toujours. Dans certains cas, l'éditeur peut vous accorder un à-valoir, en général de la moitié des bénéfices prévus, soit 6 000 euros, mais vous ne toucherez de droits d'auteur que lorsque cette avance aura été compensée par les ventes… si elle l'est jamais.

Une fois lancé dans le métier, les choses peuvent évoluer. Le tirage dépend alors du nombre de ventes de votre livre précédent. Quand les représentants présentent votre deuxième livre aux libraires, ceux-ci se penchent sur leurs statistiques et prennent en compte les ventes du premier – en plus, évidemment, de leur goût personnel.

Voici un exemple, à l'échelle américaine, de la façon dont on peut échouer dans ce métier. Pour mon premier livre, j'avais reçu une avance de 7 500 dollars, et le tirage initial s'élevait à 10 000 exemplaires (plutôt confortable, pour un débutant). Il en a été vendu 7 500, soit 75 %, c'est-à-dire, comme vous allez le voir, la masse critique.

L'année suivante, les représentants sont allés trouver les libraires et ont demandé : « Combien voulez-vous commander d'exemplaires du deuxième Bob Mayer ? »

Chaque libraire a regardé son ordinateur. Il a vu que, sur les dix exemplaires précédents, il n'en avait vendu que sept. Sa réponse a donc été, en toute logique : « J'en prendrai sept. » Du coup, le tirage de mon deuxième roman a été de 7 500 exemplaires, dont 6 000 ont été vendus : un pourcentage meilleur, mais moins de ventes. Mon troisième roman a donc été tiré à 6 000 exemplaires ; là encore, meilleur pourcentage, mais moins de ventes. À mon sixième livre, mon éditeur a considéré que c'était un échec.

Alors, comment réussir ?

Je prendrai encore un exemple personnel. Mon livre suivant a été publié ailleurs, directement en poche ; j'utilisais un autre pseudonyme, j'étais donc un « nouvel » auteur (c'est aussi à ça que servent les pseudonymes…).

J'ai reçu une avance de 12 500 dollars pour un tirage d'environ 55 000 exemplaires ; au bout d'un an, j'en avais vendu 30 000, ce qui n'est pas mal, mais pas de quoi grimper aux rideaux.

Les représentants sont repartis présenter la couverture du roman suivant. Normalement, les acheteurs auraient dû regarder dans leurs comptes, et le processus aurait dû recommencer. Mais un autre élément est entré en jeu : ce nouveau roman, *Area 51*[1], avait un titre plus accrocheur, et la couverture était réussie. Oh, rien d'extraordinaire, mais les commandes ont été plus élevées que prévu. Le tirage, d'abord envisagé à 55 000 exemplaires, a été révisé à 80 000, dont 77 000 ont été mis en place. Deux semaines plus tard, un retirage de 15 000 exemplaires s'est révélé nécessaire, puis un autre de 20 000, puis 10 000, puis 20 000 à nouveau. En fin de compte, il y a eu 135 000 exemplaires imprimés dans l'année. Et devinez quel a été le tirage du roman suivant (qui faisait partie de la même série) ? 135 000, tout juste.

Les chiffres, il n'y a que ça.

On pense beaucoup aux droits d'auteur et on oublie que, pour les toucher, il faut que les ventes aient couvert l'à-valoir. Il faut donc vendre d'abord avant de penser aux droits d'auteur.

On dit que les éditeurs traînent souvent les pieds quand il s'agit de payer les droits. Il faut se souvenir qu'ils consentent aussi des avances ; pour eux, c'est une façon d'équilibrer leurs comptes.

Marketing et autopromotion

Ça y est. Votre premier roman vient de paraître. Vous êtes soulagé. Vous éteignez votre ordinateur, vous allez vérifier au courrier si vos exemplaires personnels sont arrivés, et vous vous mettez en vacances. C'est ça ?

---

1. *Op. cit.*

C'est ça, à condition que l'une des deux phrases ci-dessous soit vraie :

- vous avez reçu un à-valoir (que vous n'aurez pas à rembourser en cas de mévente) si énorme que vous n'aurez plus jamais à travailler ;
- le nombre d'exemplaires vendus ne vous intéresse pas, et vous n'avez pas l'intention de vivre de votre plume.

Si ce n'est pas le cas, désolé : votre travail ne fait que commencer.

La plus grosse erreur des auteurs débutants, c'est qu'ils ne savent pas vendre leur livre. Il m'a fallu quatre ans et trois romans pour comprendre que l'aspect marketing du travail d'écrivain était au moins aussi important que l'écriture elle-même. Comment vous vendre ? Les signatures dans les librairies, les universités ou les écoles, les salons du livre, ou même la recherche d'aides à l'écriture (résidences d'auteur, bourses) en font partie. Grâce à Internet, vous pouvez vous documenter sur les activités qui ont lieu près de chez vous.

C'est nécessaire si vous voulez faire carrière dans l'écriture. Examinez vos qualités et vos faiblesses, et imaginez votre propre marketing en accord avec elles.

Vous sentez-vous capable d'entrer dans une librairie et de faire du charme au responsable de rayon ? Alors, faites-le. Si vous êtes un as d'Internet et que vous savez construire un site, tenir un blog ou une mailing-list, lancez-vous.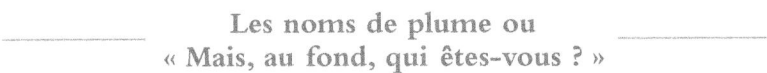

Le paradoxe, c'est que vous devez faire le marketing d'une fiction ; or, dans toute école de marketing, on vous dira qu'il s'agit d'abord de cerner la cible. En ce qui concerne la fiction, c'est difficile, voire impossible.

Les noms de plume ou « Mais, au fond, qui êtes-vous ? »

Pourquoi utilisé-je autant de pseudonymes ? Actuellement, je suis publié sous quatre noms différents, et j'ai un manuscrit qui circule sous un autre nom. Voici mes raisons.

• Les contrats font souvent de l'éditeur le « propriétaire » de votre nom : tout ce que vous écrivez sous ce pseudonyme peut lui appartenir, dans la mesure où il a un droit de préférence sur vos nouveaux manuscrits. Un autre pseudonyme permet de se libérer de cette clause.

• Quand on écrit dans plusieurs genres différents, les lecteurs et les éditeurs peuvent être déstabilisés. Si vous écrivez des romans d'horreur pendant cinq ans et que vous proposiez soudain une histoire d'amour, il sera sans doute préférable de le faire sous un autre nom. Très peu d'auteurs parviennent à conserver le même pseudonyme pour changer de genre. Certes, Dan Simmons m'a dit qu'un éditeur lui avait proposé un contrat pour deux livres dans n'importe quel genre, mais cela reste extrêmement rare. Il faut dire que les thrillers et les romans de science-fiction de Dan Simmons sont très bien écrits : l'éditeur a pensé qu'il pouvait changer de genre avec succès.

• Comme je l'ai dit plus haut, « malheur aux vaincus » : dans le domaine du livre, on réussit ou on disparaît. Un nouveau nom peut vous donner une nouvelle chance. Quand les représentants proposent un livre aux libraires, il vaut parfois mieux un pseudonyme inconnu qu'un nom qui ne « vend » pas. Beaucoup d'auteurs partent de ce principe.

Y a-t-il des « trucs » pour choisir un pseudonyme ? Pas vraiment. Il est préférable d'en choisir un qui, dans les rayonnages, sera en tête des classements alphabétiques. Personnellement, tous mes pseudonymes commencent par D – Dalton, Doherty, Donegan. Cela les rend plus visibles dans les librairies.

Cibler votre public

Si vous n'avez pas la chance et le talent d'écrire un best-seller à votre premier essai, vous vous retrouvez à vous battre pour du temps de présence dans les rayonnages. Peut-être l'avez-vous remarqué : la plupart des livres disparaissent rapidement des librairies. La personne qui se préoccupe le plus du sort de votre livre n'est pas votre éditeur ni votre attaché de presse (si vous en avez un) : c'est vous.

Chaque genre s'adresse à un public particulier. Les auteurs de science-fiction, par exemple, choisissent souvent de participer à des salons de SF ou à des conventions. Si le contenu de votre ouvrage peut

© Groupe Eyrolles

plaire à une catégorie particulière de personnes, cherchez comment et par quel média les atteindre. Quand j'écrivais des romans de guerre, j'en adressais toujours quelques exemplaires aux revues militaires ; pour mes romans avec extraterrestres, je me suis adressé aux revues sur les ovnis.

Signatures et salons

La plupart des écrivains débutants surestiment le nombre d'exemplaires que l'on peut vendre sur un salon ou en dédicace. À moins d'avoir écrit un best-seller ou de vous adresser à un public conquis, vous aurez de la chance si vous en vendez ne serait-ce que quelques-uns. Il m'est arrivé de passer quatorze heures dans un salon du livre et de ne rien vendre.

Du coup, il s'agit de bien réfléchir à quel type d'événements vous pouvez participer. Car, à rester assis sans rien vendre pendant des heures, non seulement on s'ennuie, mais on perd du temps que l'on pourrait passer à écrire. À l'époque où j'écrivais des romans de guerre, faire des dédicaces dans des librairies militaires ou dans des villes de garnison me semblait opportun. Pourtant, même avec un public potentiel de plusieurs dizaines de milliers de personnes, je considérais que vendre vingt livres en dix heures était un bon score.

Dans une séance de dédicaces, vous pouvez attirer davantage de lecteurs avec un dossier de presse ou un résumé consultables sur place (ne comptez pas sur les organisateurs pour en fournir un, même si cela peut arriver. Pensez que même si vous vendez cinquante exemplaires, la marge du libraire reste peu élevée). Des cartes postales ou des marque-pages imprimés par vos soins ou même par un professionnel peuvent aussi constituer un plus.

Toutes les séances de dédicaces valent-elles la peine ? En discutant avec le libraire ou l'organisateur, vous aurez davantage d'éléments pour prendre votre décision. On m'avait proposé une séance de dédicaces à la librairie du Pentagone ; en parlant avec les employés, je me suis rendu compte que, là-bas, même les personnalités politiques les plus en vue ne pouvaient espérer vendre qu'une dizaine d'exemplaires. J'ai donc préféré renoncer à cette dédicace, qui aurait été une perte de temps non seulement pour moi, mais aussi pour les employés de la librairie. Nous sommes depuis en très bons termes, et je m'empresse de leur signaler mes nouveaux romans, en espérant simplement qu'ils en commanderont davantage que la moyenne.

J'ai découvert qu'on peut classer par catégories ceux qui assistent aux séances de dédicaces. Ainsi, je sais que plus une personne consacre de temps à me parler, moins il y a de chances qu'elle achète un de mes livres. Quand on me questionne sur mon « secret » pour être publié, je réponds pendant un certain temps, puis je me mets à parler de mes romans. En général, cela suffit à faire partir la personne, qui n'a aucune intention de dépenser de l'argent. Il y a aussi ceux qui me proposent des affaires – ils ont une idée en or et, si j'acceptais de l'écrire, ils me proposeraient un pourcentage…

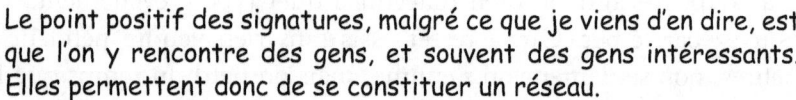

Le point positif des signatures, malgré ce que je viens d'en dire, est que l'on y rencontre des gens, et souvent des gens intéressants. Elles permettent donc de se constituer un réseau.

Communiqués de presse

Pour faire davantage de publicité à votre livre, vous pouvez vous charger vous-même d'envoyer des communiqués de presse. Ciblez les journalistes que vous connaissez ou essayez d'en rencontrer et de les leur proposer.

Il s'agira de leur envoyer des présentations rapides, qu'ils pourront éventuellement utiliser mot pour mot (ce qui est plus simple pour eux et vous assure que ce qui paraîtra vous conviendra).

Il y a trois modèles de base, suivant que ces communiqués annoncent une séance de dédicaces, une parution ou une lecture publique (voire un atelier d'écriture).

Les règles essentielles sont les suivantes.

- Tenez compte de votre destinataire. Pourquoi déciderait-il d'imprimer votre article ? Un journal informe, il n'offre pas d'espace publicitaire gratuit. Pour la presse régionale, il faut insister sur le côté local ; une signature dans une librairie de quartier peut les intéresser. Pensez au rédacteur en chef, qui décide de ce qui doit paraître : vous devez lui donner une bonne raison de passer votre communiqué.

- Proposez une photo de vous : cela peut personnaliser l'information.

- Faites le communiqué de presse aussi court que possible, mais joignez à votre envoi un dossier complet, avec votre biographie, la liste de vos publications et les éventuels articles déjà parus.

- Envoyez le communiqué au bon correspondant. Téléphonez au journal, demandez qui s'occupe des livres et/ou des événements culturels, et faites parvenir votre envoi directement à cette personne.

- Faites en sorte que votre communiqué de presse arrive largement avant la date où vous aimeriez le voir paraître. Pour un quotidien, comptez au minimum une semaine complète ; pour un hebdomadaire ou une revue, prévoyez deux ou trois numéros d'avance.

- Appelez le journal quelques jours avant la parution pour vérifier qu'ils ont bien reçu l'information et leur demander s'ils comptent l'imprimer. Les journaux reçoivent des centaines de communiqués de presse, et un coup de fil peut faire la différence.

Votre dossier promotionnel

Je me suis constitué un dossier « publicité » extrêmement pratique, où je conserve tout ce qui peut m'être utile. Il contient :

- des prospectus pour l'ensemble de mes livres (un pour chacun, et un qui les présente tous) ;

- des bons de commande ou des catalogues de mes éditeurs, que j'emporte avec moi dans les salons ;

- un CV d'une page qui, comme je l'ai dit, me sert aussi quand j'envoie des communiqués de presse. C'est également un bon point pour préparer une interview, car je peux donner au journaliste des éléments biographiques à traiter à l'avance, ce qui lui facilite le travail et lui permet de se consacrer à ses questions ;

- un prospectus pour mes ateliers d'écriture ;
- un prospectus consacré aux séminaires que j'anime sur le thème « Comment être publié » ;
- les articles que j'ai écrits ;
- des publicités pour mon prochain livre, même si celui-ci ne doit paraître que dans plusieurs mois – j'en distribue à chaque salon ou séance de dédicaces où je me rends ;
- un synopsis d'une page pour chacun de mes livres publiés et chacun de mes manuscrits ;
- les articles de presse qui parlent de moi ou de mes livres ;
- des exemples de communiqués de presse ;
- un carnet d'adresses exclusivement consacré à mes contacts professionnels ;
- les critiques parues sur chacun de mes livres ;
- un grand classeur pour ranger les cartes de visite : les salons et séminaires sont l'occasion d'en collecter des dizaines. Cela vaut sans doute la peine, d'ailleurs, d'avoir la vôtre à donner en échange.

Comme vous pouvez le voir, c'est un dossier très épais. Mais il m'est très utile et je peux l'emmener partout avec moi. Il est tellement plus simple de tout avoir à portée de main...

Internet

Internet peut-il aider à votre promotion ? Personnellement, j'ai un site depuis plusieurs années, et j'essaie constamment de l'améliorer. Dans cette forme d'autopromotion, il s'agit d'être tout à la fois respectueux et « agressif » : personne, *a priori*, n'est plus concerné par vos livres que vous.

La publicité, pour quoi faire ?

La publicité pour un livre vaut-elle qu'on y consacre autant de temps ? Même après ce que je viens de dire, on peut se poser la question. En effet, il est faux de considérer un roman comme un simple produit marketing. On ne sait presque rien, tout d'abord, des lecteurs : pour ma part, je reçois des e-mails d'adolescents aussi bien que de retraités. Que pourrait donc faire un attaché de presse ou un spécialiste du marketing, alors qu'il ne connaît même pas sa cible ?

Comprenez que la promotion d'un livre est difficile. On ne sait jamais ce qui marche ou non, et c'est un processus à long terme. Pourtant, cela ne vous dispense pas de tout effort. Dans le domaine de la fiction, le succès peut frapper d'un coup, comme la foudre : votre démarche marketing consiste donc à construire un paratonnerre. Rien ne dit qu'un éclair le touchera, mais vous augmentez les chances.

Inquiétant, non ? Et ce n'est pas fini. Voici ce que j'ai appris au cours de ma carrière.

Tout d'abord, répondez à la question suivante concernant le dernier roman que vous avez acheté : comment l'avez-vous choisi ?

- Vous connaissiez et aimiez son auteur.
- On vous l'avait recommandé.
- Vous n'aviez jamais lu cet auteur, mais le titre ou la couverture vous ont plu ; vous avez lu quelques pages, et cela vous a donné envie de l'acheter.
- Vous aviez lu un article à son sujet.
- L'auteur dédicaçait son livre sur place.
- Vous saviez que l'auteur avait reçu pour ce livre un à-valoir astronomique.
- L'éditeur avait fait paraître une publicité dans une revue que vous lisez.

L'ordre des réponses a ici son importance : c'est statistiquement ainsi que se fait le choix des lecteurs, d'abord sur le nom de l'auteur, puis par recommandation.

Donald Maass, agent littéraire et auteur d'un livre sur les best-sellers[1], s'appuie sur cette étude pour démontrer que ceux qui rêvent d'à-valoir et de publicité se trompent. Personnellement, j'ai perdu beaucoup de temps à essayer de convaincre mes éditeurs de consacrer davantage de temps et d'argent à la promotion de mes livres, puis j'y ai renoncé. Non qu'on puisse se passer de promotion et que toute publicité soit inutile, mais, en fin de compte, le travail de l'éditeur, c'est d'abord de publier le livre et de le mettre à la disposition du public. C'est le public, ensuite, qui en détermine vraiment la carrière.

Je me souviens que je me mettais en colère quand un éditeur ou un attaché de presse me disait : « Nous consacrons l'essentiel de notre temps et de notre argent aux romans qui se vendent le plus. » D'accord, mais comment mon livre pouvait-il se vendre si l'éditeur ne s'y investissait pas ? Cela me semblait logique, mais j'ai en partie changé d'avis. Ce n'est pas la pub qui fabrique un best-seller et, contrairement à ce qu'on imagine, les auteurs les plus en vue ont souvent connu le bas de l'échelle et ont avancé pas à pas, livre après livre.

Vous voulez que votre livre soit un succès ? Le plus important est qu'il soit intéressant et bien écrit. Ensuite, vous pouvez en faire la promotion dans la mesure de vos propres moyens. Toutefois, restez conscient du temps et de l'énergie que cela demande en regard de ce que cela peut rapporter, et trouvez un équilibre. Attention aussi à ne pas confondre promotion « agressive » et grosse tête. Soyez toujours courtois avec vos contacts professionnels.

Les contacts

Comme dans tout business, il s'agit d'être professionnel. Que vous traitiez avec des éditeurs, des libraires, des organisateurs d'événements ou d'autres auteurs, restez courtois et ouvert. C'est ainsi que vous vous créerez un réseau et que vous tirerez de nombreux bénéfices à vous comporter en professionnel.

---

1. *Writing the Breakout Novel*, Writer's Digest Book, 2002 (non traduit).

Je viens de recevoir un mot de quelqu'un que j'ai rencontré dans un salon ; il s'avère qu'il est aussi auteur et qu'il tient une rubrique dans un journal régional. Il a eu la gentillesse d'écrire une critique de mon dernier roman. Comme quoi, tout compte.

Gardez une trace de toute votre correspondance ; faites-en des copies et archivez-les de manière à pouvoir les retrouver facilement. De même, faites de votre mieux pour honorer toutes vos échéances.

Je reçois souvent des lettres ou des e-mails où l'on me demande de l'aide, en particulier pour me proposer une « grande idée » qu'il me reviendrait de transformer en roman. Peu d'écrivains, pourtant, acceptent de « faire le nègre », ne serait-ce que parce qu'ils doivent s'occuper de leurs propres livres et parce que de tels romans ont peu de chances de se vendre. Que vous soyez déjà publié ou que vous souhaitiez l'être, le temps, c'est de l'argent. Les auteurs, comme tous ceux qui sont leur propre patron, peuvent avoir tendance à l'oublier ; pourtant, ils doivent veiller à bien employer leur temps.

Attention à votre façon d'approcher les gens que vous ne connaissez pas. Évitez d'être agressif ou trop enthousiaste. Un jour, j'ai demandé à un écrivain qui m'avait contacté de m'envoyer un synopsis : il m'a fait parvenir l'ensemble de son roman. Cela a mis immédiatement fin à nos relations. De la même façon, lorsque vous envoyez quelque chose à quelqu'un, faites-le de manière traditionnelle et de façon qu'il le reçoive dans les meilleures conditions : obliger votre destinataire à aller chercher en personne un recommandé est la meilleure façon de le mettre en colère contre vous. Pensez aussi à remercier tous ceux avec qui vous avez des contacts, et restez positif.

Les règles de base

Le titre est fondamental. C'est votre meilleur outil marketing, et celui sur lequel vous avez le plus de contrôle. À vous de trouver un titre qui donnera au lecteur l'envie d'ouvrir votre livre. Certes, votre éditeur aura son mot à dire, mais il faut lui présenter dès le départ un titre fort. D'après Mary Higgins Clark, un titre est une invitation à entrer dans le livre. Or, beaucoup d'écrivains choisissent un titre qui n'est compréhensible que si on lit le livre. C'est contraire au bon sens.

Quand il s'agit d'un auteur inconnu, personne n'achète un roman dont le titre ne lui dit rien. Donc, il vous faut passer beaucoup de temps à trouver le titre de votre livre.

Voici quelques règles de marketing :

- faites le meilleur livre dont vous êtes capable. Le bouche-à-oreille peut faire ou défaire un succès ;

- essayez de présenter votre livre aux médias (radios, journaux, revues…) ;

- montez un site Web avec une adresse facile à retenir ;

- gardez à portée de main une publicité sur vous et sur votre livre ;

- animez des ateliers, assistez à des conférences et des rencontres, tissez votre réseau ;

- prenez conscience que ce que vous ne faites pas pour vous-même, personne ne le fera à votre place.

Le genre

Pour comprendre comment vendre votre livre, vous devez comprendre la notion de genre. Plus vous écrivez sur la vie « ordinaire », plus votre écriture se doit d'être extraordinaire. Tout le monde connaît la vie ordinaire. Pour surprendre et ravir les lecteurs sur ce sujet, il faut beaucoup de talent. En revanche, si votre roman présente des événements extraordinaires, le niveau d'exigence n'est pas aussi élevé. Oh, vous ne pouvez pas pour autant vous permettre d'être mauvais ; simplement, vous pouvez vous appuyer sur l'histoire elle-même pour fasciner le lecteur.

Choisissez la ligne dans laquelle s'inscrit votre roman. C'est parfois difficile à entendre, mais chaque genre a ses lois. Si vous écrivez un roman d'aventures ou un thriller, vous devez mettre l'accent sur l'action. Cela ne signifie pas qu'il faut délaisser la psychologie des personnages, mais que celle-ci est subordonnée au rythme du récit, et qu'elle ne doit pas le ralentir.

Pensez toujours au point de vue du lecteur : quand il achète votre livre ou quand il le parcourt, que cherche-t-il ? Quelles sont ses motivations ?

À la librairie ou à la bibliothèque, promenez-vous souvent dans le rayon qui concerne votre genre. Devenez un familier des lieux. Apprenez à connaître les auteurs, les éditeurs. Si vous voulez assister à un atelier d'écriture, choisissez-le en fonction de ce que vous voulez écrire. Vous pouvez même vous renseigner auprès des auteurs que vous aimez. Lisez les magazines spécialisés.

D'accord, il n'est pas obligatoire que votre roman appartienne à un genre précis. Je dis simplement que la plupart des romans s'inscrivent dans une catégorie définie. En France, les statistiques du SNE[1] montrent qu'à peine plus de la moitié des livres de fiction pour adultes font partie de la littérature générale, les différents genres (policier, SF, humour, histoire, etc.) se partageant le reste du marché.

Aux États-Unis, seuls 8 % des romans sont « hors genre ». Les grands noms de l'édition américaine, comme Stephen King, Tom Clancy, Michael Crichton, John Grisham… ont en commun d'avoir chacun plus ou moins lancé un genre. Non qu'il n'y ait pas eu de romans d'horreur avant Stephen King, mais celui-ci a amené quelque chose de nouveau – la caractérisation des personnages, en particulier – qui a révolutionné le genre.

Quand je parle avec d'autres écrivains, je me dis souvent que tout a déjà été fait. Le secret est donc de faire mieux, ou d'apporter quelque chose de nouveau à un genre.

Pour autant, impossible d'anticiper sur le marché de la fiction. Dans la plupart des cas, il se déroule au moins deux ans entre l'idée de base et la publication. Si, par exemple, la mode est aujourd'hui au roman « de procès », rien ne dit qu'elle le sera toujours demain, quand votre manuscrit sera prêt. *Écrivez ce que vous pouvez et ce que vous voulez.*

---

1. SNE : Syndicat national de l'édition.

Étudiez le genre qui vous concerne pour voir ce qui a été fait et en quoi cela peut vous aider.

Parfois, on peut refuser d'appartenir à un genre. Un de mes éditeurs renâcle à étiqueter « science-fiction » ma série *Area 51*, car il pense qu'elle peut toucher un public plus large si on la classe dans la catégorie « littérature générale ».

Il est impossible que tout le monde aime votre livre. Si vous proposez un roman d'amour à quelqu'un qui n'en lit jamais et ne les aime pas, vous n'obtiendrez pas une critique positive. Si, parmi vos proches ou vos relations, il n'y a qu'une personne sur dix qui aime ce que vous faites, voyez-le positivement : 10 % de votre « panel » apprécie votre histoire, et si 10 % des clients d'une librairie achètent votre livre, vous êtes certain de faire un best-seller.

J'ai dit plus haut que la plupart des aspirants écrivains (et des ateliers d'écriture) dédaignaient la littérature de genre : ils veulent écrire des livres sur la « vraie vie ». Pour ma part, je suggère toujours à un futur romancier de s'essayer à un ou deux livres de genre avant de se lancer dans un Grand Roman. C'est comme dans un cours d'architecture, où les étudiants s'inspirent de plans et d'études pour créer leur propre univers.

Fabriquer un roman est difficile ; tout ce qui peut vous aider au début est bienvenu. Pourquoi ne pas utiliser un thème et un format qui vous sont familiers ? Si vous lisez trois romans sentimentaux par semaine, on peut considérer que vous avez « étudié » le genre : vous connaissez ses thèmes, ses rythmes, et peut-être même le marché éditorial qui le concerne.

Il existe des « groupes d'écrivains » qui peuvent vous aider à avancer et vous faire rencontrer des auteurs. Ces groupes existent de façon informelle en France (l'école de Brive, les Filles du Noir à Toulouse…), ou sont regroupés dans des instances associatives ou officielles (Charte des auteurs jeunesse, maisons des écrivains, Centre national du livre, centres régionaux, etc.).

Les arnaques

L'écriture comporte une grande charge émotionnelle ; inévitablement, certains essaient donc de faire de l'argent avec les aspirations des autres.

La plupart des éditeurs sont certes toujours à l'affût de nouveaux talents, mais ceux qui en font leur raison sociale, ou même leur devise, sont à aborder avec précaution. Beaucoup d'entre eux proposent des contrats autres que des contrats d'édition classiques, et les résultats sont très souvent décevants[1]. De la même façon, les offres des agents, coaches littéraires, « *book doctors* » et autres conseillers sont à examiner de près. Vérifiez toujours, si vous souhaitez vous adresser à eux, qu'ils présentent des garanties de sérieux et d'honnêteté, qu'ils peuvent se prévaloir de résultats tangibles (les auteurs dont ils s'occupent ont-ils été publiés, et où ?), et que les frais qu'ils vous demandent sont raisonnables et justifiés.

Nombreux sont les auteurs débutants à la recherche de conseils ou de relecture. Sachez qu'un bon conseiller, tout comme un bon éditeur, doit pouvoir donner un avis sur votre livre en consultant une lettre de présentation, un synopsis et une dizaine de pages – c'est-à-dire une soumission classique, ce qui devrait vous permettre d'économiser votre argent.

Souvenez-vous aussi qu'une critique honnête peut faire mal. Si vous cherchez simplement des encouragements, vous ne frappez pas à la bonne porte.

Ateliers d'écriture et conférences

Le métier d'écrivain, je l'ai dit, est un métier solitaire, et il n'y a pas d'apprentissage particulier pour le devenir. Vous pouvez néanmoins assister à des ateliers ou rencontrer auteurs et éditeurs lors de confé-

---

1. Sur les types de contrats et leurs inconvénients, vous pouvez consulter le site du Calcre, www.calcre.com.

rences ou de salons. Suivant ce que vous recherchez, ils peuvent vous être utiles.

Les ateliers d'écriture

Qu'ils soient chapeautés par un animateur reconnu ou simplement issus d'un groupe de personnes qui mettent en commun leur passion d'écrire, ils sont l'occasion de présenter ses écrits et de recevoir des retours, ainsi que de rencontrer d'autres écrivains.

Ils ont différents objectifs : l'expression de soi, le poème, la nouvelle, plus rarement le roman. Certains ateliers couvrent plusieurs domaines, ce qui vous obligera à écrire dans des registres qui ne vous intéressent pas forcément. Cela dit, un bon romancier a beaucoup de choses à apprendre d'un poète ou d'un nouvelliste, que ce soit du point de vue du style ou de l'histoire, ou tout simplement en observant la façon d'être et d'écrire d'autres auteurs.

Il me semble néanmoins qu'un aspirant romancier a moins à y gagner : il est rare, dans un atelier, qu'on vous demande de lire un chapitre de roman, et encore plus rare d'obtenir à cette occasion un retour positif. Vous risquez d'entendre un nombre impressionnant de suggestions et de questions, dont au final bien peu vous seront utiles. Un atelier d'écriture n'est peut-être pas le meilleur endroit pour développer votre roman.

Un romancier peut avoir besoin d'aide. Pour ma part, je préfère parler à des amis grands lecteurs ou écrivains. Le travail en groupe peut tout aussi bien vous donner de l'énergie que vous en ôter – il arrive que, dans ces ateliers, ce soit l'aveugle qui guide l'aveugle… D'ailleurs, parler de son livre, n'est-ce pas une façon de ne pas l'écrire ?

Le pire qui puisse arriver, c'est que l'on vous critique sur le thème choisi. Si la discussion commence à sortir des limites de l'écriture, c'en est fini du groupe. J'ai assisté à un atelier d'écriture sur le thème de la religion qui a très vite dégénéré, chacun exposant ses propres opinions sur le sujet au lieu de se préoccuper de ce qui était écrit. Les sujets sensibles, comme le sexe ou la politique, sont des terrains glissants de ce point de vue.

Certains auteurs tirent vraiment profit du travail de groupe, d'autres n'y arrivent pas. À vous de voir ce qui vous convient le mieux. Comme je l'ai dit, chaque auteur peut être son meilleur relecteur, à condition d'être honnête avec lui-même.

Salons et conférences

En France, des salons, spécialisés ou non, publics ou réservés aux professionnels, se tiennent un peu partout. Ils permettent avant tout de se construire un réseau. Dans le monde de l'édition comme partout, qui vous connaissez est parfois plus important que ce que vous faites. Rencontrer en personne auteurs et éditeurs peut vous aider, en particulier au moment de proposer un manuscrit.

Les salons permettent aux éditeurs de promouvoir leurs auteurs, mais aussi de sortir de leur bureau, de rencontrer de nouvelles personnes (peut-être même des auteurs !), voire simplement de se changer les idées. Cela peut être positif pour vous.

Je vous déconseille vivement d'aborder un éditeur sur un salon pour lui remettre un manuscrit : d'abord il n'est pas là pour ça, ensuite il le perdra probablement en rentrant chez lui. En revanche, si vous vous débrouillez pour lier connaissance avec lui, ou même pour faire partie de l'organisation, vous en apprendrez peut-être davantage qu'en écoutant les lectures et les conférences.

Est-ce que cela peut aider votre carrière d'écrivain ? Peut-être pas, même si je connais certains exemples d'auteurs qui ont réussi grâce à des ateliers d'écriture ou à des séminaires. Mais, de façon plus générale, cela vous aidera à mieux comprendre les choses.

Nous approchons de la fin de ce livre, et ce point sur les salons et les conférences en rejoint un autre qui m'est cher et qui est resté en suspens. Au cours d'une conférence, j'ai entendu un agent parler des erreurs courantes que peuvent commettre les auteurs au milieu de leur carrière. Le lendemain, j'ai pu lui dire combien je m'étais senti concerné par son discours. J'ai ajouté que, si j'avais entendu les mêmes mots l'année précédente, je les aurais peut-être compris intellectuellement, mais que je n'aurais pas pu les accepter émotionnellement.

Cette compréhension profonde est fondamentale pour un écrivain. En lisant ce livre, vous avez peut-être hoché la tête, en disant : « C'est juste du bon sens ! » Mais le pensez-vous vraiment ? Il y a un pas entre comprendre et accepter, un pas qui peut poser problème non seulement aux auteurs, mais à n'importe qui en général. Mon deuxième agent ne m'a jamais forcé à quoi que ce soit. Parfois même, il ne me donnait pas son avis quand je le lui demandais. Il m'a fallu du temps pour réaliser que ce n'était pas parce que je l'ennuyais ou parce qu'il avait autre chose à faire ; il se comportait simplement en fin psychologue, m'indiquant les bonnes directions sans jamais décider à ma place si je devais les suivre. De fait, s'il m'avait donné des avis que je n'étais pas prêt à entendre, j'aurais pu réagir de travers et partir dans la direction opposée. De même, si vous vous lancez dans l'écriture, il peut vous être profitable, d'ici quelque temps, de reprendre ce livre pour voir si son contenu ne vous parle pas différemment.

Droits cinéma et scénarios

Hollywood… Pour les auteurs, ce nom a la douce odeur de l'argent. On se prend à rêver aux millions de dollars que consacrent certains studios à l'achat des droits d'adaptation.

Mais c'est la partie émergée de l'iceberg : la plupart des romans achetés par Hollywood se monnaient quelques milliers de dollars, et, une fois l'option prise, plus rien ne se passe.

Qu'est-ce qu'une option ? C'est lorsqu'un producteur (plus rarement un scénariste) réserve pour un certain temps – en général un an – la possibilité de porter une œuvre à l'écran. Il lui faut alors réunir les fonds pour tourner le film, à la suite de quoi il devra acheter les droits d'adaptation du roman.

Toutefois, le passage du roman au film est plus que problématique. Que ce soit pour les films hollywoodiens ou pour les films français, une partie des projets échouent. Le célèbre roman *Entretiens avec un vampire*[1] a voyagé de longues années de studios en studios avant d'être porté à l'écran. Si vous lisez les mémoires de la productrice Julia Phillips[2] (première femme oscarisée pour *Rencontres du troisième type*[3]), vous comprendrez comment fonctionne Hollywood.

Plus je travaille avec des gens du cinéma, plus je suis surpris que des films finissent par voir le jour. C'est un monde brutal, qui demande un investissement personnel immense pour faire aboutir un projet.

Récemment, on m'a proposé des « autorisations gratuites » : un scénariste ou un producteur se propose d'utiliser un de mes romans comme synopsis et cherche à le vendre sans payer d'option. J'ai accepté une fois ou deux, mais je me suis rendu compte que, trop souvent, les gens ne respectent pas ce qu'on leur donne gratuitement.

On peut toutefois rester accommodant : un producteur qui détenait l'option sur un de mes romans m'a appelé pour la renouveler, en précisant qu'il n'était pas à même de payer l'intégralité de la somme. J'ai accepté, car j'avais le sentiment qu'il faisait de vrais efforts pour que le livre devienne un film.

© Groupe Eyrolles

---

1. *Op. cit.*
2. *You'll Never Eat Lunch in This Town Again*, Signet, 1992 (non traduit en français).
3. Steven Spielberg, 1977.

Votre futur

E-books, publication à la demande : l'avenir ?

Quel est le futur de l'édition ? Quel qu'il soit, il concernera aussi bien les auteurs que les lecteurs.

Actuellement, les plus gros problèmes de l'édition sont le stockage et la distribution. Quand vous achetez un livre, vous payez en fait pour deux ou trois autres. Comme je l'ai dit, le tirage d'un livre est rarement épuisé. Qu'arrive-t-il aux invendus ? Les libraires les renvoient aux éditeurs, qui les stockent ou les détruisent, et perdent gros au passage.

Les libraires sont des détaillants qui peuvent retourner leurs produits ; les livres ne font que passer dans les rayons. Le but est donc de gérer les stocks et non de vendre un livre précis. Du coup, le temps moyen durant lequel un roman est visible en rayon est de plus en plus réduit.

Deux tendances semblent pouvoir alléger ce problème. L'une est le livre électronique (e-book), que l'on télécharge pour le lire sur son écran ou éventuellement un terminal spécial qui affiche une page après l'autre. Pour les éditeurs, cela peut résoudre le problème des invendus, mais il en va différemment pour les auteurs. Si n'importe qui peut télécharger et imprimer un roman, les éditeurs auront beau jeu de prétendre que le livre n'est pas épuisé (je reviendrai là-dessus un peu plus loin).

L'autre tendance est l'impression à la demande ou impression numérique, qui permet des tirages en petite quantité à faible coût. Non seulement cela permet de diminuer les stocks d'invendus, mais, grâce à ce type d'impression, de petites maisons d'édition parviennent à tirer leur épingle du jeu, car elles n'affrontent pas les géants du secteur sur leur terrain (les best-sellers et les « classiques » du catalogue). De la même façon, grâce à la vente en ligne, elles peuvent en partie se passer d'intermédiaires.

Bref, l'édition est en passe de connaître des changements majeurs, et quiconque veut devenir écrivain doit être conscient de ces bouleversements et tenter de les accompagner, car ils concerneront tous les acteurs du secteur.

Le livre électronique

Le livre traditionnel ne disparaîtra pas de sitôt. Il est chargé de tradition et a les faveurs du public. Le livre électronique, lui, est plus qu'un simple livre ; c'est un objet vivant, où vous pouvez annoter, souligner, convoquer un dictionnaire, voire suivre des liens hypertexte vers d'autres textes, des vidéos ou de la musique d'accompagnement. Plus simplement, il est possible de changer la taille des caractères pour améliorer le confort de lecture.

Cela semble idéal pour les écoliers et les étudiants : plus question de trimballer des kilos de livres, tout pourrait être téléchargé sur un terminal de la taille de la main.

Bien sûr, cela n'arrivera peut-être que lorsqu'on aura réussi à fondre les divers équipements électroniques – ordinateur, téléphone, iPod, Palm, etc. – en un seul. Imaginez un appareil grâce auquel vous pourriez tout à la fois réserver un vol ou une chambre à distance, lire un livre dans l'avion, examiner la carte de l'endroit où vous allez atterrir (et sans doute vous y repérer par GPS), consulter des sites sur les lieux que vous voulez visiter et prendre des notes sur ce que vous voyez…

Pourtant, le futur du livre électronique reste incertain. L'éditeur américain Random House a cessé d'en commercialiser, tout comme la société Time Warner, et l'eBook Award de la Foire internationale du livre de Francfort a disparu. Pour l'instant, le livre électronique ne semble pas économiquement viable. Les nouvelles générations, davantage habituées aux écrans, l'adopteront peut-être. En attendant, les *Harry Potter* sont encore des livres reliés…

L'auto-édition et l'édition à compte d'auteur

On pense souvent que l'édition à compte d'auteur s'adresse à la vanité de certains : payez, et vous aurez votre livre relié ! Seul un infime pourcentage de ce mode d'édition génère du profit. Si le livre était vraiment bon, il serait accepté par des éditeurs traditionnels. Comme certaines agences littéraires, les éditeurs à compte d'auteur gagnent leur argent sur vous, pas sur le livre.

Il ne faut pas confondre édition à compte d'auteur et auto-édition, ou impression à la demande. Cette dernière permet de transformer un fichier électronique en livre papier pour un coût raisonnable, au point qu'elle est rentable pour un seul exemplaire, contrairement à l'impression traditionnelle, où seuls de gros tirages peuvent être rentables. Cette technologie se démocratise de plus en plus, au point qu'on peut imaginer qu'un jour prochain chaque librairie possédera son propre système, ce qui réduira considérablement les problèmes de stockage.

L'édition à compte d'auteur utilise souvent l'impression numérique, mais à vos frais. Le véritable piège, dans les contrats à compte d'auteur, est la distribution et la vente des livres. La plupart des libraires les refusent tout bonnement. 99,9 % des lecteurs de ce livre auraient donc tout intérêt à laisser de côté ce type d'édition.

Dans un salon du livre, je me suis récemment trouvé assis à côté d'un auteur autopublié. Journaliste sportif pour le quotidien local, il avait regroupé ses chroniques dans un livre. Un bon point pour lui : cela ne lui avait pas pris trop d'énergie, puisqu'elles étaient déjà écrites. Il avait fait imprimer cinq cents exemplaires, qu'il écoulait dans les salons du livre de la région, et il s'en sortait bien. Il démarchait aussi toutes les librairies locales, qui acceptaient ses livres contre une commission. C'est un exemple d'auto-édition réussie. Si vous vous sentez capable de faire vous-même la promotion de votre livre, cela peut fonctionner, sachant néanmoins que ce genre de réussite concerne essentiellement les œuvres de non-fiction.

Si le secteur de l'édition à compte d'auteur est en pleine expansion, cela ne veut pas dire que les livres génèrent de l'argent, mais simplement que les éditeurs qui pratiquent le compte d'auteur trouvent de plus en plus de clients. Ce n'est pas la même chose.

L'auto-édition peut aussi être intéressante si vous souhaitez faire un livre que vous voulez donner, par exemple dans votre famille ; si vous écrivez vos mémoires, vos enfants et petits-enfants apprécieront peut-être de les lire sous forme reliée.

Un certain nombre de petits éditeurs qui utilisent l'impression numérique proposent des contrats à compte d'auteur. Pour les écrivains, ce peut être une solution de facilité, qui permet d'éviter les refus. Mais les refus et la nécessité de s'améliorer ne constituent-ils pas l'essence même du travail artistique ? À mes débuts dans l'écriture, le compte d'auteur n'existait pas vraiment. À l'heure actuelle, certains aspirants écrivains peuvent être tentés par cette voie, de plus en plus empruntée, même si, en fin de compte, elle ne mène la plupart du temps à rien.

Fixez-vous des objectifs, et ne vous laissez pas distraire par des solutions de facilité.

Se mettre au travail

Ai-je placé ce paragraphe au bon endroit ? Dans la plupart des guides, on le trouve au début : il faut bien commencer par se mettre au travail...

J'ai choisi de le faire figurer ici, car je ne vois pas l'intérêt de vous y mettre si vous ne savez pas exactement à quoi vous vous attaquez. Peut-être avez-vous déjà des manuscrits achevés, ou au contraire n'avez-vous pas écrit le premier mot. Les premiers chapitres de ce livre vous donnent les outils pour commencer – et terminer – un roman : à vous de trouver la volonté de le faire. Les suivants vous expliquent ce que vous devez savoir pour vendre votre livre et être édité.

Entre-temps, que pouvez-vous faire ? Pourquoi pas gagner vos galons d'écrivain avant de terminer votre grand roman (cela pourrait d'ailleurs aider à le vendre) ?

Les ateliers d'écriture se consacrent essentiellement à la nouvelle et en font la pierre angulaire de l'écriture. Je pense aussi qu'écrire une bonne nouvelle est plus difficile qu'écrire un bon chapitre de roman : vous devez en effet traiter une histoire complète, tandis que le chapitre n'est qu'une partie d'une trame plus longue. D'autre part, une nouvelle est mieux écrite du point de vue du style, tout simplement parce que l'on s'y préoccupe davantage du langage.

Pourtant, en France, les nouvelles sont difficiles à vendre. Les magazines en publient peu, et souvent uniquement celles d'auteurs reconnus ; les revues qui publient les écrivains moins cotés ne les paient pas.

Si vous voulez écrire un roman, faites-le. Ne vous cassez pas la tête à écrire des nouvelles, à moins que vous n'en ressentiez le besoin pour améliorer votre style. Comprenez-moi bien : je suis sûr que c'est un excellent entraînement, mais ne pensez pas que cela peut vous rapporter de l'argent, sauf si vous êtes très bon. Et savoir écrire une nouvelle ne garantit pas le succès d'un roman.

Si vous voulez être publié dans un magazine, essayez des articles plutôt que de la fiction. Quant je le suggère aux participants de mes séminaires, ils me répondent toujours : « Mais je ne suis qu'étudiant / femme au foyer / fabricant de bougeoirs… » Et je leur réponds : « Alors, écrivez sur votre université / votre foyer / l'industrie du bougeoir ! » Vous pouvez aussi consulter un guide et relever tous les lieux intéressants de votre région : vous en trouverez bien un sur lequel vous pouvez écrire.

Pour ma part, j'ai écrit une série d'articles sur, devinez quoi ? l'écriture. Mais, au début, j'ai restreint mon champ d'intérêt. J'ai combiné mes deux carrières, celle de soldat et celle d'écrivain, et j'ai vendu un article sur « Comment écrire quand on est militaire ? » à plusieurs revues spécialisées. Il s'agit de connaître son marché. Aussi bon écrivain que vous soyez, il faut également un certain sens des affaires, sans quoi vous n'irez pas très loin.

D'un point de vue économique, le métier d'écrivain est très dur. Même quand on accepte un de vos manuscrits, il y a très peu de chances pour que vous puissiez en vivre. Beaucoup ont le talent pour faire carrière, mais peu ont le courage de se lancer dans une voie sans aucune garantie de succès.

Non seulement cela prend du temps, mais vous ne trouverez jamais d'offre d'emploi salarié (bien sûr, on peut trouver des métiers liés à l'écriture, mais avez-vous déjà vu une petite annonce intitulée « Cherche auteur débutant » ?).

Si j'étais aujourd'hui un écrivain avec un premier manuscrit pas encore publié, que ferais-je ?

Je commencerais à en écrire un deuxième. Comme je l'ai dit, trop d'auteurs se laissent absorber par l'envoi de leur seul et unique roman, mettant tous leurs œufs dans le même panier. On apprend tellement quand on écrit un premier manuscrit qu'il est bon de réutiliser immédiatement toutes ces capacités fraîchement acquises. Et puis, pourquoi pas ? peut-être un éditeur vous proposera-t-il un contrat pour deux livres ?

Pour vendre votre premier manuscrit (tout en consacrant l'essentiel de vos efforts à la rédaction du deuxième), vous pouvez :

- écrire une bonne lettre de présentation ;
- écrire un bon synopsis d'une page ;
- rechercher les éditeurs (éventuellement les agents) et en faire la liste, en partant, en France, des grandes maisons parisiennes pour arriver au petit éditeur du coin, qui a un travail à plein temps et se consacre à l'édition durant son temps libre. Envoyez votre

soumission aux cinq premiers ; la semaine suivante, aux cinq suivants, et ainsi de suite jusqu'à ce que vous arriviez au bout de votre liste. Cela vous permettra de mieux « ventiler » les refus. Je plaisante, bien sûr : cela vous permettra de conserver l'espoir.

Vous pouvez également fréquenter des salons du livre, où vous rencontrerez des éditeurs et des auteurs.

Et vous pouvez surtout ne jamais, jamais abandonner.

Percer

Dans une interview pour *USA Weekend* (01/1994), Michael Crichton a déclaré : « J'ai lu quelque part qu'il n'y avait aux États-Unis que deux cents auteurs qui vivaient de leur plume à temps plein. J'ai pensé : c'est trop peu, je n'y arriverai jamais. » Il parlait de sa jeunesse et du moment où il avait dû décider entre devenir écrivain ou devenir médecin ; il avait choisi de faire médecine.

Que ce soit en France ou aux États-Unis, le milieu des écrivains est un curieux mélange. Il comporte trois grandes catégories :

- les « stars » : ceux qui gagnent des fortunes et dont les livres sont assurés d'avoir du succès avant même d'être écrits ;
- les auteurs « littéraires » : en général, ils vendent peu d'exemplaires, mais sont encensés par la critique. Ils gagnent leur vie en enseignant ou grâce à des bourses. En public, ils disent mépriser le premier groupe et ignorer le troisième ;
- le tout-venant : que ce soit en littérature générale ou de genre, ce sont les auteurs qui, d'à-valoir en à-valoir, d'articles en interventions, réussissent plus ou moins à joindre les deux bouts, mais continuent à subir des refus. La plupart d'entre eux rêvent d'appartenir au premier groupe et n'ont pas le temps de penser au deuxième.

Je fais moi-même partie du tout-venant. En parlant avec mes collègues, je me suis aperçu que certains nourrissaient de la rancœur envers les stars du secteur. Pour moi, c'est un sentiment déplacé. Un de mes amis a un jour calculé que le dernier à-valoir de Stephen King (plusieurs millions de dollars) pourrait faire vivre une cinquantaine d'auteurs pendant quelque temps. Mais, en réalité, ces cinquante-là ne vendraient sans doute pas à eux tous autant de livres que Stephen King.

Les « stars » aident en réalité les autres auteurs, dans la mesure où ils rapportent de l'argent à leurs éditeurs, qui peuvent alors investir dans des premiers romans. Ce sont, en quelque sorte, leurs pourvoyeurs de fonds.

Les auteurs « littéraires » et ceux du tout-venant n'ont pas les mêmes objectifs et suivent des voies différentes, encore que, contrairement à ce qui se passe dans *Ghostbusters*, les courants puissent se croiser sans risque de fission nucléaire. Les membres du monde littéraire « académique » se distinguent en général par leurs titres universitaires ou parce qu'ils ont gagné un prix prestigieux. C'est donc un cercle assez fermé, où l'on commence tout en bas de l'échelle, souvent par une carrière universitaire ou dans l'édition. Si vous avez le temps et le courage, la voie est libre.

Il n'est pas plus simple d'intégrer le groupe du tout-venant, et beaucoup plus difficile d'y rester. Si vous êtes un « littéraire », vous avez un métier qui vous donne une certaine sécurité. Mais 95 % des auteurs du troisième groupe disparaissent après leur premier roman. Certains subsistent en travaillant énormément. À force de sortir des ouvrages « moyens » en termes de ventes, ils parviennent à gagner leur vie bon an mal an. C'est néanmoins une situation fort délicate ; aussi beaucoup de ces auteurs ont-ils par ailleurs un emploi à temps partiel.

Certains sont touchés par la grâce et accèdent au premier groupe. Bravo. C'est souvent dû autant à la chance qu'à leur talent, mais ils méritent notre respect : ils ont dû travailler dur pour que la fortune leur sourie. Dans le monde de l'écriture, cela n'arrive pas à ceux qui ne font rien. Si vous avez travaillé dur, que vous ayez eu un petit peu de chance et que vous ayez réussi à vendre votre premier roman, le travail ne fait pourtant que commencer, car de nombreux pièges vous guettent.

Le premier serait de croire que vous êtes arrivé. À moins d'avoir touché un à-valoir substantiel, vous devez vous souvenir que, dans le monde de l'édition, l'avance couvre en général à peine les droits d'auteur que vous pouvez attendre. Le tirage peut être impressionnant, cela n'empêche pas la mévente. Donc, continuez à écrire.

Un autre piège est la « pente descendante » : si vos trois premiers romans se vendent moyennement, il y a peu de chances que l'éditeur propose un gros tirage pour le quatrième. Dans mon cas, je me rends compte que mes éditeurs ont tendance à toujours réduire le nombre d'exemplaires imprimés, roman après roman, tout simplement parce qu'ils savent qu'ils n'ont pas affaire à un best-seller, mais à un ouvrage « moyen ». Finalement, ils préfèrent prendre des risques avec un nouvel auteur plutôt qu'avec un écrivain plus connu mais aux ventes médiocres. De temps à autre, évidemment, l'éditeur peut se passionner pour le nouveau roman d'un auteur confirmé et chercher à le promouvoir au maximum. Cela arrive lorsqu'il y a un véritable saut qualitatif entre le dernier manuscrit et les œuvres qu'il a publiées jusque-là.

Les libraires et les grandes surfaces utilisent, comme les écrivains, des ordinateurs, sauf qu'ils s'en servent différemment. Pour chaque nouveau livre d'un auteur, ils se réfèrent à leur machine. En mélangeant, avec l'aide de quelques sorcières free-lance, des yeux de crapaud, une patte de lapin et du sang de chauve-souris, ils (quel que soit votre métier, il y a toujours un *ils*) obtiennent un chiffre fatidique : celui des commandes qu'ils vont passer. Influencés par ce chiffre, les sorciers de votre maison d'édition procèdent au tirage. C'est dire qu'une fois que vous avez un « casier », difficile de le faire oublier.

À moins de pondre un best-seller, c'est donc une pente descendante. Décourageant, non ? Pourtant, vous pouvez combattre le sort. Il faut de la chance, mais la chance ne vient qu'avec beaucoup de travail, et avec la volonté de changer, de faire mieux, à la fois comme écrivain et comme homme d'affaires.

Soyez prêt à faire le nécessaire, aussi pénible que cela puisse être. Personne n'a dit que ce serait facile – ça ne l'est pas. Comme le dit le soigneur au boxeur sonné : « Faut le vouloir, petit ! »

J'aime cette vieille histoire qui raconte comment un jeune violoniste, après avoir passé des années à s'exercer, eut enfin la chance de jouer devant un grand maître. Il y mit tout son cœur. Une fois le morceau terminé, il demanda son avis au maître. Celui-ci répliqua simplement : « Pas assez de fougue. » Et il s'en alla. Le jeune homme, désespéré, rangea son violon et se lança dans une autre carrière. Des années plus tard, il rencontra le maître par hasard et lui raconta comment son commentaire désobligeant l'avait amené à changer de vie. L'autre le regarda, surpris : « C'est ce que je dis à tout le monde, quel que soit le niveau. Si mes paroles vous ont si facilement dissuadé, c'est que vous n'étiez pas assez volontaire et que vous n'aviez pas foi en vous-même. »

Vous aurez énormément de raisons d'arrêter d'écrire, et très peu de continuer. C'est toujours à vous de choisir.

En conclusion

Ce que je dis dans ces pages ne vous servira peut-être pas à grand-chose si vous en êtes au début de votre premier manuscrit. Mais relisez ce livre de temps en temps, et vous vous apercevrez que plus vous écrivez, plus vous y trouvez des éléments intéressants. Quand j'ai commencé à écrire, j'ai lu de nombreux manuels de ce type et chaque fois je me sentais frustré : ils me semblaient trop simples, ou bien j'étais en désaccord avec ce que je lisais. En fait, je ne les ai pas compris avant de me mettre à écrire ; à ce moment-là, tous les conseils ont commencé à prendre leur sens.

L'écriture est un travail : elle nécessite du temps et des efforts.

Donc, et bien que j'aie dit plus haut qu'il n'y avait pas de bonne ou de mauvaise méthode, je vous quitte sur ce conseil :

Écrivez.

Puis… écrivez encore.

Enfin… oui, vous l'avez compris, écrivez encore plus.

Annexe A :
extrait de plan de chapitre

Chapitre 1

Nashville/9 novembre/23 h 00/04:00 GMT

Rentrant chez elle en fin de soirée, Kelly Reynolds trouve dans son courrier une lettre et un enregistrement envoyés par un ami journaliste.

Elle écoute la cassette – conversation interceptée entre un pilote de l'US Air Force et la base de Nellis. Pilote participe opération Drapeau rouge (simulation de combat aérien contre URSS). Tour le rappelle à l'ordre pour avoir violé l'espace aérien nommé « Zone 51 ». Pilote dit être forcé à atterrir par des objets étranges puis transmission s'interrompt. Journaliste dit qu'il va enquêter – sera sur place tel soir (celui où elle écoute la cassette).

Base aérienne de Nellis/9 nov./22 h 00/06:00 GMT

Transition : reporter infiltre site 51 dans le Nevada.

Le cube, Zone 51/9 nov./22 h 30/06:30 GMT

Transition : le building souterrain de l'armée (cube = C3 = Centre de contrôle et de commandement). Intrusion journaliste remarquée par infrarouge, suivent son approche. Apparition général Gullick ; parle de la mission Paysage nocturne ; retour en arrière.

Objectifs : présenter Kelly, le mystère de la Zone 51.

Annexe B : exemple de lettre de présentation

Presidio Press
31 Pamaron Way
Novato, CA 94949
29 avril 2000

Chère Madame (*nom*),

Et si, depuis cinquante ans, les anciens de West Point s'étaient regroupés en une organisation secrète ayant pour objectif de manipuler la politique américaine ? Et si cette organisation projetait à présent un attentat contre le Président ?

La Ligne raconte l'histoire de Boomer Watson, officier d'élite des forces delta, et du major Benita Trace, en mission à Hawaii pour préparer la visite présidentielle à l'occasion du 56ᵉ anniversaire de l'attaque de Pearl Harbor. L'un et l'autre se trouvent confrontés aux preuves de l'existence de la Ligne et de son complot. Quand ils finissent par se rencontrer, ils comprennent qu'ils vont devoir empêcher le coup d'État.

J'ai à mon actif trois romans parus, et cinq autres en cours de publication. *La Ligne* s'inspire de mon expérience professionnelle : sorti de West Point en 1981, j'ai servi pendant dix ans comme officier dans le corps des Bérets verts et chef de bataillon des Forces spéciales.

La Ligne est un thriller de 100 000 mots. Je vous remercie de prendre le temps d'examiner le synopsis et le premier chapitre joints.

Au plaisir de vous lire,
Sincèrement vôtre,

Annexe C :
exemple de synopsis

La Ligne

Et si les anciens de West Point, regroupés en une organisation secrète ayant pour objectif de manipuler la politique américaine, projetaient d'assassiner le Président des États-Unis ?

BOOMER WATSON est un membre du commando Delta Force ; sa dernière mission secrète en Ukraine tourne mal. À son retour, il reçoit un blâme et se retrouve cantonné à Hawaii. Là, il renoue avec le major BENITA TRACE, son ancienne fiancée et condisciple de West Point, qui écrit un roman à propos d'une organisation appelée la Ligne, en référence à la lignée des officiers issus de l'Académie militaire.

Des événements étranges ont lieu autour de Boomer. Un commandant est remplacé par un officier ultraréactionnaire ; une mission secrète est programmée en même temps que la visite du Président à Pearl Harbor, le 7 décembre. Or, à cette occasion, le Président est censé prononcer un discours sur la réforme de l'armée, à laquelle les militaires sont violemment opposés. Dans le même temps, le colonel qui a organisé la mission ratée en Ukraine débarque à Hawaii ; un sergent-chef raconte à Boomer qu'il a connu son père au Vietnam, et que les circonstances de sa mort laissent croire à l'existence de la Ligne dont parle Benita Trace.

La maison de celle-ci est cambriolée, et le manuscrit dérobé. Boomer décide de partir dans l'île d'Oahu pour observer l'opération secrète soi-disant annulée. Dans le même temps, le major Trace retourne sur le continent pour interviewer un ancien combattant du Vietnam susceptible de lui confirmer l'existence de la Ligne. Boomer échappe de peu à la mort, et comprend qu'un attentat est programmé pendant un exercice militaire auquel le Président est censé assister.

Trace rencontre l'officier qu'elle recherche pendant un match de football américain à West Point. Juste avant d'être assassiné, il lui indique l'existence d'un carnet révélant l'existence de la Ligne. Mais le carnet est à l'intérieur de l'Académie militaire, et elle doit aller le chercher. Une course contre la montre s'engage, car la Ligne projette d'assassiner le Président le soir du 7 décembre pendant la commémoration de Pearl Harbor devant le mémorial de l'*Arizona*.

À la dernière seconde, le complot est déjoué, et les conjurés de la Ligne meurent. Pourtant, l'histoire du carnet n'est pas terminée, car il contient le nom du conseiller du Président qui a cherché à éliminer Boomer et Benita dans l'attentat. Boomer retrouve l'homme, le tue et récupère le carnet. À la fin, les deux héros retournent à West Point et en dévoilent le contenu devant les étudiants assemblés.

Annexe D : ressources

Bibliographie

ROGER GAILLARD, *AUDACE : annuaire à l'usage des auteurs cherchant un éditeur*, L'Oie plate, 2005.

La liste complète des éditeurs, des notions, des conseils.

MARC AUTRET, *150 Questions sur l'édition*, L'Oie plate, 2005.

Comment démarcher les éditeurs, préparer son tapuscrit, négocier un contrat, obtenir un à-valoir, placer une traduction, corriger des épreuves, etc.

ANDRÉ MURIEL, *Safêlivre : guide des salons et fêtes du livre*, L'Oie plate, 2007.

Comme son nom l'indique…

ELIZABETH GEORGE, *Mes secrets d'écrivain*, Pocket, 2008.

Écrire un roman, ça s'apprend ! La romancière américaine livre ses recettes, son emploi du temps, mais aussi ses états d'âme et son histoire.

Organisations

Centre national du livre, http://www.centrenationaldulivre.fr.
« Il a vocation à soutenir l'ensemble de la chaîne du livre (auteurs, éditeurs, libraires, bibliothèques, promoteurs du livre et de la lecture), et notamment la création et la diffusion des œuvres les plus exigeantes sur le plan littéraire. Il attribue des prêts et des subventions après avis de commissions spécialisées. » Il existe des centres régionaux du livre dans chaque région française.

Société des gens de lettres, http://www.sgdl.org.
« La vocation de la Société des gens de lettres est la défense du droit moral, des intérêts patrimoniaux et du statut juridique et social de tous les auteurs de l'écrit, quel que soit le mode de diffusion de leur œuvre, quelles que soient les sociétés de perception et de répartition dont ils sont par ailleurs membres (SOFIA, SACEM, SACD, SCAM, CFC, etc.). La SGDL est un organisme de réflexion, d'initiative et de surveillance au service de la création intellectuelle. Attentive à toutes les mutations dans la production et les modes de diffusion de l'écrit, elle se doit d'initier des changements dans les lois et les usages, de surveiller leur application et de servir de médiateur entre les divers partenaires, publics ou privés. »

Annexe E : grille de référence (tableau de bord)

Chapitre	N° page	Fin page	Date	Heure locale	Heure GMT	Lieu	Résumé
Prologue	1	12	21/12/71	8 h 20	21:20	Antarctique	Avion part/ s'écrase
				17 h 30	03:30	CO	Téléphone
1	13	27	22/11/93	14 h 30	18:30	NPRC	Sam trouve photos
			lundi	16 h 00	20:00	NPRC	Enquête/ retourne chez lui
2	28	41	23/11/93	8 h 30	14:30	NPRC	Va RC-PAC
			mardi	11 h 45	17:45	NPRC	Apprend = Antarctique
3	42	61	24/11/93	10 h 43	15:43	SNN	Ben téléphone
			mercredi	11 h 00	17:00	NPRC	Sam trouve infos pilote
4	62	74		16 h 00	22:00	SNN	Sam a permission
5	75	89	25/11/93	8 h 41	13:41	Boston	Présente Brackman
			jeudi	9 h 00	14:00	SNN	Ben appelle sœur/itinéraire

Chapitre	N° page	Fin page	Date	Heure locale	Heure GMT	Lieu	Résumé
6	90	102		13 h 12	18:12	SNN	Réunion
				12 h 52	18:53	NPRC	Photos Zerox
				18 h 00	23:00	NY	Homme ONU lit rapport

Annexe F :
tableau de l'intrigue

Temps	Harmon	Araki	Kuzumi	Nishin	Feliks	Divers
Mer. 8 oct.	Lake					
9 h 30	Histoire Lake Comprend que c'est SF		Comprend forêt = SF			
11 h 30	Bateaux Nord-Corée			A l'info ; tue Jonas		
12 h 15	Info, sub. Feliks appelle			Voit yakuza ; appartement Lake ; yakuza arrive	Appelle Lake J'arrive Jonas/ Tunnel	
13 h 00	Rencontre Araki	Info Gagné !	Info Nishin Info Araki	Trouve info		

Dans la collection LES ATELIERS D'ÉCRITURE, chez le même éditeur :

Évelyne Plantier

Animer
un atelier
d'écriture
pour tous

EYROLLES

Faly Stachak

Écrire
pour
la jeunesse

Par l'auteur de
350
Écrire

EYROLLES

Marianne Mazars

Écrire
ses
mémoires

EYROLLES

Michèle Ressi

Écrire
pour le
théâtre

L'absurde
Le boulevard
La comédie
Le drame
La farce
Le grand spectacle
Le one-man show
Le sketch
La tragédie
Le vaudeville

EYROLLES

Alain Bellet

Écrire
un roman
policier
et se faire publier

EYROLLES

Patrick Jusseaux

Écrire un discours

EYROLLES

Faly Stachak

Faire écrire les enfants

300 propositions d'écriture

EYROLLES

Mireille Pochard

Écrire des contes

200 propositions d'écriture autour des contes, légendes, mythes & épopées

EYROLLES

Faly Stachak   Jean-Marie Gachon

Écrire un texte érotique

et se faire publier

EYROLLES

Christine Berrou

Écrire une chronique

Presse, radio, télé, web

EYROLLES

Hélène Soula

Écrire
l'histoire
de
sa famille

EYROLLES

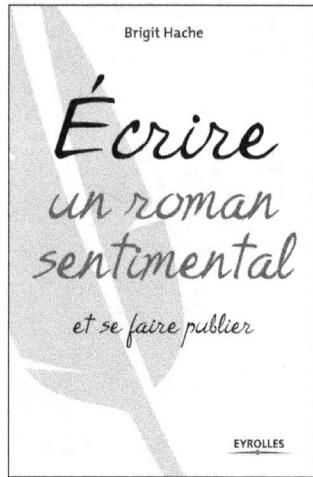

Brigit Hache

Écrire
un roman
sentimental

et se faire publier

EYROLLES

Laurence Bourgeois

Écrire
un livre

et se faire publier

EYROLLES

Marion Rollin

Écrire
son
journal

80
propositions
d'écriture
pour mieux saisir
l'inspiration selon
son humeur du
jour

EYROLLES

Composé par *STYLE INFORMATIQUE*